BIBLIOTHÈQUE DES BONS LIVRES

A 1 FRANC LE VOLUME

LAGRIMAS

ou

UN ANGE SUR LA TERRE

SCÈNES DE MŒURS CONTEMPORAINES

PAR

FERNAN CABALLERO

TRADUIT DE L'ESPAGNOL AVEC L'AUTORISATION DE L'AUTEUR

PAR ALPHONSE MARCHAIS

On permet aux jeunes filles la lecture
des romans de Walter Scott; on leur
conseillera celle des romans de Caballero.
—ANTOINE DE LA TOUR, *la Baie de Cadix.*

PARIS

E. MAILLET, LIBRAIRE-ÉDITEUR

15, RUE TRONCHET (PRÈS LA MADELEINE)

—

1861

UN

ANGE SUR LA TERRE

— LAGRIMAS —

OUVRAGES PARUS DU MÊME AUTEUR

ET TRADUITS EN FRANÇAIS.

La Gaviota. 1 vol. in-18 jésus. 3 fr.
Nouvelles andalouses. 1 vol. in-18 jésus. 2 fr. 50

_____

Sous presse, pour paraître prochainement

à 1 fr. le volume,

Une série des plus jolis romans de Caballero.

481. — Imprimerie de Ch. Bonnet et Comp., 42, rue Vavin.

UN

ANGE SUR LA TERRE

(LAGRIMAS)

SCÈNES DE MŒURS CONTEMPORAINES

PAR

FERNAN CABALLERO

TRADUIT DE L'ESPAGNOL AVEC L'AUTORISATION DE L'AUTEUR

PAR ALPHONSE MARCHAIS

> On permet aux jeunes filles la lecture des romans de Walter Scott : on leur conseillera celle des romans de Caballero.
>
> ANTOINE DE LA TOUR, *la Baie de Cadix.*

PARIS

E. MAILLET, LIBRAIRE-ÉDITEUR

15, RUE TRONCHET (PRÈS LA MADELEINE)

1861

—

PRÉFACE.

———

Quand le premier ouvrage (1) de l'auteur de *La-grimas* parut, en Espagne, dans une feuille quoti-dienne, cette publication fut accueillie par le public avec un enthousiasme universel. Voici comment s'ex-primait un des critiques les plus compétents de la presse espagnole, D. Eugenio de Ochoa, en termi-nant un article, consacré, dans le journal *la Espana*, à l'examen de *la Gaviota* :

« C'est la première lueur d'un beau jour, le pre-
« mier fleuron de la couronne poétique qui ceindra
« le front d'un Walter Scott espagnol. »

(1) *La Gaviota*, publiée en feuilletons dans le journal *el He-raldo*.

Dans un prologue mis en tête d'*Elia*, autre roman
de l'auteur, cette opinion se trouve confirmée par
l'appréciation d'un littérateur distingué, D. Fer-
nando de Gabriel y Ruis de Apocada :

« L'enthousiasme et le sentiment, dit-il, sources
« inextinguibles de tout ce qui est grand et géné-
« reux, ont été prodigués, à pleines mains, au ro-
« mancier inspiré, dont l'apparition fut un événe-
« ment vraiment glorieux pour les lettres espagnoles
« et un titre de noble et légitime orgueil pour la
« patrie du célèbre enfant de Lépante, etc. »

Dans la préface que Fernan Caballero a placée en
tête de *la Gaviota,* son premier roman, il a déter-
miné admirablement le point d'où il est parti et le
but moral qu'il se propose dans ses ouvrages :

« En composant cette œuvre légère, dit-il, nous
« n'avons pas eu l'intention de faire un roman, mais
« de chercher à donner une idée exacte, véritable,
« de l'Espagne, des mœurs de ses habitants, de
« leurs caractères, de leurs habitudes.

« Nous avons voulu esquisser la vie intime du
« peuple, dans la haute et la basse classe, peindre

« son langage, ses croyances, ses traditions et ses
« légendes. Ce que nous avons recherché, avant
« tout, c'est de peindre, d'après nature et avec la
« plus scrupuleuse exactitude, les objets et les per-
« sonnages mis en scène. Aussi cherchera-t-on vai-
« nement, dans nos acteurs, des héros accomplis ou
« des scélérats consommés, comme on en trouve
« dans les romans de chevalerie ou dans les mélo-
« drames.

« Notre ambition a été de donner une idée aussi
« vraie que possible de l'Espagne et des Espagnols.
« Nous avons tenté de dissiper ces monstrueuses
« préventions, transmises et conservées, de généra-
« tions en générations, comme des momies d'Egypte.
« Il nous a semblé que le meilleur moyen d'attein-
« dre ce but était de remplacer, par des tableaux
« tracés avec une plume espagnole, les esquisses
« mensongères nées sous la plume des étran-
« gers. »

Ce programme, dont nous venons de donner les
principales parties, Fernan Caballero l'a religieuse-
ment et admirablement rempli dans toutes ses œuvres qui se sont succédé depuis 1849, époque où

parut son premier ouvrage, et l'opinion publique a
confirmé le succès qui avait salué ses débuts dans
la carrière des lettres.

Les hommes les plus distingués dans la littérature
espagnole, et il nous suffira de citer le duc de Rivas,
J. F. Pacheco, Eduardo Pedrozo, Luis de Equi-
laz, etc., etc., etc., ont tenu à honneur d'enrichir de
préfaces les œuvres de Fernan Caballero, et tous se
sont accordés pour les présenter comme éminemment
morales et propres à faire la gloire de l'auteur et
l'honneur de l'Espagne.

A ces flatteuses appréciations sont venus se join-
dre des témoignages non moins flatteurs de sympathie de la part des littérateurs étrangers. En France,
M. de Mazade, dans la *Revue des Deux-Mondes* (1);
M. Antoine de Latour, dans la *Revue Britannique* (2)
et dans son intéressant ouvrage sur l'Espagne (3).
En Angleterre, Charles Dickens, dans le recueil intitulé : *All thse year Round* (4).

(1) *Le Roman de mœurs en Espagne*, livr. du 15 novembre 1858.
(2) *Littérature espagnole*, Fernan Caballero, livraison de janvier 1860.
(3) *La baie de Cadix*, nouvelles Etudes sur l'Espagne. Miche
Lévy, 1858.
(4) *All Thse year Round*, livraison du 4 juillet 1860.

La place des romans de Fernan Caballero était donc marquée à l'avance dons une bibliothèque de bons livres français et étrangers, et nous sommes heureux d'inaugurer la publication des traductions étrangères par une œuvre aussi morale que *Lagrimas*.

Lagrimas est le plus récent, et nous l'espérons bien ne sera pas le dernier des romans de Fernan Caballero.

L'auteur a peint une jeune fille, une tendre fleur des tropiques, transplantée en Europe, modeste violette dont le doux parfum s'exhale encore, malgré le monde qui la foule aux pieds.

Tous les personnages de ce roman semblent reproduits au daguéréotype. Qui n'a rencontré dans le monde un grossier enrichi comme D. Roque? L'avarice sordide semble avoir été incarnée dans la peau de D. Tembleque. Dans chaque bourgade on trouve un Perfecto Civico; le bon sens parle par la bouche de sa femme; quant à son fils, plût à Dieu que ce fût un être idéal ! Enfin, tous les personnages qui agissent dans ce roman ont été pris sur nature.

Nous ne chercherons pas à soulever le voile dont l'auteur a voulu se couvrir en adoptant le nom de Fernan Caballero, bien que ce voile soit devenu aujourd'hui des plus transparents; mais personne ne doutera de son sexe après avoir lu *Lagrimas*.

En habillant à la française l'héroïne de ce roman, nous craignons bien de lui avoir ôté cette grâce andalouse que l'auteur lui a prodiguée : il faut une main féminine pour fixer une mantille et savoir attacher une fleur dans les cheveux. Dans tous les cas, nous avons fait de notre mieux; et, pour terminer à l'espagnole :

Excusez les fautes du traducteur.

A. M.

UN

ANGE SUR LA TERRE

— LAGRIMAS[1] —

Hélas ! sur mon froid monument
L'eau du ciel tombe tristement;
Mais de vos yeux pas une larme.
(CAS. DE LAVIGNE.)

Son âme était comme un cristal, un souffle
suffisait pour la ternir; un rayon de soleil
pour l'éclairer, un choc pour la briser. Ames
d'Ange, dont le plus grand mérite est d'ignorer ce qu'elles valent; qui ne pleurent pas
sur elles, mais sur la douleur, qui est notre
commun partage.
(L'AUTEUR.)

I

UNE TRAVERSÉE

« Mon Dieu, ayez pitié de nous ! Seigneur, sauvez-
nous ! » Telle était la prière, que, d'une voix dé-
faillante, adressait au ciel une malheureuse femme,
gisant, à moitié morte, sur le lit d'une cabine à
bord d'un bâtiment assailli par une épouvantable
tempête dans les mers des Antilles.

Ce bâtiment, jouet des flots, au milieu de l'Océan,

1. Lagrimas, Dolores, Consolation, Piedad, Salud, etc., etc., sont
des noms de baptême fort usités, surtout autrefois, en Espagne.

1

semblait un grain de sable dans les déserts de l'A-
rabie. Dans sa lutte désespérée avec la mer, tantôt
il s'élevait sur les vagues et semblait aspirer vers
le ciel, tantôt il retombait dans l'abîme prêt à l'en-
gloutir ; des lames écumeuses s'élançaient jusqu'à
la cime des mâts et de leurs blanches griffes s'efforçaient de saisir leur proie ; puis elles retombaient
furieuses et battaient les flancs du navire, indignées
de l'audace de ce morceau de bois qui ne craignait
pas de leur résister. Image de la persévérance, qui
souffre sans se décourager, le brave navire luttait
courageusement contre le danger.

Toutes les voiles avaient été carguées : le bâtiment
naviguait — comme on dit en termes de marine —
à mâts et à cordes, telles que des femmes éplorées,
qui, les cheveux épars et les bras étendus vers le
ciel, implorent dans le danger la miséricorde divine, tels les mâts et les vergues avec leur forêt de
cordages en désordre s'élevaient dans les airs, semblant implorer le secours du Tout-Puissant ; de sombres nuages répondaient par le bruit du tonnerre
au fracas des flots rugissants, et pour ajouter encore à la situation, l'horizon, ce guide, ce fanal du
marin, avait presque entièrement disparu. Ce navire,
pris entre ces deux murailles d'eau qui se le ren-
voyaient comme fait la raquette d'un volant, semblait fatalement destiné à périr.

« Mon Dieu, ayez pitié de nous, » répétait l'infortunée, et sa prière restait sans réponse, car dans l'é-
troite cabine il n'y avait qu'une négresse gisant à
terre, en proie à la frayeur et au mal de mer, et

une enfant de six ans qui dormait couchée aux pieds du lit de sa mère.

« Jésus! murmurait la pauvre femme, mourir, sans un prêtre pour m'assister, sans un médecin pour adoucir mes souffrances! Oh! le criminel qu'on conduit à l'échafaud est plus heureux que moi... les consolations de la religion viennent au moins adoucir ses derniers instants ;... mais mourir seule... seule... sans entendre un mot de consolation! Et ma pauvre enfant, destinée à périr aussi, dans cet inévitable naufrage! Dors... mon cher ange... dors... toi qui ne sais pas encore ce que sont les peines de la vie... O sainte Mère des larmes, dont elle porte le nom... sauvez ma fille, protégez la pauvre orpheline! »

L'effrayante voix du tonnerre se fit entendre à ce moment ; le bâtiment reçut une secousse qui le fit trembler jusqu'au fond des entrailles : le vent sifflait dans la mâture et chaque cordage semblait se dresser comme un serpent, pour faire sa partie dans ce diabolique concert.

« Roque!... Roque!... s'écria la pauvre femme!... A moi!... à moi!... je me meurs. »

A ce moment entrait dans la cabine un homme, grand, sec et osseux, porteur d'une de ces physionomies basses et vulgaires que la nature semble imposer comme un cachet particulier aux gens de basse classe qui se sont enrichis. Sur ce visage décharné s'avançaient, en saillie, d'étroites mâchoires, deux yeux ronds et gris, qui semblaient ne pouvoir vivre en bonne intelligence, se cachaient sous d'épais sourcils. De son énorme bouche et à travers deux lèvres naturellement contractées, sortait un cigare de la Havane, dont l'usage continuel avait donné aux dents une couleur en rapport avec celle du tabac; le teint de cet homme était de cette couleur morbide et bilieuse que le soleil des tropiques imprime aux Européens, et qui se développe par les angoisses et les soucis qu'engendre la soif de l'or.

— Qu'as-tu pour crier ainsi, femme? dit-il en entrant... Crois-tu qu'on ait le temps d'écouter tes jérémiades?... Caramba! si tu as besoin de quelque chose, que ne réveilles-tu cet animal? ajouta-t-il en poussant du pied la négresse qui ne bougea pas.

— Je vais mourir, Roque !

— Et tu ne seras pas seule... Nous allons tous périr aussi... Maudit soit le navire et le capitaine !...

— Tais-toi!... tais-toi!... Roque, ne blasphème pas aux portes de la mort, mais écoute mes dernières paroles : Tu as toujours été bien dur pour moi, Roque... tu m'as arrachée de mon pays... tu m'as fait embarquer à bord de ce navire, alors que j'étais si malade, alors que les médecins prédisaient que je ne pourrais supporter la traversée... Eh bien ! Roque, je te pardonne... je te bénirai même... si tu prends l'engagement d'aimer, de rendre heureuse ma fille... ma pauvre enfant... si Dieu lui fait la grâce de la sauver.

— Toujours la même chanson! répliqua brutalement Roque. Voyez le beau moment qu'elle choisit pour m'étourdir de son sermon et me recommander qui? ma propre fille!

— Ces moments sont les derniers dont je puisse disposer, Roque... Je vais mourir!

— Oui... oui... comme à l'ordinaire... Mais si tu peux disposer de tes moments pour faire tes jérémiades, les miens sont précieux pour le salut du navire... et je retourne aux pompes... Sur ces mots Roque franchit à grands pas les degrés de l'escalier conduisant sur le pont.

Son infortunée femme l'entendit s'éloigner; elle ne vit plus autour d'elle que la négresse, toujours dans le même état d'abrutissement et sa fille dormant d'un paisible sommeil: l'innocence dort tranquille au milieu des dangers.

La pauvre mère mourante essaya de se soulever pour exhaler sa vie, dans un dernier baiser, dans une dernière bénédiction donnés à son enfant... Ses forces trahirent son courage, et le simple effort qu'elle avait fait lui causa un vertige qui la retint sur sa couchette.

— O sainte Mère des larmes, murmurait-elle au moment de son agonie, ô ma mère!... mon refuge... ma consolation... daigne être médiatrice entre ton humble servante et le Dieu qui nous a rachetés par sa mort! ô Dieu! écoutez ma prière... sauvez ma fille et prenez pitié de mon âme... Tout ce que j'ai souffert, je le pardonne... mon pardon... mes souffrances... je mets tout à vos pieds pour le salut de mon âme... pour la conservation de mon enfant!

Le roulis devint bientôt si fort que l'enfant s'é-
veilla et, encore à moitié endormie, elle entendit
sa mère qui murmurait :

« Je baise les clous et je m'étends sur ta croix,
pour que tu me protéges, ô Jésus! mon doux Rédempteur! »

Et l'enfant à laquelle la mère avait enseigné cette
prière, dès quelle avait pu balbutier une parole,
répéta de sa douce voix :

« Pour que tu me protéges, ô Jésus, mon doux
Rédempteur! »

Et toutes deux s'endormirent... mais l'une... pour
ne se réveiller jamais.

Jésus fut sensible à leurs prières : la tempête se
calma ; le capitaine et les passagers descendirent à
la chambre pour prendre quelques aliments, car
depuis vingt-quatre heures personne n'avait songé
à manger. On alluma les lumières, et quand le
garçon d'office entra dans la cabine, occupée par D.
Roque, il vit la négresse toujours gisant à terre,
l'enfant endormie, et la mère... qui n'était plus
qu'un froid cadavre...

— Dieu nous assiste, s'écria-t-il, la Señora est
morte !

— Morte! qui est morte? exclama le capitaine en
se précipitant dans la cabine, et le visage du brave
marin que la tempête trouvait impassible, qu'aucun
danger ne pouvait altérer, pâlit à la vue de ce cadavre muet et abandonné.

— Elle est plutôt morte de peur que d'autre
chose, dit Roque, qui avait suivi le capitaine... Voya-

gez donc avec des femmes, voilà à quoi l'on s'expose! Elle m'avait, de son vivant, rendu l'existence bien pénible, avec toutes ses jérémiades et ses lamentations... et voilà pour couronner l'œuvre... Du reste, je devais m'y attendre... elle n'a pas voulu en avoir le démenti... elle ne voulait pas fouler la terre d'Espagne, elle ne la foulera pas!

Telle fut l'oraison funèbre que fit à cette pauvre martyre le bourreau qui l'avait fait mourir à petit feu, sous les coups de son despotisme et de sa brutalité : car cet homme, en épousant cette douce créole de la Havane, élevée dans la mollesse, ce flexible roseau, pliant au moindre vent, ne l'avait regardée et comptée que comme l'appoint des cent mille douros (1) de dot que lui avait donnés son père, riche marchand de la Havane.

Au bruit que l'on fit en entrant, l'enfant s'était réveillée, la négresse s'était relevée, et toutes deux fixaient les yeux sur ce cadavre, l'une avec l'étonnement de la stupidité, l'autre avec un effroi qui ne lui permettait pas de comprendre... Tout à coup la négresse éclata en cris et en gémissements. « Maîtresse, pauvre maîtresse! » s'écriait-elle.

— Caramba! vas-tu te taire, stupide brute! n'y a-t-il pas assez du bruit de la tempête et du tonnerre? Si je t'entends encore... foi de Roque, le fouet saura te faire taire !... Allons, capitaine, ajouta-t-il, la chose est sans remède et nous n'y pouvons rien. Je suis d'avis de descendre dans l'entrepont pour

1, Piastre, monnaie d'Espagne valant environ cinq francs.

voir si mes caisses de cigares n'ont pas été mouil-
lées... Caramba ! cinq cents caisses de cigares,
cela représente un capital de cinq cent mille réaux...
S'ils étaient avariés, j'aurais fait un voyage pour le
roi de Prusse.

Le garçon de chambre suspendit le fanal au pla-
fond de la cabine, et tout le monde sortit, à l'exception de la négresse et de l'enfant qui s'assirent sur
une couchette, en face de celle où reposait le cadavre. Après avoir pleuré à chaudes larmes, la négresse finit par s'endormir ; mais la petite fille ne
détournait pas ses grands yeux noirs du cadavre de
sa mère, qui, par suite des oscillations imprimées au
fanal par le roulis du navire, tantôt se trouvait
éclairé en plein, et semblait s'élancer en avant, tantôt entrait dans une obscurité complète.

— Mère... mère... disait par intervalle l'enfant
d'une voix douce et tremblante.

Mais la mère ne répondait pas.

— Elle ne me répond pas, pensait l'enfant, et cependant elle ne dort pas.

En effet le cadavre, cédant au roulis du navire,
tantôt semblait se précipiter sur l'enfant et la regarder avec des yeux grands ouverts que personne n'a-
vait eu le soin de fermer ; tantôt il allait frapper
violemment contre les bordages du côté opposé :
c'était une horrible scène de mort et d'abandon
pendant une lugubre nuit de tempête, que la vue du
cadavre de cette malheureuse femme, à laquelle la
triste destinée refusait même un coin de terre sainte
pour y reposer !

L'enfant ne se rendait pas compte de ce qui venait de se passer. Elle ignorait encore et le danger et la mort, et cependant une instinctive horreur la faisait s'effrayer de tout ce qui l'entourait... Elle avait peur des gémissements du vent, des mugissements des vagues... du sombre silence que sa mère persistait à garder. Sans idées pour définir, sans proles pour exprimer ce qui se passait en elle, la pauvre enfant sentait pénétrer dans son âme un sentiment d'inquiétude et d'effroi qui devait y déposer à jamais une teinte lugubre et une impression mélancolique.

Dans son esprit se présentaient, comme de vagues souvenirs, des paroles prononcées par sa mère, en entrant dans cette cabine, où elle venait de rendre le dernier soupir... en se couchant dans ce lit, l'infortunée s'était écriée : « Oui, oui, cette couchette sera mon cercueil ! j'y demeurerai, seule et abandonnée, sans un cierge pour honorer mon cadavre, sans une prière pour escorter mon âme... Adieu donc pour toujours, ô ma belle patrie ; adieu, mes beaux arbres, plus verts que l'espérance ; adieu, mes limpides ruisseaux ; adieu, oiseaux chéris qui m'égayiez de vos concerts ; adieu, amis de mon enfance, il faut vous quitter pour jamais ! »

Ces souvenirs, comme les sons affaiblis d'un solennel et lointain requiem, dont elle ne pouvait comprendre les paroles graves et mélancoliques, bourdonnaient aux oreilles de l'enfant.

Mais le lendemain, elle vit envelopper sa mère

1.

dans un drap blanc... on attacha un boulet à ses pieds... et sa mère ne se réveillait pas... on la monta sur le pont... et l'enfant étonnée suivit la mère, sans que personne pensât à s'y opposer... mais... lorsqu'en présence de la muette enfant, le corps fut précipité à la mer... oh! alors!... alors!... le voile se déchira, la jeune fille poussa un cri désespéré et s'élança pour suivre sa mère... Heureusement le capitaine la retint par sa robe et la descendit à la chambre, en proie à une effrayante attaque de nerfs.

« De mieux en mieux, dit D. Roque, en voyant l'état de sa fille, on en a fini avec l'une... il va falloir recommencer avec l'autre. »

L'enfant était encore fort malade lorsque le navire arriva à Cadix, où D. Roque de la Piedra comptait fixer sa résidence. Les médecins déclarèrent que le climat de Cadix, notoirement contraire aux affections de poitrine, ne pouvait convenir à la malade, dont la constitution débile réclamait une température plus douce. D'après un semblable avis, il eût semblé tout naturel que D. Roque, seul arbitre de ses actions, allât planter sa tente sous un autre climat : il n'en fut pas ainsi. Cadix convenait à ses projets de spéculation, qui passaient bien avant la santé de sa fille, et il s'établit à Cadix. Mais il écrivit à un Américain de ses amis, et par Américain on entend, en Andalousie, tout homme arrivant d'Amérique, s'il n'est pas enfant du pays, il écrivit donc à un Américain de ses amis, établi à Séville, pour l'engager à venir à Cadix chercher la jeune fille, afin de la mettre au couvent à Séville et de l'y faire élever sous la surveillance de son ami.

II

DEUX HONORABLES COMPÈRES

Il est nécessaire, bien que la tâche soit peu agréable à remplir, de faire ici une petite biographie des deux personnages que nous allons mettre en scène dans cette histoire. Cette précaution nous semble d'autant plus utile, que le lecteur, en voyant se présenter à ses yeux un pauvre bonhomme, triste et souffrant, portant sur sa piteuse personne les apparences d'une profonde misère, pourrait être tenté de lui faire une aumône, qu'il ne manquerait pas d'accepter, et ce serait un péché mortel.

D. Jérémias Trembleque, l'ami de D. Roque, avait été, dans son origine, un de ces hommes qui, sous le nom de boueur, sont chargés d'enlever les immondices de la ville. Un certain jour, dans l'exercice de ses peu odorantes fonctions, il trouva une bourse pleine d'or. Il l'avait à peine ramassée, qu'une servante accourut, tout éplorée, et s'informa s'il n'avait pas trouvé une bourse qui devait se trouver dans un panier d'ordures qu'elle venait de verser à la porte de sa maison. L'honnête Jérémias jura sur ses grands dieux, d'un ton plein de bonne foi, qu'il n'avait rien trouvé ; et, affectant la complaisance d'une

bonne âme, il fouilla scrupuleusement tout le contenu de son tombereau.

Dans la soirée, la malheureuse servante était chassée et sortait déshonorée de la maison de son maître;
et le lendemain matin, l'honnête Jérémias cheminait
vers Gibraltar, où il pleura si bien misère, qu'un capitaine de navire marchand prit pitié de lui et lui
accorda, gratis, son passage pour la Havane. De
Gibraltar, *refugium peccatorum*, il passa ainsi à la
Havane, cette *consolatrix afflictorum*, sans avoir eu
besoin de changer une de ses pièces d'or. Une fois
arrivé, il ouvrit un cabaret, où, en concurrence avec
de mauvais vin, on pouvait se procurer des cartes
graisseuses et du tabac avarié.

C'est dans ce sanctuaire que se formèrent les premiers liens d'une étroite amitié entre le propriétaire
de l'établissement et certain mauvais drôle nommé
Roque de la Piedra, cantinier d'un des régiments de
la garnison, joueur, débauché, et qui ne valait pas
la corde qui aurait servi pour le pendre. Il y avait de
cela vingt-cinq ans : Roque en avait alors vingt-
quatre, et Jérémias trente-cinq. Depuis cette époque,
le premier était toujours resté, aux yeux du second,
le beau, l'aimable et le hardi cantinier chez lequel
Jérémias admirait tout... à l'exception de la dési-
gnation de son office (1). Quant à D. Roque, s'il
s'était lié avec Jérémias, c'est qu'il croyait avoir besoin de ses services, mais il n'avait jamais vu en lui
qu'un ignoble cabaretier.

1. Gastador signifie en espagnol dépensier, en même temps que
cantinier.

Avec le temps tous deux firent fortune, chacun à sa manière. Roque, plein d'audace et de jactance, brusqua la capricieuse déesse, et, après avoir gagné quelque argent en filoutant au jeu et en trompant sur les fournitures qu'il était chargé de faire au régiment, il finit par épouser la fille d'un riche marchand de la Havane, qui l'associa à son commerce. Jérémias, toujours avec son air dolent, fit aussi son chemin dans le monde, et à force de patience il parvint à se faire accepter pour époux par une riche mulâtresse aussi peu délicate que lui en affaires d'intérêts. Ils se marièrent donc, et jamais on ne vit union plus assortie. La mulâtresse crevait d'orgueil, dans sa peau jaune, de se voir la légitime épouse d'un blanc de pur sang espagnol ; le mari, de son côté, laissait percer sa joie sous son cuir parcheminé, car la mulâtresse, accoutumée à gagner facilement l'argent, ne brillait pas par l'ordre, laissait traîner les onces (1), et à peine avait-elle eu le temps de les apercevoir, qu'elles tombaient entre les griffes de son mari, d'où elles passaient à un séquestre éternel sous la triple serrure d'un coffre-fort.

La mulâtresse mourut avec la même indifférence qui avait présidé à toute sa vie. Jérémias mit une nouvelle couche de noir sur sa triste figure ; il fit faire un superbe enterrement à sa noire moitié, à cette précieuse poule qui avait pondu tant d'œufs d'or : puis, après avoir précieusement renfermé dans un médaillon une boucle de sa toison frisée, il ven-

1. Une once 84,80.

dit tout ce qu'elle possédait à la Havane et revint
en Espagne, abandonnant à leur malheureux sort
certains négrillons dont sa moitié s'était rendue coupable avant de l'épouser.

Ces deux êtres méprisables, qu'aucun honnête
homme n'eût osé regarder en face à la Havane,
trouvèrent en Europe, et grâce à leur argent, l'accueil réservé aux hommes les plus estimables.

D. Jérémias était arrivé à Cadix quatre années
avant son ami. Quand ce triste geôlier de ses écus
se vit réduit à ses propres ressources et dépossédé
de la rente que lui procurait si aisément sa très-peu
chaste épouse, quand il se vit privé du concours et
des conseils de son ami D. Roque, il ne sut à quel
saint se vouer. Il était dans la position d'un navire
auquel feraient défaut à la fois et les voiles et le
gouvernail. Il n'osait faire l'emploi de ses capitaux,
attendant toujours l'occasion de les placer d'une
manière plus avantageuse; il lui arrivait enfin ce qui
arriva à cet autre avec l'étoffe d'un pantalon qu'il
ne faisait pas faire attendant toujours la dernière
mode.

A Cadix, un courtier lui proposa d'acheter des
maisons; mais, comme il était possible qu'un jour ou
l'autre la mer fît invasion dans cette imprudente
cité qui, comme une mouette, a placé son nid sur
un rocher au milieu des ondes, D. Jérémias déclina
une opération aussi aventureuse. Incommodé par l'eau
de citerne, il fit son paquet, et, en compagnie d'un
nègre et d'un vieux coffre au pelage usé qui compo-
sait tout son bagage, il s'en fut au Puerto Santa-
Maria.

On lui offrit d'acheter des vins et de les préparer pour l'exportation, opération très-lucrative. Après avoir bien réfléchi à l'affaire, D. Jérémias pensa que les vins pourraient bien passer au vinaigre. Incommodé par les eaux trop légères d'El Puerto, il fit son paquet, et, toujours en compagnie de son nègre et de son coffre, il s'en fut à Jérès.

A Jérès, on lui proposa d'acheter un magnifique vignoble, dont les produits alimentaient les tables de tous les souverains de l'Europe. Cette perspective séduisit d'abord D. Jérémias, autant peut-être que l'avait séduit autrefois la perspective d'épouser sa mulâtresse.

L'affaire marchait assez bon train ; les onces, sous l'impression d'un joyeux pressentiment de voir enfin le jour, s'étaient émancipées jusqu'à pousser le cri de « Vive la liberté ! » Elles s'imaginaient, les innocentes, qu'une fois sorties d'entre les griffes de Jérémias, elles seraient heureuse comme les étoiles au ciel !

Mais, avant de conclure définitivement le marché, D. Jérémias voulut visiter le vignoble, on était en janvier ; les ceps coupés par le pied présentaient le triste aspect de la vigne à cette époque de l'année. Le visage de l'acheteur, animé de couleurs inusitées par le doux espoir d'abreuver les empereurs et les rois, devint bientôt aussi triste, aussi abattu que les ceps eux-mêmes, à la vue du triste état où ils se trouvaient.

— Jésus ! exclama-t-il, que peuvent produire d'aussi misérables avortons ?

On lui expliqua que la vigne avait cet aspect, parce qu'elle avait été taillée suivant l'usage du pays, et que cette opération même la ferait pousser avec plus de vigueur au printemps.

— Et si elle ne poussait pas ? s'écria D. Jérémias, et il s'enfuit avec la vitesse d'un homme qui craindrait de céder à une mauvaise tentation.

Fatigué par les eaux trop lourdes de Jérès, et désespéré par l'insuccès d'une mine dans laquelle il avait engagé de l'argent, D. Jérémias fit son paquet, et, toujours en compagnie de son nègre et de son coffre, il s'en fut à Séville. C'est là que nous le trouverons établi dans une de ces petites ruelles qui portent le nom de Vénérables; ce n'était certainement pas le nom qui l'y avait attiré, mais là se trouvent les maisons au meilleur marché, et il mit la main sur un trésor en son genre. C'était un palais dont il pouvait devenir le maître et seigneur, moyennant une redevance de quatre réaux par jour... ce qui, pour le mois de février, constituait une économie réelle de huit réaux... quand l'année n'était pas bissextile.

Dans ce somptueux logis s'étaient établis sans fracas D. Jérémias, son nègre et son coffre ; le palais n'était pas d'origine arabe, et, selon les apparences, la construction devait encore remonter plus loin. A l'image de l'homme, les briques du pavé avaient été poussière et étaient redevenues poussière. Dans les temps meilleurs, les portes avaient pu recevoir une couche de peinture... mais il n'en existait plus trace... les vitres pouvaient avoir été claires et brillantes, mais elles avaient dit adieu depuis longtemps

à leurs splendeurs passées ; dans la cuisine se trouvaient deux fourneaux... et pour D. Jérémias, il y
en avait au moins un de trop. C'est dans cette gaîne,
digne de l'acier qu'elle allait renfermer, que s'installa
D. Jérémias, toujours en compagnie de son nègre
et de son coffre.

Il s'agissait de meubler ce palais, et c'est à cette
grave affaire que Jérémias appliqua toutes les ressources de son esprit, tous les calculs de son avarice.

Le lendemain de son installation, notre homme
s'en fut parcourir les petites ruelles de Regina (1).
Si tu es assez malheureux, ami lecteur, pour ne pas
connaître Séville, d'abord nous prendrons de toi une
profonde pitié, puis nous t'apprendrons que les ruelles
de Regina sont un respectable club, un élégant casino
une illustre université... de friperies. Tout ce qu'on
expose là aux yeux du public mériterait la croix de
San Hermenegildo (2). Là, le bon marché vous appelle
de la voix la plus caressante, et la curiosité vous invite à des spectacles des temps les plus reculés. On
a si souvent décrit ces magasins de bric-à-brac, que
nous craindrions de fatiguer le lecteur en les décrivant de nouveau : nous dirons seulement, à notre
grand chagrin, que, dans notre siècle de lumières,
cette spécialité commence à perdre ce cachet de couleur locale qui en faisait l'originalité.

D. Jérémias dépensa beaucoup de temps, beaucoup de paroles, mais peu d'argent, pour acheter le

1. Quartier de Séville où se trouvent les fripiers.
2. Croix donnée à l'ancienneté de services.

royal mobilier qui devait décorer son palais et dont
nous donnons ci-après la description :

Une douzaine de chaises dans le plus triste
état, mais conservant encore quelques vestiges d'une
peinture autrefois verte ; un sopha recouvert d'une
étoffe autrefois noire, mais que l'usage avait fait
passer au blanc, rembourré avec une paille de maïs
dont le bruit rappelait le champêtre murmure des
blés agités par la brise; item, une table à écrire et un
encrier de plomb, renfermant les restes pétrifiés
d'une encre du siècle passé ; item, une lampe en
fer blanc assez bien conservée, un chandelier de
même métal, quelques plats légèrement ébréchés,
des carafes et des verres à peu près en bon état,
enfin un service à café se composant ainsi : deux
soucoupes et une petite tasse, une cafetière sans
anse et un sucrier sans couvercle... Le reste du
mobilier était à l'avenant.

D. Jérémias fut si satisfait de ses emplettes et con-
serva des ruelles de *Regina* un si agréable souvenir,
qu'il manqua assommer son nègre pour avoir acheté
de première main une marmite de Medina (1).

_____

1. Ville où l'on fabrique beaucoup de poteries.

III

LE VEAU D'OR

Dans le siècle où nous vivons, l'argent joue un si grand rôle, il inspire tant de respect, tant de considération, tant d'admiration pour son heureux possesseur, qu'il faudrait être aveugle pour ne pas reconnaître que nous sommes revenus au beau temps de l'adoration du veau d'or. Et, chose remarquable, les gens les plus empressés à se prosterner devant le Dieu du jour sont précisément ceux qui crient le plus fort « qu'il est contraire à la dignité de l'homme de s'incliner devant l'autel et devant le trône. »

Cet humiliant hommage rendu aujourd'hui à l'argent est d'autant plus étrange, qu'il n'est pas justifié. La loi évangélique et même l'intérêt personnel voudraient que l'homme riche fît de son argent un noble usage, qu'il en fît profiter ceux moins favorisés que lui. A quelques rares exceptions, il n'en est pas ainsi. D'ordinaire l'homme riche regarde celui qui ne l'est pas non-seulement avec un souverain mépris, mais encore avec la frayeur que lui causerait un lépreux. Quand il voit venir à lui un de ces hommes, le chapeau à la main et le sourire sur les lèvres, il se fait infailliblement à lui-même cette prudente réflexion : Ce soldat de Job ne peut venir à moi qu'avec l'insolente prétention de s'attaquer à ma bourse... garde

à nous ; puis son visage, qui d'ordinaire n'a pas été
doté par la nature aussi bien que sa bourse par la fortune, affecte un air de sévérité menaçante... Comme
une citadelle se hérisse de canons pour repousser
l'ennemi, il se hérisse de mauvaise humeur, et s'il
est enfin poussé dans ses derniers retranchements, il
lance sur l'ennemi un projectile destructeur.

En français ce projectile s'appelle une rebuffade ;
en anglais, *to cut* (une coupure). Ces mots n'ont
pas d'équivalents dans la noble langue espagnole...
mais nous ne désespérons pas de les voir adopter
dans la pratique avec l'approbation de l'académie.
N'avons-nous pas déjà donné droit de cité à d'autres
mots étrangers... et étranges? N'avons-nous pas
adopté, dans la vie matérielle, l'expression *confor-
table* — qui nous vient des Anglais; — dans les
salons, le mot *coquetterie*, emprunté aux Français,
et dans la littérature celui de *spleen*, cette invention anglaise ? On peut donc voir que, sans prendre
beaucoup de peine, nous avons marché à pas de
géants dans la voie de la civilsation européenne.

Nous vivons dans la douce illusion d'avoir au
moins un lecteur dans les Batuécas (1), et nous l'invo-
quons mentalement dans bien des circonstances ;
nous nous adressons donc à lui pour lui dire qu'en
vain serait-il un homme instruit, bien élevé et doué
des meilleurs sentiments, s'il ignore les expressions
que nous venons de citer... et bien d'autres encore...
il ne trouvera pas grâces devant ces illustrations —

1. Pays montagneux du royaume de Léon, en Espagne.

à trois cuartos la douzaine — qui ne font consister le mérite d'un homme que dans ces futilités ; qu'il se résigne donc à s'écrier avec Socrate : « Ce que je sais, c'est que je ne sais rien ! »

Voilà une digression aussi longue qu'avril et mai ; mais comme *El Heraldo* (1) prétend que nos nouvelles sont trop courtes, et que nous n'avons pas l'imagination assez féconde pour inventer les événements et encore moins pour leur dire après les avoir inventés : croissez et multipliez, nous n'avons pas trouvé d'autre ressource que celle de recourir aux digressions. Et, s'il nous faut faire un aveu, nous dirons que c'est notre cuisinière qui nous a donné ce conseil, car, à l'exemple du grand Molière, nous avons l'habitude de la consulter quelquefois. Cette estimable créature fondait sa conviction sur un exemple qui nous a fortement ébranlé, et le voici : « Quand une sauce est trop courte, disait-elle, je l'allonge avec l'eau de la cruche... De la cruche ! Si au moins elle eût dit de l'eau filtrée de la fontaine... » Mais nous n'avons pu parvenir à la civiliser jusqu'à présent, et nous craignons bien de ne jamais y parvenir... mais nous en prenons notre parti... nous tenons à notre cuisinière, et, à vrai dire, nous faisons plus de cas de la pureté de ses ragoûts que de la pureté de son langage.

Revenons à notre sujet. Si l'on s'incline aussi profondément devant la fortune, il faut voir dans cette

(1) Journal périodique qui a publié plusieurs romans de F. Caballero.

marque de respect une espèce de pudeur, de respect humain, qui voudrait persuader au vulgaire que
l'idole est digne de l'encens brûlé à ses pieds.

Par suite la langue s'est encore enrichie de plusieurs expressions nouvelles, à ajouter aux synonymes de *huerta*, et ce sont les suivantes :

Cent mille douros signifie un bon sujet.

Trois cent mille   —   un sujet très-honorable.

Cinq cent mille   —   un excellent sujet.

Un million   —   le meilleur des sujets.

Quand la qualification va encore au delà, sois bien
assuré, ô charmant lecteur des Batuécas, car à nos
yeux tu es charmant, — n'aurais-tu pas un cuarto
dans ta poche, — que le sujet, ainsi qualifié, parmi
les gens d'argent... a plus d'un million de douros
au service de... sa propre personne.

Quelque temps après l'arrivée à Cadix de D. Roque de la Piedra, deux personnes se rencontrèrent
un jour sur la place San Francisco ; l'une était un
homme grand, gros, coloré, portant bésicles d'or
et visant à l'élégance : c'était un courtier, nommé
D. Trefon Rubicondo ; l'autre, qui débarquait du
Trajan, où il avait fait la traversée de Séville à
Cadix dans la chambre de l'avant, était notre connaissance, D. Jérémias Tembleque, qui se rendait à
l'invitation que lui avait faite son compère D. Roque,
à l'effet de comparaître en sa présence.

D. Jérémias figurait, dans la catégorie des sujets
dont nous avons fait mention, à une place encore
incertaine, car les furets les plus adroits n'avaient
pu parvenir à vérifier le contenu de son coffre-fort.

C'était un petit homme, humble, bas et rampant, dont la face, jaune comme un vieux citron, tenait plus du singe que de l'homme. Il portait un caban d'une couleur inqualifiable; il avait un chapeau gris, doublé de vert en-dessous et des souliers en castor, deux fois trop longs pour ses pieds; un gilet, dégoûtant de malpropreté, laissait apercevoir dans le creux formé par l'absence de l'abdomen, un mauvais morceau de toile à carreaux de couleur, ayant la prétention d'affecter la forme d'un mouchoir.

— Holà! D. Jérémias, quel bon vent vous amène dans nos parages? dit le courtier au nouvel arrivé : vous venez, sans doute, présenter vos hommages à votre ami D. Roque de la Piedra... Excellent sujet, sans contredit.

Or, il faut qu'on sache que D. Trefon Rubicondo avait été offrir ses services à l'excellent sujet, et que celui-ci l'avait, comme on dit vulgairement, reçu comme un chien dans un jeu de quilles. Mais D. Trefon était de ces gens, comme il s'en trouve beaucoup dans le monde des affaires, peu sensibles à un mauvais procédé, et qui cherchent à rentrer par la fenêtre, quand on les a mis dehors par la porte.

— Je viens, en effet, ami D. Trefon, répondit le nouvel arrivé, pour voir mon compère et lui faire mon compliment, car c'est un rusé garçon qui revient au pays avec du foin dans ses bottes... Ce n'est pas comme moi, cher ami, je n'ai pas eu la même chance... La maladie de ma femme, d'abord... Pauvre chère créature... quelle excellente femme, cinq consultations de médecins... et la sixième allait avoir lieu... quand elle est morte! un enterrement, à toute volée, qui m'a coûté les deux yeux de la tête... j'ai les notes... puis la perte énorme que j'ai faite dans cette banque de New-York, en Amérique... Maudits yankees... maudits voleurs... et depuis mon retour en Espagne... des pertes... toujours des pertes... A Jérés... infames Jérézains..., je me laissai fourrer dans une mine... non pas dans la mine, mais dans les actionnaires...

— Comment avez-vous pu être assez imprudent pour prendre de ces actions? interrompit le courtier... Si c'eût été des actions des mines de Alméria... à la bonne heure... Je puis vous en offrir quelques-unes... une véritable trouvaille... elles appartiennent à quelqu'un qui part pour les Philippines et qui voudrait...

— Pas un mot de plus, ou vous allez me mettre en fuite, maudit homme; ne viens-je pas de vous dire que je venais de perdre dix mille réaux avec des actions de mines? En les prenant j'avais cru pourtant faire une excellente affaire, car c'était à l'exemple de D. Judas Tadeo Barbo, un excellent sujet, un malin, qui sait où il faut gratter... et j'avais voulu gratter à la même place... Mais la chose me réussit mal et je perdis dix mille réaux... et cette perte a abrégé mes jours de dix années. Jamais je ne me suis repenti plus amèrement d'une chose que de m'être fourré dans cette *Positive*. Ainsi se nommait cette mine maudite, qui est venue clore mon drame de la banque de New-York! Imbécile que je fus! Cela ne crie-t-il pas vengeance, D. Trefon, et la

justice devrait-elle laisser impunis de semblables
méfaits? Aussi je me suis bien juré de ne jamais
toucher à une action de mine..., fût-elle des mines
du Pérou !

— Bah! que sont pour vous dix mille réaux, D.
Jérémias? Une misère... une bagatelle... un grain
d'anis... dit le courtier d'un air dégagé.

D. Jérémias se mit à tourner de droite et de gauche, frappant la terre de sa canne, et s'écriant :

— Dix mille réaux une misère... une bagatelle...
un grain d'anis !... Perdez-vous la tête, D. Trefondo
du diable? Parlez pour vous, D. Magnifico... Ces gens
de Cadix, ils ne doutent vraiment de rien... Andalous... purs Andalous !

— Ne faites donc pas le discret, D. Jérémias ! Allons, allons... l'amour et l'argent sont deux choses
qu'on ne peut cacher... Vous avez beau crier misère.... Et ces petites lettres de change sur Castaneda
frères et compagnie... heim ?

—Silence donc, silence, maudit homme ! Voulez-
vous me compromettre, enragé bavard? Ne voyez-
vous pas... Hum !

En disant ces mots, Jérémias désignait un enfant
qui, pour gagner quelques cuartos, s'efforçait d'arracher de ses mains, pour le porter, un mauvais
mouchoir de coton noué par les quatre coins, et
renfermant tout son bagage de route.

— Je t'ai déjà dit de me laisser tranquille, vaurien, criait l'avare... Crois-tu, par hasard, vermine,
que je sois assez brouillé avec mon argent pour le
gaspiller en te payant pour porter ce paquet qui

2

ne pèse pas une once ?... Allons file... ou sinon...

D. Jérémias leva sa canne, et le gamin s'esquiva en lui tirant la langue.

— Savez-vous, demanda le courtier, si votre ami don Roque, qui a reçu à Cadix l'accueil dû à sa grande honorabilité, songe à s'établir définitivement ici ?

— Jésus ! Jésus ! je n'en sais pas le premier mot, répondit Jérémias, épouvanté à cette seule idée de pouvoir se compromettre en répondant.

— C'est que, dans ce cas-là, j'aurais à lui proposer une excellente affaire... et peut-être bien pourrait-elle vous arranger vous-même, D. Jérémias !

— Moi ! non... non... et non !... S'il faut débourser de l'argent, cher ami, je n'ai pas un réal de disponible, pas un cuarto... pas même un maravedi (1).

— Ce sont des rescriptions à escompter à un an de terme et à 12 p. 100.

Les yeux éteints de Jérémias se rallumèrent et dansèrent un fandango à ces paroles.

— Sur hypothèques ? s'écria-t-il ; avec des garanties ?

— Non pas... on n'opère pas ainsi à Cadix, où les affaires se font librement et honorablement sous la seule garantie de la confiance et du crédit.... La signature suffit et vaut une hypothèque.

— Eh bien ! alors, frappez à une autre porte, ami Trefon... La confiance, je n'en ai en personne... la

---

1. Un real vaut 34 maravedis; un cuarto quatre maravedis; le maravedi vaut 5 centimes.

signature, c'est de l'encre sur du papier... pas autre
chose... fût-elle celle de Rotschild... Au reste, je
vous l'ai déjà dit, ajouta-t-il d'un ton lamentable,
ma caisse est aussi à sec que la bourse d'un marquis.
La maladie de ma pauvre femme... les frais d'enterrement... la Positive, où j'ai mis tant d'argent, et
d'où je n'ai jamais rien retiré... ce funeste gouffre
qui m'a englouti dix mille réaux... Une misère... une
bagatelle... un grain d'anis... maudit bourreau!... et
surtout cette catastrophe de la banque de New-
Yorck.... Toutes ces causes réunies m'ont mis entièrement à sec. Maudits yankees¦! satanée mine!...
Allons, D. Trefon, au revoir, et portez-vous bien....
Je m'en vais, car je n'ai pas encore déjeuné; tout
était hors de prix à bord de ce maudit vapeur.

D. Jérémias, sachant fort bien que son compère
ne lui offrirait pas à déjeuner, entra dans un mauvais bouchon et se fit servir une tasse de bouillon
ou plutôt de lavure d'écuelles, dans laquelle il trempa
un morceau de pain, puis il se rendit à la maison du
nabab.

— Ainsi donc, compère, dit Jérémias à D. Roque,
après les premiers compliments sur son heureuse arrivée, ainsi donc vous allez vous établir à Cadix? Quant
à moi, je regrette bien d'avoir quitté la Havane; chaque jour je m'aperçois du vide qu'a laissé autour de
moi ma Pepa, ma pauvre femme... Vous avez perdu
la vôtre pendant la traversée, compère?

— Oui... je crois vraiment que cette entêtée, qui ne
voulait pas venir en Espagne, est morte pour ne pas

en avoir le démenti, et me jouer encore un tour de son
métier...

— Un tour, compère? Puisque la chose devait arriver, il a bien mieux valu, pour vous, que ce fût à
la mer... pas de frais de médecins et d'apothicaires...
pas de dépenses d'enterrement... Je sais ce qu'il en
coûte, compère; j'ai conservé tous les mémoires
de celui fait pour ma pauvre défunte... La bière...

—Le séjour de Cadix ne vous a donc pas convenu?
dit D. Roque en interrompant les lamentations de
Jérémias.

— Non... non... compère... il en coûte trop cher
pour vivre à Cadix.

— Et au Puerto Santa Maria?

— Il n'y a rien à y faire... ces gens-là se pro-
mènent du matin au soir.

— Et à Jerès?

— Ne me parlez pas de Jerès, compère, une vraie
caverne de brigands!... Ils m'avaient fourré dans
une mine, qu'ils appelaient *la Positive*... et tenez
pour certain qu'il n'y eut jamais rien de moins positif. Ils m'ont enlevé dix mille réaux! et voyez leur
malice, pour me faire perdre mon argent, ils ont
aussi perdu le leur! Dix mille réaux que je ne re-
verrai jamais!

— Bon... mais...

— Comment bon? Plaisantez-vous? Ne viens-je
pas de vous dire qu'ils sont à jamais perdus?...

— Fort bien... mais au reste...

— Et qu'il me faut les compter au nombre des
défunts... avec ma pauvre femme...

— On m'avait dit qu'il y avait...

— C'est comme si je les avais jetés par la fenêtre...

— On m'avait assuré qu'un vignoble...

— Et je ne puis même conserver le plus minime espoir pour l'avenir... puisque la mine est abandonnée.

— Je voudrais savoir si ce vignoble...

— J'ai vu... de mes yeux vu... la gueule de cette Positive qui a englouti mes dix mille réaux !

— C'est que, poursuivit D. Roque, sans faire aucune attention aux plaintes de Jérémias, c'est que j'aurais envie d'acheter quelques terrains vignobles, d'un homme qui se trouve dans de mauvaises affaires...

— Jésus! Jésus! Compère, exclama Jérémias, n'allez pas faire une semblable folie!... Vous ne connaissez pas les Jérézains... ils sont aussi malins que vous, compère... Ils ne vendent leurs vignobles, que quand il n'y a plus que du bois sec... Ils ont voulu me mettre dedans... mais ma mésaventure de la Positive m'avait ouvert les yeux... Il n'en est pas moins vrai qu'en fin de compte, vous voyez en moi le plus malheureux des hommes. — En disant ces mots Jérémias poussa un profond soupir.

— Et... que vous arrive-t-il donc, compère? demanda D. Roque.

— Je ne sais que faire de mon argent, exclama Jérémias d'un ton désespéré et en levant les mains au ciel.

— Allons... allons... ne vous désolez pas, nous verrons à vous le faire placer, répondit D. Roque.

2.

— Et les quatre années d'intérêts que j'ai perdues en le gardant, qui me le rendra?

— C'est votre faute, et vous ne pouvez vous en prendre à personne... Pourquoi êtes-vous si poltron, mon compère? Qui ne risque rien n'a rien. Que ne prêtez-vous sur hypothèque... les fonds sont bas.

— Prêter sur hypothèques! exclama Jérémias, avec terreur. Avec tous les impôts qui pèsent sur la propriété, en plaçant au mieux, c'est-à-dire en prenant le gage pour un tiers de la valeur, on n'aurait pas 5 pour 100 de son argent... Voulez-vous donc me ruiner?

— Placez à primes, avec hypothèques...

— Pour qu'on me laisse là, avec mon hypothèque, que je sois obligé d'exproprier, de plaider, de me ruiner en frais! Voulez-vous donc m'assassiner?

— Eh! bien alors, placez votre argent dans quelque banque...

— Dans une banque! Allons, compère, je vois que vous voulez vous moquer de moi... Ne savez-vous donc pas ce que j'ai perdu dans la banque de New-York?... Maudits yankees! race pervertie, race pire que celle des féroces peaux rouges, des nègres marrons et des pirates de la Malaisie!...

— N'allez-vous pas comparer les banques de là-bas avec celles d'Europe, compère? Moi, j'ai placé cent mille douros à la banque de France; placez-y les soixante et tant de mille qu'à mon compte vous devez avoir tout prêts ici; et quand arriveront les soixante autres mille, que vous avez encore à recouvrer là-bas, vous pourrez en faire un autre emploi.

— Chut ! chut ! murmura Jérémias, épouvanté et mettant un doigt sur sa bouche. On ne vous demande pas ce que j'ai... les murailles ont des oreilles, et vous parlez d'une voix de chantre.

— Il n'y a dans la maison que la négresse et ma fille, répondit D. Roque.

— La négresse et votre fille ! répliqua Jérémias en s'approchant de la porte pour s'assurer que personne ne les écoutait, n'est-ce pas assez ? N'ont-elles pas des oreilles pour entendre et des langues pour aller bavarder ?...

— Faites ce que je vous dis, entêté, poursuivit D. Roque... ou bien gardez votre argent improductif.

D. Jérémias se mit à trembler, comme s'il eût été saisi d'un accès de fièvre tierce... D'un côté, courir les chances d'une banque, de l'autre garder son argent à rien faire, l'alternative était cruelle, le conseil de D. Roque semblait encore le meilleur à suivre... Jérémias le prenait... puis le rejetait, comme fait un chat d'une sardine placée sur un gril brûlant. Enfin, après trois jours et trois nuits de combats et d'angoisses, pendant lesquels il ne mangea ni ne dormit, il se décida enfin à placer son argent en actions de la banque de France ; puis le quatrième jour il retourna à Séville, emmenant avec lui la fille de D. Roque, sa filleule, dont ses préoccupations financières ne lui permirent de s'occuper nullement pendant tout le cours du voyage.

L'enfant versa d'abondantes larmes en partant de Cadix, non pas quelle éprouvât un grand chagrin à se séparer de son père, qui lui inspirait une profonde terreur ; mais elle pleurait en quittant la négresse, qui, toute stupide et toute grossière quelle fût, était cependant le seul être qui, depuis la mort de sa mère, eût fait quelque attention à elle... et puis elle tremblait à l'idée de se trouver de nouveau sur cette mer dont elle avait conservé un si effrayant souvenir.

Quand le vapeur jeta l'ancre à San Lucar, pour prendre des passagers, la pauvre Lagrimas était couchée, plus morte que vive, dans une cabine : la souffrance et le mal de mer l'avaient mise dans un état qui faisait compassion.

A San Lucar s'embarqua une jeune et jolie femme, accompagnée d'un homme âgé et d'une petite fille d'environ huit ans.

A peine à bord, l'enfant se mit à courir de tous côtés et poussant la porte de la cabine où se trou- Lagrimas : — Je veux entrer dans cette cabine, dit-elle !

— Non... Reine, lui dit sa mère... Non... Cette cabine est fermée, et sans doute elle est occupée.

— C'est égal... je veux y entrer, moi, je le veux...

— Enfant, dit le vieillard, en ce monde on ne fait pas toujours ce que l'on veut.

Pour toute réponse, l'enfant tourmentait le loquet de la porte, qui finit enfin par s'ouvrir.

— Quel petit démon ! dit la mère, quand elle a mis quelque chose dans sa tête... il faut qu'elle le fasse...

— Dieu veuille que ce qui vous semble aujour-
d'hui une gentillesse, ne vous donne pas bien du
souci plus tard, marquise, répliqua le cavalier.

— Mère... mère... cria tout à coup l'enfant...
venez donc voir... une pauvre petite fille... elle
est seule, triste et malade... Pauvre petite !... pauvre
petite !...

La marquise accourut et trouva sa fille couvrant
de baisers le visage de la pauvre Lagrimas, aussi
blanc qu'un linceul.

— Avec qui es-tu à bord, mon pauvre enfant ? lui
dit la marquise.

— Avec mon parrain, répondit la petite d'une
voix presque inintelligible.

— Et c'est un méchant parrain... qui l'aban-
donne ainsi, seule, seule et malade ! s'écria
Reine.

— Reine... Reine... ce que vous dites là est fort
vilain et ne doit pas se dire, fit la mère.

Mais l'enfant avait disparu et revint bientôt avec
une assiette de biscuit : un domestique la suivait
portant un plateau à café.

— Prends ces biscuits... prends ce café, ma
pauvre petite... c'est bon pour le mal de mer, dit
Reine ; tu as vraiment un bien bon parrain... si je
le rencontre sur le pont, il peut être tranquille, je
le pousserai pour le faire tomber à la mer !

— Reine, ne pouvais-tu pas me dire d'aller demander ce café, au lieu d'aller le chercher toi-même?
dit le cavalier.

— Vous, répondit celle-ci, mais vous auriez mis deux jours pour aller et revenir, D. Domingo !

— Quel cœur ! quel excellent cœur ! s'écria la marquise de Alocaz en couvrant sa fille de baisers.

IV

UN COUVENT

Quelque temps après les événements que nous venons de rapporter, dans le jardin d'un de ces nombreux couvents de femmes qui existent à Séville, un essaim de petites filles prenait joyeusement ses ébats sous une tonnelle. Ce n'est pas sans raison que l'on a dit que la jeunesse possède une grâce innée, et, pour notre compte, nous sommes portés à croire que ce charme est un reflet de l'innocence de cet heureux âge.

Le petit troupeau féminin était fort occupé : les unes traçaient un jardin avec un art que leur eût envié le célèbre Lenôtre : une petite branche de buis figurait un oranger, une mignonette, un palmier. Au centre, la moitié d'une coquille d'œuf faisait l'office d'un bassin d'albâtre, où quelques feuilles de géranium simulaient des poissons rouges : tout autour, des dés garnis de petites branches de thym jouaient le rôle des pots à fleurs. D'autres enfants s'étaient improvisées cuisinières et s'efforçaient de faire entrer dans une marmite, pas plus grande qu'une noix, des choux-fleurs, figurés par de petits radis ; d'autres habillaient un marmot, confectionné en argile, avec toutes les précautions nécessaires pour ne le priver ni de ses bras, ni de ses jambes ; d'autres enfin, gravement assises, comme les dames en visite, tenaient à la main une feuille de vigne en guise d'éventail.

Seule, une jeune fille, pâle et fluette, restait assise sur une petite chaise basse et ne jouait pas avec les autres.

— Tu ne veux jamais jouer, Lagrimas, dit une de ses compagnes ; as-tu mal au pied ?

— Non, répondit l'enfant.

— Eh bien, alors, pourquoi ne pas jouer ?

— Je suis fatiguée.

— De quoi ?

— Je ne sais pas.

— Et moi aussi, je suis fatiguée, dit la cuisinière en abandonnant la marmite à son triste sort.

— Moi aussi... moi aussi... répétèrent les autres petites filles, avec cette inconstance familière à leur âge, où l'on se lasse bientôt de tout, même du jeu... et nous pourrions dire qu'il en arrive souvent autant à des personnes plus âgées et qui devraient être plus raisonnables !

— Contons des contes...

— Oui... oui... contes-en un, toi, Magdalena...

« Il y avait une fois une petite fourmi... »

— Pas celui-là... pas celui-là... nous le savons.

— Je n'en sais pas d'autres... « Il y avait... »

— Veux-tu te taire... Oh ! voyez donc la vilaine petite bête sur cette feuille...

— Je vais la tuer, dit une des petites filles...

— Jésus ! ne fais pas cela... si Lagrimas te voit, elle va fondre en larmes, et notre mère de Bon-Secours nous grondera...

— Bast ! je connais le moyen de l'empêcher de pleurer... je lui chanterai une chanson que je sais, et qu'on chante aux enfants pour les faire taire...

— Voyons... ta chanson.

L'enfant se mit à chanter...

« Ne pleure pas, ma petite Isabelle, ou les fleurs vont se faner. »

— Magdalena, dit une petite boulotte à la mine rose et éveillée, conte-nous donc l'histoire de l'enfant perdu... qui est si jolie...

Magdalena s'assit gravement sur un arrosoir, et commença :

« — Mère, il y a à la porte un enfant aussi beau que le soleil ; il dit qu'il a froid et il est à moitié nu.

« — Dis-lui d'entrer, il se réchauffera.

« L'enfant entre et s'assied ; la mère le fait chauffer et lui dit : D'où viens-tu, mon enfant, où es-tu né ? Et il répond : je suis né sur une terre lointaine : mon père est au ciel et ma mère est sur la terre.

« Pendant que l'enfant soupait, de grosses larmes tombaient de ses yeux.

« — Dis-moi, enfant, pourquoi pleures-tu ?

« — Parce que j'ai perdu ma mère... Ma mère, dans sa douleur, ne saura que faire, bien que mon père Joseph lui donne des consolations.

« — Faites avec soin le lit de cet enfant... il couchera dans notre alcôve.

« — Ne prenez pas cette peine, señora, je coucherai dans un coin : mon lit est la terre, sur laquelle je suis né, et jusqu'à ma mort je n'aurai pas d'autre couchette.

« Le jour avait à peine paru, que l'enfant se leva et prit congé... Je m'en vais à l'église, dit-il, c'est là que je demeure... »

Et c'est là aussi que nous irons tous lui rendre grâces.

Quand Magdalena eut fini, les enfants se tournant vers la petite fille pâle :

— Lagrimas, lui dirent-ils, conte-nous maintenant le conte de la fleur de Lilila, que tu contes si bien.

— Je suis fatiguée, répondit l'enfant.

— Si tu veux nous le conter, dit la petite boulotte, je te promets d'aller au jardin cueillir de la petite laitue pour ton canari.

Sous l'attrait de cette promesse, l'enfant sortit de son apathie, et conta ce qui suit :

CONTE DE LA FLEUR DE LILILA

« Il y avait autrefois un roi qui avait trois fils : les deux aînés étaient très-méchants, et le dernier très-bon. Tous les jours une pauvresse venait au palais pour demander l'aumône : les deux aînés ne lui donnaient jamais rien, et la chassaient sans même lui dire : Dieu vous bénisse ! Mais le plus jeune, qui

3

n'avait pas d'argent parce que ses grands frères prenaient le sien, donnait à la pauvre femme un morceau de pain qu'il réservait sur celui de son déjeuner.

« Or il survint au roi une maladie sur les yeux qui le rendit aveugle : les médecins dirent qu'une seule chose pouvait le guérir, et cette chose était la fleur du Lilila ; mais personne ne savait où se trouvait cette fleur.

« Les enfants partirent pour aller à sa recherche, jurant bien qu'ils ne reviendraient pas avant de l'avoir trouvée. L'aîné se mit en route le premier, et en sortant du palais il trouva la pauvresse qui était la Vierge en personne ; il lui demanda si elle pourrait lui indiquer la route à suivre pour trouver la fleur de Lilila. La Vierge n'a jamais refusé un bon conseil à personne, même au méchant : « Marche « tout droit, répondit-elle, par ce chemin que je te « montre, et tu arriveras à ton but ; mais je te pré- « viens que tu rencontreras en route beaucoup d'en- « fants noirs, qui sont très-méchants : ils t'engage- « ront à jouer avec eux et à te détourner de ton « chemin : ne les écoute pas et ne perds pas de vue « les enfants blancs qui te conduiront à bon port. »

« Sans même remercier la pauvresse, l'enfant se mit en route ; mais, au lieu de suivre ses conseils, il se laissa séduire par les enfants noirs, se mit à jouer avec eux, et perdit son chemin. Ce qui était arrivé à l'aîné arriva de tout point au cadet. Mais il n'en fut pas ainsi du plus jeune, qui suivit à la lettre les prescriptions de la pauvresse, et il en résulta que les enfants blancs le conduisirent à un magnifique jardin où se trouvait la fleur de Lilila, qui était blanche comme celle du lis et exhalait une délicieuse odeur.

« L'enfant cueillit la fleur et se remit en route pour l'apporter à son père ; mais il rencontra bientôt ses deux frères accompagnés des enfants noirs... Et ceux-ci, à la vue de la fleur, leur conseillèrent de tuer leur petit frère et de porter eux-mêmes la fleur à leur père, comme s'ils l'avaient trouvée : ils cédèrent à ce mauvais conseil, et, après avoir tué leur frère, ils l'enterrèrent, pour que sa mort demeurât ignorée.

« A l'endroit même où l'enfant avait été enterré poussèrent des roseaux : un petit berger qui faisait paître par là son troupeau, coupa un de ces roseaux et s'en fit une flûte ; mais, quand il voulut en jouer, il en sortit une voix qui chantait sur un ton triste et mélancolique. »

Et l'enfant se mit à chanter, d'une voix faible, mais douce et pure comme un souffle, cette expressive chanson :

« Ne me fais pas parler, ô petit pasteur, car je se-
« rais forcé de divulguer le secret de mes frères,
« qui m'ont mis à mort pour me ravir la fleur du
« Lilila. »

« Ces paroles, sorties de la flûte, parurent au petit berger une chose si merveilleuse, qu'il fut porter la flûte au roi ; mais, à peine le roi l'eut-il prise entre ses mains que le chant se fit entendre sur un ton encore plus triste :

« Ne me touche pas, ô mon père, car je serais

« forcé de divulguer le secret de mes frères, qui
« m'ont mis à mort pour me ravir la fleur du Lilila. »

« En reconnaissant la voix de son plus jeune fils,
le pauvre père se mit à pleurer et à s'arracher les
cheveux : il ordonna de faire comparaître les deux
aînés en sa présence, et quand ceux-ci eurent entendu cette voix qui sortait de la flûte, ils confessè-
rent leur crime... et le roi les condamna à mort !...
Mais alors, sans que personne touchât à la flûte, il
en sortit une voix qui chanta sur un ton plein de
douceur :

« Ne les fais pas mourir, ô mon père, et pardonne-
« leur, comme je leur ai pardonné... il est si doux
« de pardonner ! »

Quand l'enfant eut terminé son conte, toutes ses
compagnes se dispersèrent et recommencèrent leurs
jeux, en chantonnant presque toutes quelques notes
vagues et indécises de cette mélodie que Lagrimas
venait de faire entendre, tandis que celle-ci murmurait encore la fin du dernier couplet : « Il est si doux
de pardonner ! »

L'enfant posa sa joue dans sa main, et comme si
elle se fût bercée elle-même avec sa chanson, elle
s'endormit.

— Pauvre petit ange, dit la mère de Bon-Secours
en la voyant, elle n'a pas fermé l'œil de la nuit...
elle me fait une pitié ! La conserverons-nous, mère
abbesse ?

— Avec l'aide de Dieu, ma sœur, répondit celle-
ci. Parlez bas, mes enfants, ajouta-t-elle en s'adressant aux autres petites filles, pour ne pas réveiller

votre petite compagne, qui n'a pas dormi de la nuit.

Les enfants s'éloignèrent et se dispersèrent dans le jardin, où elles se mirent à parler si bas, si bas, qu'elles ne s'entendaient pas elles-mêmes.

— Parions que vous ne devinerez pas... dit tout à coup Magdalena, matrone de sept ans et la plus âgée de la bande.

— Quoi?

— Une énigme...

— Voyons...

— Eh bien, qu'est-ce que c'est qu'un plat de noisettes qui sont serrées pendant le jour et qui se répandent le soir?

Chacun des enfants se plongea dans une profonde méditation,

— J'y suis, dit la boulotte, en faisant un saut qui l'éleva d'un doigt et demi au-dessus du sol... J'y suis... ce plat de noisettes... c'est nous autres.

— Faut-il que tu sois sotte, dit la matrone; avons-nous l'air de noisettes?... Tu ressembles plutôt à une grosse grenade...

— Eh bien, dis-le, toi qui es si savante.

— Ce sont les étoiles...

— Que non... les étoiles ne sont pas des noisettes.

— Et que sont-elles donc, madame sait-tout?

— Ce sont les larmes de la Vierge, que les anges ont portées au ciel... et elles sont si nombreuses qu'on n'a jamais pu les compter.

Les enfants levèrent les yeux au ciel que parcouraient des nuages qui couvraient et découvraient alternativement la lune.

— Holà! dit la petite boulotte, voyez donc comme la lune entre dans le ciel, et comme elle en ressort... qu'est-ce qu'elle peut avoir?

— Elle appelle sans doute Dieu le père, dit sa voisine.

— Je n'entends pas la voix de Dieu...

— Tu ne vois pas non plus son visage à la messe, et cependant il y est... Si nous l'entendions de nos oreilles, si nous le voyions de nos yeux, ajouta-t-elle en tirant l'oreille de la boulotte, quel mérite y aurait-il à croire, comme dit notre mère de Bon-Se-cours?

La propriétaire de l'oreille poussa un cri perçant; l'enfant endormie eut peur et s'éveilla en sursaut, ouvrit démesurément ses grands yeux noirs, et s'é-cria d'une voix effrayée :

— La mer... la mer... le requin... le requin... maman... maman...

La religieuse prit l'enfant entre ses bras.

— Allons... allons, mon enfant, lui dit-elle, ras-sure-toi... ce n'est qu'un rêve... un cauchemar... ta mère est au ciel avec Dieu, avec les anges, avec les saints, et elle prie pour toi. Tu es ici avec nous qui te chérissons; à ton côté est ton ange gardien... la mer et les requins sont bien loin... En fait de mer, il n'y a ici que ce bassin d'eau tranquille, et en fait de requin, que ces petits poissons rouges; regarde comme ils courent et comme ils sont gentils !

V

A VILLAMAR

Puisque nous avons esquissé la biographie d'une partie des personnages qui doivent figurer dans les événements simples et naturels que nous avons à raconter, il nous semble nécessaire d'en agir de même pour les nouveaux acteurs que nous allons mettre en scène. Tous nos portraits ont été dessinés d'après nature, et nous tenons à constater qu'ils appartiennent à la réalité bien plutôt qu'au roman.

Il y a dans ce monde des êtres parfaitement heureux, dont le sort est digne d'envie. Ce sont les gens qui, doués d'une bonne santé, jouissant de cette douce médiocrité qui assure le pain quotidien, aussi en dehors des illusions dorées que des impérieuses nécessités de la vie, ne connaissant, même de vue, aucun livre, si ce n'est le Catéchisme, se sont créé une vie extérieure aussi réglée qu'une horloge, et une vie intérieure aussi paisible qu'une mare d'huile.

Nous savons fort bien que le siècle des lumières méprise souverainement ces gens-là et fait fi de ces tranquilles et modestes existences. Aussi cherche-t-il à inoculer à chacun la *noble ambition,* suivant l'expression à la mode, de sortir de sa sphère et de poursuivre de chimériques espérances. On pourra faire l'application de cette vérité, en lisant l'histoire que nous avons commencée.

Nous allons maintenant transporter le lecteur à

Villamar, petit port de mer perdu sur une des côtes de l'Espagne, et dans lequel D. Perfecto Civico cumulait les fonctions d'alcade et de maréchal-ferrant, tenant dignement et à la satisfaction générale, dans ses robustes mains, la verge de l'alcade et le marteau du forgeron.

Dans le temps où il était vétérinaire dans un régiment, le digne homme avait fait connaissance, en Galice, d'une Galicienne, qui valait son pesant d'argent... ce qui n'était pas peu dire.

Civico, qui était assez joli garçon, fut bien accueilli quand il se présenta comme un prétendant ; mais on lui imposa la condition de quitter le service et de planter sa tente et sa forge dans le village de la prétendue.

A peine marié, Civico perdit son beau-père, et, après avoir réalisé l'héritage qu'il convertit en bonnes lettres de change sur un marchand de Cadix, il s'en fut, avec sa femme, dans cette ville, d'où ils passèrent à Villamar.

Voici l'origine de cette fortune dont ils avaient hérité :

L'aïeul de la novia avait eu deux fils, Tiburcio et Bartholo. Du premier, qui était fort et robuste, le père fit un laboureur ; quant au second, qui était faible et débile, il l'envoya en Amérique avec une faible pacotille.

Au bout d'un grand nombre d'années, on reçut une lettre dans laquelle Bartolo informait sa famille que ses affaires avaient prospéré et qu'il avait acquis une assez belle fortune. La lettre était

signée Bartholo-mé. Ce mé, ajouté à son nom, parut
bien à Tiburcio une prétention un peu ridicule de la
part de son frère, mais il la lui pardonna d'autant
plus volontiers que celui-ci ne tarda pas à mourir,
lui laissant une fortune que Tiburcia, sa fille, apporta
plus tard en dot à l'amoureux vétérinaire.

Cette union fut heureuse, car, à part une sotte
vanité de vouloir passer pour un *homme éclairé*,
Civico était un excellent homme; et, malgré son
caractère impérieux et grossier, Tiburcia était bien
la meilleure des femmes.

Depuis que la verge d'alcade, dont personne n'a-
vait voulu, était tombée entre ses mains, don Perfecto Civico s'était cru obligé d'affecter un ton sen-
tencieux et doctoral, et de prendre les airs d'un
fonctionnaire public. Tiburcia, naturellement franche
et joviale, s'inquiétait fort peu de ce ton et de ces
airs, et conservait dans sa maison la supériorité que
lui donnaient les écus qu'elle y avait apportés. Pour
nous servir d'une expression, peut-être un peu vulgaire, mais caractéristique, elle portait les culottes.
Civico n'élevait pas de réclamations à ce sujet; mais
ce qui faisait son désespoir quotidien, c'est que
sa femme, quand elle parlait de lui, n'avait jamais
pu ni voulu le désigner autrement que par la dénomination de maréchal-ferrant. Ce mot, sortant de la
bouche de sa propre moitié, faisait rougir de honte
l'alcade de Villamar.

— Tiburcia, disait-il à sa femme, celui qui exerce
l'art de soigner les animaux s'appelle un médecin
vétérinaire.

3.

— Au diable ! lui répondait celle-ci avec son accent galicien. Chez nous, celui qui soigne les bêtes s'appelle un maréchal... et il n'en rougit pas... *C'est vrai !*

C'est vrai était une conclusion après laquelle le mari savait qu'il n'y avait rien à ajouter.

Mais vint un jour où cette paix domestique fut troublée d'une manière plus sérieuse.

Don Perfecto avait placé toutes ses espérances sur la future élévation de sa race. Toutes les portées de sa noble ambition, toutes les illusions de ses songes dorés reposaient sur son fils aîné, Tiburcio, qui venait d'atteindre l'âge fixé par son père pour l'envoyer faire ses études à Séville.

Nous n'entrerons pas dans le détail des altercations qui eurent lieu à ce sujet entre la moitié éclairée et la moitié non éclairée de cet illustre couple ; ce serait à n'en pas finir.

— L'envoyer étudier ! s'écriait la Tiburcia avec son bon sens galicien, c'est-à-dire dépenser de bons écus pour devenir un fainéant ! Qu'il apprenne à ferrer et à soigner les mules comme son père, et il gagnera bien mieux sa vie... *C'est vrai !* Étudier ! Es-tu donc tenté du démon, Perfecto ? Etudier ! Tiburcio est-il donc le fils de quelque marquis ? Je n'y consentirai pas... *C'est vrai !*

Pour la première fois de sa vie Perfecto réclama les culottes qu'il avait si facilement laissé usurper. Voir son fils s'élever dans les hautes régions, c'était le songe doré de sa vie entière ; on lui eût plutôt arraché le cœur et la verge d'alcade que de le faire renoncer à cette brillante fantasmagorie. Il avait fait tous ses efforts pour l'introduire également dans l'esprit un peu obtus de son fils, et pour le pénétrer de la noble ambition dont il était lui-même animé, mais la chose n'était pas facile. Tiburcino, comme l'appelait sa mère, ne se souciait guère d'étudier, et encore moins de quitter Villamar, où, malgré son jeune âge, il avait déjà une novia. Cette novia était Michaela ou Quela, comme on avait coutume de l'appeler, fille de l'oncle Juan Lopez, le riche compère de l'alcade. Les parents avaient vu, avec plaisir, se former cette inclination qui présentait de part et d'autre toutes les convenances désirables. Aussi l'oncle Juan Lopez fit-il à l'alcade quelques sages et prudentes réflexions, mais elles furent inutiles. Tiburcia grogna, ragea, pleura, cria : elle n'eut pas plus de succès. L'inflexible alcade partit avec son fils, grand échalas de mauvaise mine, monté sur une mule aussi efflanquée que lui.

Le jeune homme , qui était de Villamar, pays connu pour la terre classique des citrouilles végétales, prouva, dans les divers examens qu'il eut à subir pendant le cours de ses études, que son pays pouvait également produire des citrouilles morales.

Le temps passé à l'Université se prolongeait démesurément ; aussi fallait-il entendre les lamentations, les imprécations, les reproches qui sortaient, comme d'une source abondante, de la bouche de la Tiburcia, chaque fois que l'expiration d'un trimestre forçait l'économe galicienne à dénouer les cordons de sa bourse !

Quant à Perfecto Civico, il recevait stoïquement la bordée... pourvu que son fils pût poursuivre la route conduisant au ministère. Rien ne lui coûtait pour mener son projet à bonne fin. Chaque *tranchée* qu'il guérissait se convertissait en un Droit royal (1), et les fers qu'il plaçait en un Destutt-Tracy, au grand désespoir de Tiburcia, qui s'écriait tristement :

— Cet homme est un mauvais père ! il dépouille ses autres enfants, qui ne verront pas un maravédis de l'héritage de mon oncle Bartholomé ! Dis-moi, malheureux homme, si tous les autres maréchaux-ferrants envoyaient leurs fils étudier, qui soignerait les bêtes?... *C'est vrai !*

— Les fils de marquis, répondait l'alcade, les fils de marquis, comme le dit fort bien le journal intitulé : « la Veille du jour de la justice. » Puis l'alcade se drapait dans sa grossière capote comme dans la toge d'un sénateur romain, et abandonnait l'obscur et mesquin foyer domestique.

Lors des premières vacances que l'étudiant vint passer à la maison paternelle, il rapporta de Séville, avec un très-mauvais ton et d'ignobles manières, un féroce appétit qui fit dresser les cheveux sur la tête de sa mère. Dans cette première visite, Quela n'eut pas trop à se plaindre de la froideur de son novio ; elle l'entendit cependant avec peine vanter, sur un ton d'enthousiasme, les jeunes ouvrières de la manu-facture des tabacs, et les citer comme des types de grâce et de bon ton ; elle goûta fort peu également

1. Ouvrages de droit et de politique.

les exhalaisons vineuses, compagnes inséparables de l'étudiant villageois. Néanmoins, toujours fidèle à son premier amour, c'était avec plaisir qu'elle voyait les parents s'occuper des préparatifs de la noce.

Les visites de Tiburcio devinrent bientôt plus rares et les demandes d'argent plus multipliées.... Enfin l'étudiant étant venu passer quelques jours dans sa famille, y apporta des airs de matamore, une prétention à dominer tout le monde, qui le rendirent insupportable à un chacun, à l'exception de son père qui, dans cette conduite, croyait voir l'*homme supérieur*.

Ce dédain de Tiburcio pour tout le monde s'étendait jusque sur sa novia, la jolie Michaela.... et cependant Quela était une de ces créatures privilégiées comme il en naît dans toutes les sphères, non pas pour en sortir, mais pour les embellir ; car, dans son inépuisable bonté, Dieu partage ses faveurs entre toutes les classes. Quela avait été élevée à l'école de la señora Rosita, dont elle était la préférée. Dès son enfance, sa docilité, son application et son aimable caractère l'avaient fait chérir de tout le monde. Si d'un côté le caractère un peu dur de son père la rendait réservée, d'un autre côté la tendresse de sa mère la rendait confiante. Quela était sereine comme un beau jour, charitable comme une sainte ; elle répandait enfin autour d'elle, comme les fleurs embaumées du jasmin, un parfum pur et délicieux.

VI

ENCORE LE COUVENT

Dans le couvent, où nous avons déjà introduit le lecteur, nous retrouverons les jeunes filles que nous y avons laissées toutes petites, mais qui ont grandi depuis cette époque, car il s'est écoulé quatre années. Le personnel s'est augmenté d'une jeune fille de douze ans nommée Reine, fille de la marquise de Alocaz, qui, forcée de faire un voyage à Madrid, a laissé son enfant dans le couvent où elle-même a été élevée.

Faire élever ses filles au couvent, ce n'est plus d'usage aujourd'hui. Une mère qui aurait cette idée passerait pour une mère tyrannique et anticonstitutionnelle. Empêcher les jeunes filles d'aller le nez au vent, sur les promenades, faire briller leurs capotes et leurs écharpes, priver ces innocentes créatures de donner leur avis et d'émettre leur vote sur l'opéra nouveau et sur les toilettes à la mode, ce serait contraire aux droits sacrés de la jeunesse!

Empêcher de petites guenons de huit ans de se faire suivre à la promenade par de petits singes de dix, de recevoir des billets doux, écrits *en moyenne,* sur un papier gravement timbré d'une couronne, au lieu d'un bourrelet, ce serait une flagrante réaction vers l'obscurantisme. Enseigner aux jeunes filles à coudre une chemise au lieu de broder un mouchoir, les forcer à lire de bons livres au lieu du journal des

modes, leur faire garder la maison et s'occuper des
soins du ménage au lieu de fatiguer huit heures par
jour un malheureux piano... au grand désespoir des
voisins.... tout cela serait crime de lèse-élégance.
A quoi bon, d'ailleurs, une semblable éducation?
Ne sommes-nous pas toutes riches ou en passe de le
devenir, surtout depuis que des avis dignes de foi,
transmis par le télégraphe électrique, annoncent le
débarquement d'un chargement complet de novios
arrivant de la Californie?

L'entrée de Reine au couvent n'était due qu'au
départ de sa mère pour Madrid. Les autres pension-
naires appartenaient en grande partie à la basse
classe. Au moment où s'ouvre ce chapitre, elles
étaient occupées à arroser des fleurs.

Debout devant une jeune fille pâle et fluette, appuyée contre un arbre, Reine cherchait à l'entraîner
en lui disant : — Allons, viens courir avec moi.

Reine était cette enfant que nous avons déjà vue
à bord du vapeur; l'enfant pâle était Lagrimas, dont,
dès cette époque, elle s'était déclarée la protectrice.

— Je suis fatiguée, répondit Lagrimas.

— Laisse-la, Reine, dirent à ce moment deux
petites filles chargées d'un énorme pot de giroflées
qu'elles portaient à grand'peine, laisse-la... si elle
ne veut pas courir... Ni courir, ni jouer, ni parler,
ni manger, ni dormir... rien ne lui plaît... que de
ne rien faire... Dis donc, Lagrimas, est-ce que vous
êtes toutes aussi nonchalantes dans ton pays?

A cette sortie hostile, la jeune fille se mit à
pleurer.

— Bon! la voilà qui pleure à présent... Elle est comme la fontaine de la cour, il n'y a qu'à tourner le robinet... de quelque côté qu'on le tourne, il vient toujours de l'eau. Si notre mère de Bon-Secours la voit pleurer, gare à nous!... Jésus! ne pleure donc pas... Ah! que tu es la bien nommée, et quelle guitare mal accordée!

— Et moi, que vous ai-je fait pour me traiter ainsi? répondit l'enfant sans cesser de pleurer.

Et les autres furieuses de répéter :

— Fontaine de larmes!

— Vallée de larmes!

— Mer de larmes!

— Brouillard de larmes!

— Tu pleures pour nous faire gronder, commère pleurnicheuse; mais sois tranquille, et gare à ton serin; il pourra bien ne plus trouver d'eau dans son auge!

A cette menace, Lagrimas se laissa tomber par terre en poussant des sanglots étouffés; ses yeux s'ouvrirent démesurément, et elle appuya ses petites mains sur sa poitrine.

— Jésus nous assiste! dirent les enfants effrayés. La voilà maintenant qui a une de ses crises.... Si la mère Bon-Secours arrivait, nous ne serions pas blanches!

Et toutes deux, mettant à terre le pot de giroflées, prirent leur course et disparurent au fond du jardin.

Reine avait deux ans de plus que Lagrimas; elle était grande et bien faite et portait haut la plus charmante tête. Son front élevé, ses manières impératives, indiquaient la jeune fille riche, gâtée et élevée sans entraves. Dans le regard qu'elle jeta sur sa compagne gisant presque évanouie à terre, on eût pu remarquer l'expression d'une volonté énergique de protéger le faible contre le fort. Sans se déconcerter, sans se troubler, elle desserrait les cordons de Lagrimas, ainsi qu'elle l'avait vu pratiquer, en semblables occasions, aux religieuses, lorsque arriva la mère de Bon-Secours.

— Qui est-ce qui t'a mise dans cet état? demanda la bonne mère toute saisie.

Les deux jeunes filles gardèrent le silence. Parmi toutes les vertus, Lagrimas possédait avant tout celle de pardonner les offenses, ou plutôt, chez cette suave créature, le pardon était inutile, puisqu'elle ignorait l'offense.

Quant à Reine, elle avait cette noblesse d'âme de quelqu'un qui se sent assez fort pour venger ses offenses par lui-même, et rougirait de s'abaisser à la délation.

Lagrimas était sortie de sa crise et cherchait à rassurer la bonne mère.

— Qui a mis là ce pot de giroflées? demanda-t-elle en voyant les fleurs que les deux complices, dans leur fuite, avaient plantées au beau milieu du chemin, sans que les fleurs eussent osé murmurer.

Reine nomma les coupable, et la mère de Bon-Secours les appela.

Celles-ci arrivèrent : véritables images de la confusion, du remords et de la frayeur.

— Où portiez-vous ce pot? demanda la religieuse.

A cette question, qui n'avait aucun rapport avec le sujet de leurs craintes, il s'opéra, comme par magie, un changement subit sur la figure et dans les manières des deux délinquantes; aux ténèbres succéda un brillant soleil, et elles répondirent fièrement :

— Ici, près de la fontaine.

— Et pourquoi?

— Parce qu'il nous faut apporter de l'eau de trop loin pour les arroser et que la chaleur nous fatigue.

— Ces pots de fleurs, poursuivit la mère, les soignez-vous pour les déposer sur l'autel de la Vierge le jour de sa fête?

— Oui, ma mère.

— Eh bien! pour que dans ce saint jour elles soient dans toute leur splendeur, elles ont besoin des rayons du soleil pour les réchauffer et non pas de l'ombre des arbres qui les couvrirait près de la fontaine. D'ailleurs il ne faut jamais compter ses pas quand il s'agit de servir Dieu ; ils peuvent vous sembler perdus, mais ils ne le sont pas, et, pour preuve, écoutez cet exemple :

« Un ermite avait son ermitage dans une vallée, tout près d'une montagne en haut de laquelle se trouvait un hôpital. Il survint une grande épidémie, et l'hôpital se remplit tellement de malades que les mains manquaient pour les soigner; on réclama donc l'assistance de l'ermite, et celui-ci s'empressa d'accourir. Tous les matins, à peine le soleil avait-il paru, que le bonhomme prenait son bâton et gravissait la montagne jusqu'à l'hôpital.

« Un jour où, pendant son ascension sur cette côte élevée, la chaleur le faisait beaucoup souffrir : — Ne vaudrait-il pas mieux, se dit-il, bâtir mon ermitage, en haut de la montagne?

« Il entendit alors une voix qui comptait derrière lui.... un... deux... trois... Il se retourna, mais il ne vit personne. — Comment n'ai-je pas pensé à cela plus tôt? continua-t-il à se dire à lui-même, que de fatigues je me serais épargnées! Et il entendit de nouveau la voix qui comptait derrière lui, mais, comme la première fois, il ne vit personne. Près d'arriver en haut, il cherchait des yeux un site propre à y établir sa demeure, quand, de nouveau, il entendit la même voix qui comptait toujours. Il se retourna, épouvanté, et vit un ange qui lui dit : — Je suis ton ange gardien, et je compte tes pas. »

— Vous voyez donc bien, mes enfants, poursuivit la mère de Bon-Secours, que rien de ce qui se fait dans une bonne intention n'est perdu pour le ciel.

La mère prit dans ses bras la pauvre jeune fille qui se débattait encore dans des tremblements nerveux, et l'emporta.

— Écoutez ici, vous autres, dit Reine de l'air de son nom aux petites filles qui reprenaient, pour le remporter, le pot de giroflées, et retenez bien ceci : La première qui se permettra de taquiner Lagrimas, ou de faire quelque chose à son canari, aura affaire à moi.... Je ne vous en dis pas davantage; mais si vous ne m'obéissez pas, tenez-vous pour bien dit que de toutes les bonnes choses qu'on m'apporte de la maison, pas une miette n'approchera de vos lèvres. Maintenant, au large !

Reine fit de la main un geste majestueux, et les porteuses de pots, la mine allongée par la menace d'abstinence qui venait d'être formulée, s'éloignèrent avec les malheureuses giroflées qui se balançaient comme des hommes ivres ou pris du mal de mer.

— L'enfant était cependant un peu mieux depuis quelque temps, disait l'abbesse à la mère Bon-Secours qui préparait un calmant pour Lagrimas ; mais il ne faut jamais chanter victoire en présence d'un mal qui déroute même la science des médecins. Les uns disent que c'est un asthme, d'autres une maladie de foie, d'autres y voient des symptômes d'anévrisme, d'autres enfin l'attribuent au système nerveux.

— Quelle qu'elle soit, répliqua tristement la mère Bon-Secours, je crois la maladie incurable. Don Augustin Lopez del Bagno, le meilleur, sinon le plus gai des médecins de Séville, le laisse bien à entendre quand, en parlant de la pauvre enfant, il disait l'autre jour : « Vive la poule ! encore qu'elle ait la pépie ! »

Pendant que les bonnes religieuses dissertaient sur la maladie de Lagrimas, Reine, assise au chevet du lit de la pauvre enfant, lui disait :

— Mais aussi pourquoi pleures-tu donc à propos de tout ?

— Parce que tout est si triste !

— C'est tout le contraire, moi, je trouve tout gai, répliqua Reine.

— Et aussi parce que j'ai peur que mon canari ne meure de soif, ajouta la désolée Lagrimas.

— Ne crains rien, sotte, répondit Reine ; j'ai vertement chapitré ces ignobles volailles, et elles n'oseront s'attaquer dorénavant ni à toi ni à ton canari. Je t'assure qu'elles ont plus peur de moi que du cancon. Mais, voyons, raisonnablement, est-ce bien un motif pour te rendre malade que la crainte de voir mourir ton canari ?

— Oui, Reine, oui ; si tu savais ce que c'est que la mort! dit l'enfant d'un ton effrayé.

— Ce n'est pas autre chose que le sommeil, répondit Reine.

— Oh! non : c'est quelque chose de terrible, d'horrible!... As-tu jamais vu un mort, toi, Reine ?

— Jésus! plus de mille! Si ce sont des enfants, ils sont couverts de fleurs et ont l'air de sourire.... Si on le voulait bien, j'aurais envie de les embasser !

— Sainte Vierge ! exclama l'enfant tremblante.

— Est-ce que par hasard, poursuivit l'autre, tu aurais vu un mort très-laid, très-laid ?

— Non. Je n'ai pas vu d'autre personne morte que ma mère, et ma mère n'était pas laide, au contraire, elle était bien jolie ; mais la mort l'avait tant changée!... Elle me regardait de ses grands yeux ouverts, et elle ne me voyait pas. Ses lèvres étaient devenues blanches, et elles ne s'ouvraient plus pour me parler, comme si elles eussent été de marbre....

Enfin elle devint blanche comme de la cire.... Te figures-tu, Reine, ce qui se passait en moi quand je la vis dans cet état, moi qui l'aimais tant! Je n'osais m'approcher d'elle, et je me demandais : Pourquoi ma mère ne me parle-t-elle pas? elle ne dort pas cependant, puisqu'elle a les yeux ouverts!

— Est-ce que tu étais seule avec elle? demanda Reine; d'ordinaire, quand quelqu'un est mort, il y a du monde autour de lui, les médecins, le prêtre, les parents.

— Il n'y avait personne, Reine, personne, sinon la négresse qui dormait, car ceci se passait en mer, à bord d'un bâtiment. Oh! je me souviens de tout... Le vent poussait des gémissements semblables aux hurlements d'un chien qui présagent la mort; la mer rugissait comme si elle eût réclamé quelque chose qu'on ne voulait pas lui donner, et le bâtiment s'agitait comme s'il eût voulu se débarrasser d'un objet qui l'embarrassait... Et ma mère allait et venait, d'un côté sur l'autre, dans sa couchette : tantôt semblant me tendre les bras, tantôt échapper à mes caresses.... Et la mer demandait toujours quelque chose!... Puis, le jour suivant, ajouta l'enfant, la respiration agitée et avec une horreur toujours croissante, le jour suivant... des hommes prirent ma mère comme un paquet, et en présence de mon père, Reine... de mon père qui ne s'y opposa pas, ils la jetèrent à la mer, comme un objet sans valeur... et dans la mer, Reine, dans la mer... elle a été mangée par les requins!...

— Mère Bon-Secours! mère Bon-Secours! venez

vite ! cria Reine, voici Lagrimas retombée dans une
de ses crises !

VII

UN FILS DE FAMILLE

A une époque bien antérieure à la nôtre, un auteur allemand disait, avec sa candeur allemande :
« Sainte Liberté, puisque ton culte tend à amélio-
rer l'espèce humaine, ne pourrais-tu un peu mieux
choisir tes apôtres ? » La Liberté ne fit malheureusement aucun cas de cette supplique, et l'incident
passa inaperçu.

Nous risquons de nous exposer à pareille décon-
venue en faisant le même souhait ; mais, arrive que
plante, nous en courrons les risques.

Admirable civilisation ! noble aspiration vers le
bien ! toi qui as été si féconde en grandes choses,
dans les siècles passés, pourquoi avortes-tu si souvent dans le nôtre et ne produis-tu que des monstres
dans le régime moral, semblables à ces phénomènes
effrayants du règne animal, que l'on conserve dans
l'esprit de vin pour la terreur des siècles à venir ?

Un de ces malencontreux avortements a produit
de nos jours un monstre moral que nous qualifierons
de *pseudo-éclairé*. Le *pseudo-éclairé* est la parodie,
la caricature de l'homme véritablement éclairé ; cet

avorton n'est propre à rien, mais se croit propre à
tout : c'est la plaie de notre siècle.

Parmi ces avortons, on pouvait mettre au premier
rang l'illustre fils de l'alcade, Tiburcio, en chair et
en os, au moment où nous allons le remettre en
scène.

Comme d'agiles perdreaux, les années avaient
couru pour le jeune homme avec d'autant plus d'activité qu'il aurait voulu les voir marcher moins vite;
inexorables à ses prières, elles avaient fait leur évo-
lution aussi rapidement que les palettes d'un vapeur, et l'époque était arrivée où l'obtention du
bonnet de docteur devait couronner la fin de ses
études. Tiburcio voyait arriver ce moment avec la
plus grande répugnance, non pas qu'il craignît,
comme cela ne pouvait manquer d'arriver, que le
bonnet n'allât pas bien à sa noble tête, mais parce
que, ses études achevées, il lui faudrait quitter Séville, ce séjour enchanté, pays classique de l'oisiveté,
des cigarières, du bon pain et des bonnes olives; et
c'est un fait bien avéré, Séville est assez riche en
oliviers pour assaisonner les salades de l'Andalousie
tout entière.

Enfin tout a son terme, et les études de Tiburcio
eurent le leur : il fut reçu avocat... Nous ne voulons pas dire qu'il possédât réellement toutes les
qualités de l'emploi, mais, de fait, il avait le droit de
l'exercer. Pour le mettre à même de débuter brillam-
ment dans la carrière, son père mit tous ses soins à
découvrir à Villamar un procès de quelque impor-

tance. Dans ce fortuné séjour, il ne put rencontrer
même le plus minime sujet à discussion.

Dans son ardent désir de faire briller les talents
de son fils, Don Perfecto fut sur le point de chercher
chicane à son compère et ami, l'oncle Juan Perez, à
propos d'un lentisque poussé sur les limites de leurs
propriétés respectives, et dont la possession pouvait
être mutuellement disputée ; mais la prudente Galicienne se mit résolûment en travers de cette ardeur
processive, qu'elle n'eut pas beaucoup de peine à
refroidir.

Tiburcio, à son grand regret, fut donc obligé de
revenir végéter, comme il le disait, dans ce charmant village de Villamar, qui lui était aussi odieux
qu'il avait été cher à Stein, le médecin allemand.
De ces deux sentiments si contraires on peut tirer
cette conclusion : c'est que les objets se couvrent
d'un voile noir ou d'un voile doré, suivant qu'ils
déplaisent ou qu'ils plaisent. Quoi qu'il en fût,
notre nouveau docteur fit sa rentrée dans la maison
paternelle.

Jacob, en voyant son fils élevé à la dignité de ministre des finances, n'éprouva certainement pas un
plus grand mouvement d'orgueil paternel que l'alcade de Villamar à la vue du bonnet de docteur que
rapportait son fils. Quant à la mère, en le revoyant
toujours pâle, toujours maigre et dégingandé, elle
se contenta de lui dire :

— Si ton aïeul vivait encore, il t'enverrait aux
Indes, comme mon oncle Bartholomé,... car tu n'es
pas bon à autre chose... *C'est vrai !*

4

Le jour de l'arrivée du nouveau docteur comptera à jamais dans les fastes de Villamar, à cause du banquet monstre que donna D. Perfecto à cette occasion.

Toutes les notabilités de Villamar y furent invitées... car Villamar a aussi ses notabilités.

> Tout petit prince a des ambassadeurs,
> Tout marquis veut avoir des pages.

La *gent* notabilité s'est, du reste, si prodigieusement multipliée de nos jours, qu'elle se trouve partout : je crois, Dieu me pardonne, qu'elle pullule autant que la gent lapine ! Malheureusement on n'en peut tirer parti, comme de celle-ci, en la mettant en fricassée !

La table du festin n'était pas assez grande pour contenir tous les plats, aussi les servit-on un à un, et ils défilèrent successivement, comme il arrive aux étudiants qui vont subir leurs examens.

Il y avait trois couverts d'argent pour les notabilités de première classe, y compris le maître de la maison : les autres convives mangèrent dans des couverts d'étain ; le linge de table était en toile de Galice, blanche comme neige, mais sillonnée d'affreuses raies rouges qui produisaient sur la vue l'effet que produit sur l'oreille, dans le silence du désert, le rugissement d'un chacal.

Le sexe féminin avait été exclu du banquet, non pas à cause d'un reste des jalouses coutumes des Arabes, mais parce qu'à Villamar, comme peut-être dans des endroits plus connus, la place des femmes, en semblable occasion, doit être à la cuisine pour y surveiller le service.

Rouge comme une tranche de saumon, les manches retroussées et le corps ceint d'un tablier blanc, Tiburcia commandait la manœuvre et dirigeait, en général expérimenté, le service des fourneaux confié à des voisines et à des amies qui comptaient bien se régaler des débris du festin.

L'économe Galicienne était d'une humeur massacrante : la vue seule du bonnet cause de cette intempestive dépense produisait sur elle l'effet de la tête de Méduse. — Un bonnet, disait-elle, en soufflant avec rage les charbons de son fourneau... et à quoi servira-t-il à mon fils, ce bonnet? Un chapeau calanez ne lui conviendrait-il pas beaucoup mieux ? Et dire que ce maudit bonnet me coûte deux bonnes mille piastres !...*C'est vrai !*

On servit d'abord sur la table une énorme soupière contenant une soupe au pain, recouverte d'une couche de tomates aussi épaisse que de la colle et aussi nourrissante que de la gelée. A la soupe succéda, dans un bassin aussi grand qu'un chaudron, une olla, à laquelle nous donnerons le nom de *revuelta*, plutôt que celui de *podrida* (1), et dans laquelle les poulets et les perdreaux avaient, à force de cuire, laissé échapper, les uns leurs bras, les autres leurs cuisses, les autres leurs entrailles; les citrouilles embrassaient tendrement les saucisses; la viande s'a-

1. Olla podrida, mélanges de plusieurs viandes, de légumes, etc. — Olla revuelta, mélanges en confusion... intraduisible.

tendrissait à ce spectacle et le petit salé frémissait de plaisir ; les garbanzos (1) criaient de joie et les haricots dansaient le fandango.

A cette pièce de résistance succéda un plat en faïence de Triana, orgueilleusement baptisé de plateau en porcelaine, — au milieu duquel, dans une sauce à l'oignon, baignaient voluptueusement six lapins à moitié découpés ; venait ensuite une fricassée de huit poulets : l'alcade lui-même avait fixé ce nombre en disant d'un ton péremptoire à sa moitié désolée : Pour huit convives, huit poulets.

Dans sa constante préoccupation de veiller à l'économie, Tiburcia avait passé la revue de la basse-cour ; comme un sergent recruteur, elle avait mis de côté tout ce qui pouvait être non-valeur, soit par raison de taille, soit par raison d'âge et avait impitoyablement tordu le cou de cette réserve, en répétant après chaque exécution : Maudit bonnet ! Au diable le bonnet !

De cette fusion de tous les âges, depuis le plus tendre jusqu'au plus avancé — dans une même casserolle — il était résulté qu'on pouvait y rencontrer les morceaux d'un vénérable coq, offrant à la dent une résistance désespérée, à côté des morceaux d'un poulet enfantin qui fondaient dans la bouche comme une meringue.

Pour donner, autant que possible, le même aspect à ces morceaux d'une origine si différente, Tiburcia les avait revêtus, à l'aide d'une forte teinture de sa-

1. Pois chiches.

fran, d'un uniforme jaune comme celui d'un régiment de cavalerie. Ce condiment, que le fameux Carême, ce *tu autem* de l'art culinaire en Europe, a omis de mentionner et dont ne parle pas non plus Brillat-Savarin dans sa *Physiologie du goût*, est, pour les cuisinières de l'espèce de Tiburcia, le nec plus ultra de la perfection.

Dans notre désir de nous rendre raison de toute chose, nous avons interrogé ces *teinturières* sur les motifs qui leur faisaient ainsi prodiguer ce détestable condiment, et voici leur réponse textuelle : « Cela rend les sauces meilleures. »

Si la science de nos cuisinières n'était pas la chose la plus inamovible de l'Espagne , si elles ne voyaient pas, avec l'immobilité des pyramides d'Egypte, les siècles passer devant elles, nous pourrions vraiment craindre de voir, un jour ou l'autre, l'indigo ou la cochenille remplacer le jaune safran , si cher aux cœurs de nos empoisonneuses, qui se contenteraient de nous dire : « Cela rend les sauces meilleures. » Rassurez-vous, cela n'arrivera pas de longtemps, et la fleur des champs de la Murcie a encore devant elle un long avenir... Progrès, mon ami, voudrais-tu bien nous permettre, après nous être humblement incliné devant toi, de t'adresser une supplique : Songe un peu à éclairer nos cuisinières !

Revenons au banquet, où nous verrons se succéder un salmi de six perdrix , bien épicées, trois livres de poisson frit, un ragoût de chevreau et enfin un dindon, immolé le matin même, et que six heures de cuisson dans le four n'avaient pu parve-

4.

nir encore à attendrir. Jamais on n'avait vu pareille caricature d'un dindon rôti. Il était presque aussi charbonné que ce frise-poulet dont il est question dans un conte de la tante Maria. Ses ailerons, qui n'avaient été ni repliés ni fixés, se déployaient comme si le pauvre animal allait danser un fandango ; ses pattes, qui n'avaient pas été attachées ensemble, semblaient poussées par une telle antipathie, que l'une s'étendait au couchant et l'autre vers le levant ; enfin le cou, qu'on n'avait pas eu le soin de couper, sortait du plat et pendait tristement comme s'il eût cherché à terre la tête dont on l'avait privé.

Le triomphe du festin fut le dessert : à un plat d'excellent et onctueux riz au lait, succédèrent quatre plats de pâtes frites ; l'un de beignets pétris dans du vin blanc, un autre d'une légère pâte à la rose, où les œufs dominaient, puis des gaufres, émaillées comme d'une pluie parfumée de petites dragées de toutes couleurs ; enfin le plat de résistance, les torrijas (1) ; dans des compotiers de cristal brillaient d'une vive couleur, les gelées aux tomates, confectionnées avec amour par Rosita, la maîtresse d'école. Nous devons cependant dire que la palme de la sucrerie dut être décernée à un chef-d'œuvre confectionné par les religieuses du couvent de Santa Ana. C'était un plat moulé, représentant au naturel un bonnet de docteur confectionné en massepains ; à chaque coin pendait gracieusement une houpette

1. Tranches de pain trempées dans du vin, etc., couvertes d'œufs battus et frites dans du beurre ou de l'huile.

en sucre filé. Cette allégorie délicate et directe à l'objet de la réunion enthousiasma tellement D. Perfecto, qu'à l'insu de sa femme il fit porter au couvent le quart d'une arrobe de garbanzos.

Quand la Tiburcia vit arriver ce plat, image de la cause de ses chagrins domestiques, quand elle vit ce représentant de la ruine de la maison, de la perte de son fils, de la razzia faite le jour même dans la basse-cour et dans son garde-manger, elle s'écria avec rage !

— Encore un bonnet ! comme si nous n'en avions pas assez de celui de Séville... qui nous a coûté deux mille bonnes piastres ! *C'est vrai !* j'en ai une indigestion de bonnets, et puisse celui-là étrangler ces goinfres, comme l'autre m'a étranglée moi-même... puisque je ne puis le digérer !

———————

VIII

UNE VICTIME DE LA FATALITÉ

Loin d'une sphère où il eût tant aimé à vivre, forcé de rester, sans espoir d'en sortir un jour, dans un cercle de gens si peu faits, selon lui, pour apprécier sa valeur, Tiburcio était fort malheureux à Villamar. L'amour-propre et cette fausse idée qu'on se fait souvent de soi-même avaient persuadé à ce garçon qu'il était appelé à de hautes destinées, et

que conséquemment il devait se considérer comme
une victime de la fatalité qui le clouait sur ce rocher
de Villamar, où, nouveau Prométhée, il était en butte
aux attaques d'un vautour qui, sous la figure de sa
mère, dévorait, sinon ses entrailles, au moins ses
illusions et ses espérances.

Tiburcio se croyait propre à tout et n'était propre
à rien : il manquait de moyens naturels ; quant à la
science acquise, ce n'était qu'à grand'peine qu'il avait
appris le strict nécessaire, non pas pour devenir
un Salomon, un Licurgue ou un Alphonse le Savant, mais pour coiffer ce simple bonnet de docteur qui avait coûté deux mille piastres à son père
et que sa mère eût volontiers donné pour moins
de deux piécettes. Le modeste jeune homme ne
s'en croyait pas moins supérieur à tout le monde, et
quand les hommes sont attaqués de cette triste maladie de l'orgueil, on peut les regarder comme en
état d'apoplexie ou de paralysie morale ; l'amour-
propre, chez certaines gens, prend des proportions
vraiment fabuleuses, et on refuserait d'y croire si on
n'en avait chaque jour de nombreux exemples sous
les yeux. La chose est triste à dire, mais elle existe.
Ainsi Tiburcio avait la prétention d'être connaisseur
en musique, et il manquait totalement d'oreille et
n'avait jamais brillé que par son absence à l'opéra
de Séville ; il jouait l'homme politique et était aussi
ignorant en histoire ancienne qu'en histoire moderne ; il se targuait d'être linguiste, sans autre
droit à ce nom que celui d'affecter la prononciation madrilenne ; il avait surtout la prétention d'être

un poëte et il manquait totalement des qualités qui constituent la poésie, un cœur ardent, une imagination fleurie, l'art de traduire en vers les inspirations du cœur ! Il avait çà et là pillé quelques vulgarités qu'il avait rimées sans âme et sans talent... et il se croyait un poëte... un poëte avec un cœur glacé !

Jamais cet homme, qui se disait un poëte, n'avait pensé à visiter les ruines poétiques du magnifique couvent à la porte de son village... Jamais il n'avait médité sur cette imposante momie, sur ce noble lis courbant sous le malheur sa tête fanée et sans parfums ! Jamais il n'avait visité les ruines de ce vieux fort, image des grandeurs déchues ! Jamais il n'avait pleuré sur les débris de cette tour, qui, comme un vaillant guerrier avait longtemps résisté, seule et sans secours aux attaques du temps, et succombant enfin, cachait sous le gazon ses débris mutilés comme le gladiateur qui succombe dans l'arène, s'enveloppe de son manteau pour cacher son agonie... et il se croyait poëte ! Jamais cet homme n'avait assisté avec amour au lever du soleil ni à son coucher quand il descend majestueusement dans la mer... et il se croyait poëte ! Jamais enfin il n'avait élevé vers le Créateur de tant de merveilles un cœur plein de reconnaissance, une âme assez heureuse pour savoir le connaître, l'apprécier et le bénir. Pour cet être vulgaire la tante Maria, ce type de la charité chrétienne n'était qu'une vieille radoteuse ; le frère Gabriel, cette personnification du prêtre fidèle à ses devoirs, qu'un moine ignorant et stupide ;

enfin D. Modesto, l'honorable commandant de la for-
teresse... un vieux et ridicule soldat.

Malgré ses vers amoureux, dans lesquels Vénus et
Cupidon jouaient le principal rôle, Tiburcio était
incapable de comprendre la délicatesse et les sentiments d'une femme; aussi, depuis longtems, s'était-
il éloigné de cette suave et charmante créature, sa
novia d'autrefois, qui conservait encore pour lui un
tendre sentiment. Résolu qu'il était à ne pas épouser
une grossière villageoise, ainsi traitait-il sa prétendue, le futur ministre voulut en finir avec ce projet
de mariage, qui l'offusquait, et c'est ce qu'il fit, avec
toute la délicatesse qui le caractérisait, un certain
jour, où sa mère exprimait devant lui l'opinion qu'il
fallait songer sérieusement à la noce. Mais, pour
procéder par ordre, nous allons relater la scène qui
donna lieu à cette résolution.

Un certain jour la Tiburcia rentra chez elle tout
essoufflée, portant entre les bras, comme un nou-
veau-né, un panier de tomates, dont l'anse lui était
restée dans les mains au milieu de la rue : à son
teint, plus rouge que le contenu de son panier, on
aurait pu la prendre elle-même pour l'impératrice
des tomates !

— Depuis la mort du frère Gabriel, exclama-t-elle
en entrant, il ne se fait plus un bon panier à Villa-
mor... *C'est vrai !* les voleurs ! Il vaudrait beaucoup
mieux, Perfecto, prendre un arrêté pour ordonner
de mieux confectionner les paniers... que de donner
des festins. *C'est vrai.* Que fais-tu là, paresseux?
dit-elle ensuite à Tiburcio, rien... et toujours rien..

Tu es là, les bras croisés, comme si l'homme n'avait pas été créé et mis au monde pour travailler et la femme pour enfanter ! *C'est vrai !* Tu es toujours là comme un *âne* en peine ! Perfecto, il est temps de marier ce garçon... peut-être le mariage le dégourdira-t-il un peu... J'en ai conféré avec la commère Belen, et elle pense, comme moi, qu'il est temps de songer à la noce.

— Me marier ? moi !... Y songez-vous, ma mère ? fit Tiburcio d'un air dédaigneux.

— Quoi ? qu'est-ce que cela veut dire ? Tu ne veux pas épouser Quela Lopez, la plus riche et la plus jolie fille du village ! Es-tu tenté du démon ? exclama Tiburcia stupéfaite.

— L'homme est libre de ses actions, répliqua d'une voix grave l'honorable Civico junior.

— Que dis-tu là, garçon ? s'écria de nouveau la mère. Est-on libre quand la parole est engagée ; quand on n'a que vingt-quatre ans et qu'on est encore sous le pouvoir paternel ? Tu ne gagnes pas seulement le pain que tu manges... et tu veux être libre ! Ah ! Perfecto, Perfecto... si c'est là ce qu'on appelle la liberté, que le diable l'emporte !

— Mais, Tiburcia, dit en s'interposant l'alcade, qui voyait s'élever une horrible tempête à l'horizon du domicile conjugal... mais enfin, Tiburcia, un père ne peut forcer son fils à se marier contre son gré... Si Tiburcio n'est pas amoureux de Quela...

— Sottises que tout cela, répondit la Tiburcia de sa robuste voix ; étais-tu amoureux de moi quand tu m'as épousée ? et n'en avons-nous pas moins fait bon ménage... grâces à Dieu et à saint Antoine ?

— Le garçon a des vues plus élevées que moi, objecta D. Perfecto.

— Qu'est-ce que tu viens me chanter là, avec tes vues plus élevées !... s'écria Tiburcia les mains sur les hanches.

— C'est-à-dire, répliqua doucement Civico, qui commençait à trembler pour lui-même, c'est-à-dire que si... par hasard... l'enfant voulait suivre une carrière... s'il lui fallait quitter Villamar... je ne m'y opposerais pas...

— Une autre carrière ? fit la Tiburcia ; eh bien, quoi ? voudrait-il pas être curé ?

— Il veut, dit enfin l'alcade, se consacrer à la haute politique.

— Et combien gagne-t-on à ce métier-là ? demanda Tiburcia.

— C'est selon, répondit le mari... peut-être beaucoup, peut-être...

— Rien... interrompit la femme... Je n'entends pas de cette oreille... mieux vaut un gain médiocre, mais assuré, comme ce que tu gagnes dans ton métier de maréchal...

— De vétérinaire... exclama l'alcade désespéré.

— Va-t'en au diable ! répondit sa moitié. Je crois vraiment que, pour ferrer tes bêtes, il te faudra bientôt des gants jaunes, comme ceux que porte ton fainéant de fils ! De penser que chaque paire coûte une demi-piastre ! Il n'y a vraiment pas de bon sens ! A quoi cela te sert-il, pendant l'été, où il ne

fait pas froid? Bourreau d'argent, panier percé, dont
les fantaisies sont plus coûteuses que celles d'un
marquis. Ce n'était pas assez de payer un bonnet...
il faut encore payer des gants... et voilà à quoi passent les écus de l'oncle Bartholomé !... Ce garçon n'est
seulement pas en état de gagner son pain, et il ne
songe qu'à gaspiller l'argent, au lieu de travailler...
C'est vrai !

— Travailler ! répliqua Civico junior, je travail-
lerai quand je serai dans une sphère, dans un cercle
d'action en rapport avec mes connaissances, en analogie avec mes goûts.

— Que dit-il, Perfecto? demanda la mère, qui
n'avait pas compris un mot aux grandes phrases de
son fils.

— Il dit, femme, répondit l'alcade impatienté,
que ses études lui serviront pour travailler, mais non
pas pour un travail manuel.

— C'est cependant le meilleur et le plus lucratif;
il vaudrait mieux regarder les bêtes aux pattes que
les gens en face, et rester, comme son père, un
maré...

— Un vétérinaire, s'empressa d'achever l'alcade.
Sans doute, femme... je ne dis pas non... mais à présent cela n'est plus possible... Ce garçon a dirigé ses
études d'un autre côté; il est avocat, il faut qu'il
mette à profit ce qu'il a appris.

— Belle science, maudit bonnet ! maudits gants !
grommela la Tiburcia... Enfin, dit-elle plus haut,
puisqu'il n'y a plus de remède, *m'est avis* que tu t'en
ailles à Séville et que tu sollicites, pour ton fils, la

place du maître d'école, qui est malade et ne peu plus la remplir.

A ces mots, Tiburcio ne pouvant plus contenir son indignation contre l'indigne auteur de ses jours, se précipita hors de la chambre.

— Sottises... sottises... pas autre chose que sottises... le bonnet, les gants et tout le reste, lui cria la mère, et que le diable les emporte avec toi !

IX

INTÉRIEURS

Quoique placé dans une bonne position de fortune, l'oncle Lopez, sa femme et ses enfants travaillaient à l'égal de leurs domestiques.

Dans une grande cour que recouvrait un berceau de vignes, dont les feuilles commençaient à jaunir, signal de l'approche de l'hiver, plusieurs jeunes filles, assises devant de petites tables basses, que dans le pays on nomme des trieuses (1), s'occupaient à trier du blé pour l'envoyer au moulin.

Quela, la fille de la maison, s'était absentée un moment, et la place qu'elle occupait à une table, auprès de son amie Paula, se trouvait vacante.

— Ecoute, Paula, dit une des jeunes filles, est-il vrai que le médecin soit le novio de Quela ?

1. Escogidoras.

— Combien veux-tu donc qu'elle en ait... puisqu'elle en avait déjà un? répondit l'interrogée; les
novios se prennent-ils à la paire, comme on achète
les chaussettes?

— Eh quoi ! Quela avait déjà un novio? Qui donc
est-il ?

— Cette grande perche... le fils de l'oncle Urdax.

Le surnom d'Urdax était resté à l'alcade depuis
qu'il avait voulu l'imposer au chemin de la croix, et
l'on avait donné à son fils celui de *Grande perche*,
qu'il justifiait parfaitement.

— Je sais bien qu'il avait été son novio autrefois,
mais je croyais tout fini entre eux... Il ne lui parle
plus, et ne vient jamais sous son balcon...

— Que veux-tu ? il paraît qu'à ces gens qui tran-
chent du *don*, il ne leur plaît pas de prendre le frais !
L'oncle Lopez, le père de Quela, et la tante Urdaxa,
la mère de Tiburcio, voudraient bien les marier ensemble... Quand il n'y aurait que cette raison que
les écus appellent toujours les écus, et que l'eau va
toujours à la rivière...

— Et Quela, dit une autre, que pense-t-elle de ce
mariage? Est-elle d'avis d'épouser cette grande perche, ce singe habillé, plus laid que le diable et plus
insolent que le valet du bourreau?... Fi donc ! ma
grand'mère n'en voudrait pas.

— On dit qu'il va être député !

— Député ! qu'est-ce là, député ?

— Dame, c'est quelque chose comme un homme
du gouvernement.

— Et cela le rendra-t-il plus beau ?

— Je ne pense pas, mais enfin sa femme sera la femme d'un député.

— Qu'est-ce que cela peut faire à Quela d'être la femme d'un député? Je parierais bien mes oreilles qu'elle ne l'épousera pas plus que je n'épouserai, moi, le commandant Modesto, qui est aussi un homme du gouvernement, qui est un militaire, et qui a le droit de porter l'uniforme... Quelle bêtise! Quela, plus belle que le soleil, épouser ce chafouin étique qui ne vaut pas la corde pour le pendre, ce mal-appris, qui ne salue pas même les filles de son vil-lage... sans doute parce qu'elles ne sont pas assez *princesses* pour lui!

— Voyez donc la belle noblesse, forgée à l'établi de son père le maréchal, dit une autre... Je serais curieuse de voir ses parchemins.

— Ramon Perez prétend qu'ils sont sous la peau de son ânesse.

— Et ses armes?

— Dans ses griffes, comme les chats.

— Moquez-vous de lui tant que vous voudrez, dit Paula, mais moi je sais de science certaine, et je vous fais savoir que, quelque laid qu'il soit, Quela aime ce vilain magot.

— Tous les goûts sont dans la nature, dit philo-sophiquement une des assistantes.

— Caramba! exclama une joyeuse brunette, si ce mauvais goût avait un cou, je le lui tordrais volon-tiers! Marier Quela à ce monstre, moitié plumes et moitié papier, c'est comme si l'on voulait me marier, moi, au maître d'école, ce tortillard qui n'a plus que le souffle !

—Taisez-vous, dit Paula, voici venir Quela ; qu'elle ne se doute de rien, car si sa mère, la tante Belen, qui est entichée de ce mariage, et croit avoir trouvé la pie au nid, nous entendait parler de la sorte, elle nous renverrait tambour battant de sa maison.

Quand les autres jeunes filles furent parties et que les amies se trouvèrent seules :

— Comment as-tu bien pu, dit Paula à Quela, t'engouer de cette vilaine face de Tiburcio, qui ressemble à une âme en peine ?

— Je ne m'en suis pas engouée, répondit Quela, je l'aime depuis mon enfance.

— Grand bien te fasse ! Tu l'aimes... et pourquoi l'aimes-tu, cet être déplaisant qui n'a rien d'aimable ?

— Saurais-tu, par hasard, toi, Paula, le pourquoi de l'amour? Nos parents nous ont, dès notre enfance, destinés l'un à l'autre, et je me suis attachée à lui.

— Eh bien ! si tu y es attachée, détache-toi.

— Je ne ferai pas cela, et, d'ailleurs, pourquoi le ferais-je?

— Ne t'es-tu donc pas encore aperçu, chère enfant, que cet homme ne t'aime pas, et que tu sèmes des perles devant des pourceaux ?

— Il ne m'aime pas! répliqua la douce enfant les yeux baignés de larmes, et pourquoi ne m'aimerait-il pas?

— Je te répondrai ce que tu viens de me dire toi-même ; sait-on le pourquoi de l'indifférence ?

— S'il en était ainsi, je mourrais de chagrin et de honte.

— Et tu serais bien sotte, par ma foi !... Tu lui ferais bien trop d'honneur. Je te dis, moi, que depuis que ce vaniteux personnage a été étudier à Séville, d'où il est revenu plus gonflé qu'un ballon, il nous regarde toutes par-dessus l'épaule. Il aura laissé par là-bas quelque passion parmi les belles dames de Séville. Il aurait bien mieux fait, ce bon à rien, de rester ici et d'apprendre à ferrer les bêtes, comme son père, que de s'en aller étudier à Séville pour revenir comme la chauve-souris qui n'est ni souris ni oiseau.

A ce moment survint la mère de Quela, et mettant la main sur l'épaule de sa fille :

— Qui sait, dit-elle, si ce blé que tu es là à trier, ne servira pas à faire le pain de ta noce ?

Le visage de la jeune fille se couvrit instantanément d'une vive rougeur, et elle jeta sur son amie le doux et radieux regard d'une espérance réalisée.

— La noce !... aussi vite ? demanda Paula.

— Peut-être bien, répondit la tante Belen d'un air satisfait en lissant les cheveux de sa fille qui tournait vers elle sa figure rosée, la commère Tiburcia vient de venir pour me parler de la chose.

— Paula me disait tout à l'heure qu'à ma place elle ne s'en soucierait pas, dit Quela toute joyeuse.

— Je voudrais bien voir cela, dit la mère ; rompre un mariage arrêté depuis si longtemps ! Parole

donnée est-elle donc une plaisanterie? et crois-tu
que nous serions bien aises de passer pour des gens
de mauvaise foi, Paula? Si ce sont là les conseils
que tu donnes à ma fille, tu peux retourner chez tes
parents, et j'aurai soin de leur conseiller de te renvoyer à l'école afin que Rosita t'y inculque ces
principes : « Qu'une jeune fille honnête, sensée,
modeste et obéissante ne doit jamais revenir sur
une parole donnée, et qu'on n'essaye pas d'un
novio comme on essaye d'une sauce nouvelle. »

Paula se tut; mais, jetant un regard d'intelligence
à Quela, elle s'en fut en baissant la tête.

La tante Belen sortit aussi, et Quela s'en fut à la
basse-cour donner à manger à ses poules. Les fleurs
et la bonté de Dieu croissent pour tout le monde,
pour le pauvre aussi bien que pour le riche, dans sa
belle chevelure noire, Quela avait placé une rose et
une branche de nard; son visage, animé de l'inno-
cente joie qui débordait de son cœur, rayonnait de
bonheur : en un mot, elle était charmante.

Tout à coup la porte s'ouvrit, et Tiburcio entra
dans la basse-cour. En songeant à ce que sa mère
venait de lui dire, Quela éprouva d'abord une vive
émotion; mais bientôt son regard brilla d'une expressive flamme de joie et de pudeur, et elle s'avança
vers le jeune homme.

— Quela, dit brusquement Tiburcio sans mêm
la regarder, il paraît que nos parents veulent tout
disposer pour notre prochain mariage?

La jeune fille ne répondit pas, mais elle détourna
son doux regard de bienvenue du regard froid et

répulsif du jeune homme et le reporta vers la terre, tandis qu'une vive rougeur, causée par le ton des paroles de son novio, s'étendait sur son visage, comme un brillant vernis.

— Cela vous plaît-il? poursuivit séchement le nouvel arrivé.

— Tu ne me tutoies plus? demanda Quela d'un ton de doux reproche; n'avons-nous pas été élevés ensemble?

— J'ai le tutoiement en horreur, répondit Tiburcio; le toi est grossier, de mauvais ton, c'est une habitude campagnarde... d'ailleurs nous ne sommes pas parents pour user d'une familiarité beaucoup trop usitée... Répondez-moi donc franchement... Le vous ne diminue ni ma franchise ni mon estime.

— L'estime! murmura Quela entre ses dents.

— L'affection, la tendresse, si vous aimez mieux, répondit Tiburcio avec impatience; mais répondez, la chose vous plaît-elle?

La jeune fille leva lentement ses grands yeux comme le soleil se lève à l'horizon, et, par un regard aussi doux que modeste, elle fit une éloquente réponse.

— Vous ne répondez pas? reprit le coq de village en repoussant brutalement l'affectueuse réponse contenue dans ce regard.

— Si cette chose me plaît! dit alors Quela en baissant les yeux. Pourquoi ne me plairait-elle pas comme autrefois?

— Parce que, répondit brutalement Tiburcio, vous auriez pu faire comme moi... changer d'avis.

A ces dures paroles, Quela pâlit, mais ne répondit rien.

— Ainsi donc, poursuivit Tiburcio, comme il n'existe entre nous ni sympathie, ni affinités, enfin aucun point de contact, que nos natures sont incompatibles, et que, conséquemment, vous ne pouvez m'aimer, j'estime qu'il vaut mieux franchement me le dire et renoncer à cette union pendant qu'il en est encore temps.

— Moi! s'écria stupéfaite la pauvre Quela qui avait fini par comprendre où voulait en venir ce grossier personnage... Moi! revenir sur une parole donnée! jamais, Tiburcio; ce serait perdre ma propre estime, et mon père me tuerait!

— Eh bien donc! dit celui-ci, ce sera moi qui me prononcerai.

— Toi! exclama Quela les yeux gros de larmes. Sainte Vierge! Et pourquoi?

— Parce que, ainsi que je viens de vous le dire, nos natures sont incompatibles, et que nous ne pourrions être heureux ensemble...

— Mais que te faut-il donc pour être heureux? demanda Quela d'une voix étouffée.

— Aimer celle qui doit être ma compagne.

— Tu me rendras ton amour, Tiburcio, dit Quela en souriant au travers de ses larmes, tu m'aimeras quand je serai ta femme, quand le prêtre aura répandu sur nous les bénédictions de l'Église.... Sous cette sainte influence, nous serons heureux.

— Non! répondit Tuburcio, dans le cœur sec et vaniteux duquel ne pouvaient faire brèche ni tant

5.

d'amour, ni tant de candeur.... Non, jamais je ne serais heureux avec une femme qui ne serait pas à ma hauteur !

Les larmes séchèrent dans les yeux de Quela. Telle qu'une reine qui ressaisit son diadème qu'elle avait un moment déposé, Quela releva fièrement son front empreint de cette dignité instinctive chez la femme espagnole.

— C'est bon ! dit-elle, ne dis rien, ne fais rien... je me charge de tout... non pas que je redoute qu'on aille dire que tu m'as plantée là : la honte est pour celui qui commet la faute, et non pour celle qui en est la victime ; mais mon père, mon frère, ne prendraient peut-être aussi bien la chose, et je veux éviter un conflit !

— Je ne crains rien, répliqua fièrement Tiburcio.

— Et moi je crains, répondit Quela dont les lèvres pâles tremblaient de colère. Adieu, et puisses-tu ne pas te repentir un jour d'avoir commis une action dont ne serait pas capable le dernier de ces paysans que tu as l'air de mépriser !

Tiburcio, loin de paraître repentant de sa conduite, s'éloigna en lui disant ironiquement :

— Puisque tu crois que la bénédiction de l'Eglise est un philtre d'amour, essayes-en avec un autre, tu l'aimeras peut-être après ; quant à moi, je me ris de tout ce fanatisme. Non ! non, je ne suis pas arbre à laisser pousser mes racines dans cette terre.

— Ma résolution est prise... n'en parlons plus, dit Quela en lui montrant la porte d'un geste plein de dignité.

A peine Tiburcio était-il parti, que Quela courut se renfermer dans sa chambre ; là, elle se livra à un désespoir qui, pour être muet et calme, n'en était que plus violent. Elle voyait s'évanouir, payé de la plus noire ingratitude, cet amour que, depuis l'enfance, elle portait dans son cœur... dans ce cœur qu'elle avait conservé pur, pour l'homme aimé, comme une rose parfumée, imbue d'amour et d'innocence. Elle se voyait en butte aux brocards et à la censure de tout le village... Mais ce qui l'affligeait le plus, c'était l'indignation de son père et de son frère, si rigides sur le point d'honneur, si sévères pour l'accomplissement d'une parole donnée.

La pauvre abandonnée s'agenouilla, et, dans une ardente prière, elle supplia Dieu de lui indiquer le moyen de sortir de cette funeste impasse, où il était aussi dangereux de parler que de se taire. Au bout d'une heure de larmes et de prières, Quela se releva, fixée sur le parti qu'elle devait prendre, et quand sa mère vint frapper à sa porte, elle avait essuyé ses larmes et rasséréné son visage.

La tante Belen entra, chargée de pièces de toile qu'elle venait d'acheter, tant était grand l'empressement des deux mères, pour hâter les préparatifs de la noce. Elle était si occupée de son affaire, qu'elle ne remarqua pas le visage abattu de sa fille.

— Pourquoi mettre le verrou à cette porte ? As-tu peur des voleurs ou du cancon ? Voici, ajouta-t-elle, en déposant sur une table un paquet qu'elle apportait, voici deux pièces de cretonne pour draps de lits, et une de toile de Bretagne pour les oreillers...

Tu ne risques rien de les tailler, j'ai déjà parlé à Rosita pour les garnitures.

— Pourquoi tant se presser, mère? dit Quela.

La mère laissa tomber la pièce qu'elle tenait à la main, et regardant sa fille d'un air surpris :

— Comment ! exclama-t-elle, comment, depuis tant d'années que tu attends ce Tiburcio qui n'en finissait pas avec ses études à Séville — d'où il a fallu Dieu et les saints pour le retirer — comment, quand il a vingt-quatre ans, et toi vingt ans accomplis, tu viens me demander ce qu'il y a de si pressé à vous marier? Vraiment, de toutes les novias que j'ai connues, tu es bien la première, pour ne pas dire la seule, qui ait pu adresser une semblable question !

— Mère, dit Quela en s'appuyant sur l'épaule de la tante Belen, et en baissant la tête... mère... c'est que je ne voudrais pas me marier.

— Jésus ! exclama tante Belen, en voilà bien d'une autre à présent ! Quelle mouche te pique? D'où vient cette lubie, enfant? et depuis quand as-tu changé d'avis ?

— Je ne l'avais pas encore dit, mère, parce que... parce que... je n'étais pas pressée de le dire.

— Mais, ma petite, répliqua la mère, songe donc qu'il n'y a rien de si honteux au monde que de ne pas tenir une parole donnée! Il n'y a ni rime ni raison ! Comment ! parce que tu te seras peut-être un peu chamaillée avec Tiburcio, voudrais-tu faire rougir ta famille, la faire passer dans la langue du monde ? Non, non, ce n'est pas possible, pourquoi ne plus vouloir te marier, tête de linotte, girouette, qui change plus souvent d'avis qu'un avocat?...Pourquoi ne veux-tu plus te marier?... parle... me le diras-tu bien?

Quela leva son front pur et innocent que couronnait l'abnégation, comme une couronne d'épines, et répondit d'une voix douce, mais assurée :

— Je veux entrer en religion.

La mère demeura stupéfaite.

— Enfant, exclama-t-elle enfin, y penses-tu bien?... C'est! au moment d'entrer en ménage qu'il te prend tout à coup l'idée d'entrer en religion! Cela n'a pas le sens commun, et tu sais bien que ton père n'y consentira jamais.

— Mon père ne peut s'y opposer, dit Quela.

— Jésus! Jésus! quel malheur! quel coup de foudre! Que va dire ton père? que dira ma commère? Que pensera le monde? répétait la tante Belen, en se prenant la tête entre les mains.

Se vouer volontairement à la reclusion, à l'obscurité, à la pauvreté, c'est une résolution qui, dans un village catholique et fervent comme l'était, grâce à Dieu, celui de Villamar, ne pouvait rencontrer une bien vive opposition : aussi les parents de Quela ne cherchèrent-ils à la combattre que par des prières; mais tout fut inutile et la jeune fille persista dans son projet avec autant de fermeté que de douceur. Elle fit plus encore, elle cacha ses pleurs pendant le jour, et comme le ciel qui ne se couvre d'étoiles que pendant la nuit, elle ne pleura que dans l'ombre

et le silence. Le jour elle était tranquille et sérieuse;
personne ne se douta de ce qui s'était passé.

Il se passa quelques jours, et l'oncle Lopez voyant
sa fille bien affermie dans sa résolution, s'en fut un
beau matin, moitié confus, moitié chagrin, rendre
visite à l'alcade.

— Qu'avez-vous donc, compère? s'écria D. Perfecto en le voyant entrer... vous avez l'air de bien
mauvaise humeur... Auriez-vous par hasard perdu
votre baudet?

— Contez-nous vos chagrins, ajouta Tiburcia.

Mais à peine l'oncle Lopez, au milieu de soupirs
et de récriminations contre les gens qui changent
d'avis comme de chemise, eut-il fait connaître l'objet
de sa visite que la Tiburcia, élevant jusqu'aux cieux
et ses bras et ses cris, éclata en reproches. Avec son
bonnet et ses gants, Tiburcio avait fait une assez
large brèche à la modeste fortune de sa mère, pour
que celle-ci ne vît pas sans chagrin s'évanouir l'espoir d'un riche mariage qui l'aurait mise pour l'a-
venir à l'abri du besoin.

— Y pensez-vous, compère? s'écriait la bonne
femme désolée; mais votre fille ne peut entrer en
religion, elle ne peut faire de vœux, le progrès s'y
oppose... *C'est vrai!*

— Certainement, commère, répondit l'oncle Lopez; mais elle veut entrer au couvent sans faire
profession; il faudra bien, pour cela, que je paye
une pension... j'en ai, Dieu merci, les moyens...
D'ailleurs, je ne puis m'y opposer, ma fille a vingt
et un ans, elle sait ce quelle fait...

— Je parierais, se dit la Tiburcia quand l'oncle
Lopez fut parti, qu'il y a ici quelque anguille sous
roche ; ou je me trompe fort, ou cette sardine sans
sel, qu'on appelle mon fils, a joué à Quela quelque
tour de son métier... *C'est vrai !*

La bonne femme voulut en avoir le cœur net et mit
tout en œuvre auprès de son fils pour vérifier ses
soupçons, mais elle eut beau faire, celui-ci resta
muet, et comme elle voulait lui persuader qu'il y
allait de son honneur de dissuader Quela d'entrer
au couvent, il y eut, entre la mère et le fils, de
si vives altercations que ce dernier, poussé à bout,
déclara à son père qu'il voulait à toute force quitter
Villamar et aller chercher fortune à Madrid, cet
eldorado où les gens de province se persuadent que
les alouettes vont leur tomber toutes rôties dans
le bec !

L'alcade n'était que trop porté à partager les
illusions de son noble rejeton ; aussi en partie
aveuglé par son orgueil paternel, en partie poussé
par le désir de rétablir la paix dans sa maison, il
vendit, à l'insu de sa moitié, pour subvenir aux frais
du voyage, un petit bois d'oliviers, et un beau matin, à son lever, la Tiburcia trouva son oiseau en-
volé. Ainsi que l'aigle, Tiburcio avait pris son vol
vers les hautes régions sans laisser même tomber
un regard de pitié sur les humbles habitants de
Villamar.

X

LA ROSE ET LA VIOLETTE

Reine et Lagrimas formaient un parfait contraste.

La belle et brillante Reine était la fille de la marquise de Alocaz. Veuve de très-bonne heure, d'un mari quelle avait adoré, la marquise avait concentré sur sa fille toutes les forces aimantes de son cœur. Un voyage à Madrid l'avait forcée de s'en séparer momentanément, mais l'enfant n'en restait pas moins entourée des soins les plus empréssés ; parents, amis, vieux serviteurs, c'était à qui la visiterait le plus souvent et la comblerait de joujoux et de friandises ; chacun la gâtait, chacun s'extasiait devant sa beauté, devant sa fortune, devant sa noblesse !

La pauvre Lagrimas, maladive, fluette, chétive, ne vivait que grâce aux soins des bonnes religieuses. Personne, hors du couvent, ne s'inquiétait d'elle ; jamais elle n'avait reçu ni un cadeau, ni même une marque de souvenir. Sa pension était exactement payée et, une fois par an, son parrain D. Jérémias Tembleque venait la voir au parloir.

La première fois qu'il vint, il avait apporté un gâteau, acheté de hasard à un confiseur ambulant, et tellement maculé par les mouches, que Lagrimas, qui n'était cependant pas difficile, refusa de le manger. D. Jérémias piqué, se le tint pour dit et ne réitéra pas ses générosités. Il écrivit à son compère que sa fille était fort mal élevée dans son couvent, et que les religieuses n'en feraient jamais qu'une sainte nitouche.

Reine savait qu'elle était belle, riche, noble et aimée. Lagrimas n'ignorait pas qu'elle n'était ni belle, ni noble, ni aimée, et elle ignorait, ainsi que tout le monde, quelle fût riche.

Quand la belle marquise de Alocaz disait, en admirant sa fille : — Voyez comme elle grandit, comme elle se développe, comme elle devient belle ! Il n'y avait qu'une voix pour faire chorus à ces éloges, et cela flatterie à part, car ce quelle disait n'était que la pure vérité, et chacun ajoutait :—Comment ne serait-elle pas belle et gracieuse... elle a de qui tenir : c'est le portrait de sa mère.

Lorsqu'au bout de quatre années, D. Roque, amené par ses affaires à Séville, vint visiter sa fille au couvent,

—Mon Dieu ! dit-il à son compère Jérémias, que la petite est maigre et jaune ! Quelle mine pointue ! quelle figure de papier mâché ! c'est tout le portrait de sa mère, elle n'a absolument rien de moi.

— Oui... oui... répondit Jérémias, qui n'avait pas encore digéré l'affront fait à son gâteau de rencontre, c'est une mijaurée... tout comme sa mère.

On comprendra aisément que l'appui et la protection que l'enfant abandonnée, souffrante et craintive, trouva chez la jeune fille robuste et pleine de vie, développèrent, dans ce cœur aimant, un profond sentiment de tendresse et de reconnaissance. De son côté, Reine s'attacha à cette timide et ombrageuse enfant, et trouva un plaisir, parfaitement en rapport avec sa nature, à guider, à gouverner et à stimuler la timide nature qui se cachait sous son ombre.

Reine éprouvait également une véritable jouissance à dominer les autres enfants, et, quand elle le pouvait, en cachette des religieuses, elle leur faisait nettoyer, sous son inspection immédiate, la cage du serin dont elles avaient eu l'audace de menacer les jours. D'un coup de baguette, et comme une secourable fée, des ennemis de l'oiseau elle faisait ses esclaves.

Le petit bataillon féminin avait deux raisons dominantes pour se taire et obéir sans murmurer ; d'abord les doigts de Reine étaient doués d'une singulière aptitude pour faire des pinçons, dont les rougeurs cardinalesques ne s'en allaient pas aussi vite qu'elles étaient venues : c'était une détestable habitude que l'enfant gâté avait apportée au couvent. Mais la raison majeure qui mettait un cadenas sur les lèvres des victimes du despotisme de Reine, c'est qu'elle apparaissait chaque jour à leurs yeux avec un chargement de bonbons, de biscuits, de gâteaux. Belle comme la fortune qui départit ses faveurs, et répandant ses bienfaits à terre, s'il ne se trouvait pas de table sous la main : — Allons, gloutonnes, engloutissez, disait-elle d'un ton majestueux, et aucun des enfants ne se le faisait dire deux fois.

La fréquentation de Reine avait exercé sur l'esprit craintif et mélancolique de la pauvre malade une influence favorable, dont sa santé s'était ressentie. Les impressions morales et l'état atmosphérique agissaient puissamment sur la santé de Lagrimas. Son âme était un cristal qu'un souffle suffisait à ternir, un rayon de soleil à éclairer, un choc à briser.

Ces pauvres êtres, disgraciés de la nature, à qui fait défaut la force morale et la force physique, sont l'image d'un filet d'eau limpide, trop faible pour s'ouvrir un chemin et que le soleil absorbe ou que la terre engloutit. Existences qui de la vie matérielle ne connaissent que les souffrances, de la vie spirituelle, que les angoisses et la tristesse. Ames d'anges, qui ignorent leur propre valeur et pleurent, non sur elles-mêmes, mais sur la douleur, notre commun héritage !

— Vois-tu, disait quelquefois Lagrimas à Reine en élevant les yeux vers le ciel, vois-tu ces nuages qui s'éloignent de la mer... s'ils courent si vite, c'est qu'ils fuient le spectacle horrible qu'ils y ont vu !

— Ces nuages, répondait Reine, ils ne s'éloignent pas de la mer, ils viennent du ciel, et Dieu les envoie pour exaucer les prières qu'on a faites pour avoir de l'eau.

— Entends-tu ? lui disait d'autres fois l'enfant d'une voix effrayée, entends-tu le bruit de la mer... bien loin... bien loin ?

— Allons donc ! répliquait Reine en riant, c'est le bourdonnement d'une mouche ; puisse-t-elle se planter sur ton nez, et tu verras si c'est la mer.... Tu es toujours avec la mer... la mer... tu es assommante avec la mer !

— As-tu vu la mer, Reine ?

— Certainement, puisque j'ai été aux courses de

San-Lucar. Comment ! tu ne te souviens pas que nous sommes revenues à bord du même vapeur ?

— Et... était-elle en colère, Reine ?

— Je ne le lui ai pas demandé ; peu m'importait qu'elle le fût ou non.

— O Reine ! si tu voyais combien elle est effrayante quand elle se fâche ! Ses flots se dressent comme des serpents ; elle écume de rage et de colère ! Alors elle brise tout, elle détruit tout, elle engloutit tout !...

Reine se leva vivement et se mit à danser en frappant des mains et en chantant :

« Réjouissons-nous, réjouissons-nous ! la Vierge est accouchée sans peine et sans douleur, à minuit, le jour de Noël, par le froid et la rigueur de l'hiver. Elle a mis au monde un faible enfant, et quand les anges virent le petit Dieu couché sur la paille, ils se mirent à danser au son des instruments. »

A la douce voix de son amie chantant ce cantique de Noël, qui répand dans le cœur la joie et l'allégresse, Lagrimas se calma ; les funèbres pensées se dissipèrent, et elle sourit à Reine comme la Tristesse sourit à la Consolation.

Ainsi s'écoulèrent, dans cette douce union, les deux années que la marquise de Alocaz fut forcée de passer dans la capitale ; mais, à peine de retour à Séville, elle s'empressa de reprendre sa fille auprès d'elle.

Le chagrin de Lagrimas fut si profond et si cruel, quand il lui fallut se séparer de son amie, qu'elle ne tarda pas à retomber dans ses accès de tristesse et d'insomnie si funestes à sa santé. Reine le sut, et, sur son instante prière, les religieuses obtinrent de don Jérémias l'autorisation de laisser sa pupille aller passer les jours de fête chez la marquise de Alocaz. L'insouciant tuteur n'en écrivit pas même à son compère.

L'aimable enfant, qui tenait si peu de place dans le monde, qui évitait soigneusement d'attirer l'attention, et, modeste satellite, gravitait en silence dans l'orbite de l'astre brillant, si bien appelé Reine, ne pouvait manquer d'être aimée de tout le monde : la marquise, avec sa bonté naturelle, l'accueillait avec grand plaisir, et sa fille ne pouvait s'en passer.

Cette douce vie, qui faisait le bonheur de Lagrimas, continua ainsi pendant quatre années. Reine avait dix-huit ans, et Lagrimas en avait seize. Cette dernière était toujours d'une aussi mauvaise santé. Sa pâleur, sa maigreur, et aussi cette mollesse tenant à sa nature créole, lui donnaient un air fatigué et dolent qui faisait peine à voir. Ses mouvements étaient lents et embarrassés, sans manquer cependant d'une certaine élégance douce et languissante, d'autant plus sympathique qu'elle était moins affectée.

Dans la fréquentation des religieuses, dans le contact de Reine, dans le frottement de la société, cette nature sombre, et même un peu farouche, s'était sensiblement adoucie, mais rien n'avait pu tirer Lagrimas de cette profonde tristesse qu'avait jetée dans son cœur la terrible catastrophe qui, si jeune encore, l'avait initiée à toutes les misères de la vie. Son extrême timidité lui faisait constamment tenir les yeux baissés, et si elle les relevait par hasard, chacun était surpris, car ils étaient étonnamment beaux !

Reine, qui avait beaucoup grandi, était d'une taille noble et majestueuse ; son teint avait la blancheur pure et mate de la cire ; son nez, un peu long, était fin et bien dessiné ; sa bouche, aux lèvres rosées, était dédaigneuse et même un peu moqueuse ; ses yeux bleus étaient pénétrants comme deux flèches. Dans toute sa personne régnait une désinvolture qui n'était peut-être pas de son âge, mais que la critique n'osait lui reprocher, tant elle était gracieuse et bienséante.

La marquise de Alocaz n'avait pas encore quarante ans ; elle était si bien conservée et ressemblait tellement à sa fille, qu'à les voir ensemble on eût dit le matin et le soir d'un beau jour. La marquise était une de ces femmes comme on en trouve beaucoup en Espagne, qui, ainsi que les fleurs, ne doivent leurs couleurs et leur parfum qu'à leur propre séve, et non aux pinceaux et aux essences. Élevée au couvent, sans autres notions que celles nécessaires pour former une femme vertueuse, une bonne mère, une vigilante maîtresse de maison, elle n'avait jamais ouvert un livre, sinon le catéchisme, et ne savait pas même ce que c'était qu'un roman ; tout naturellement, et sous la seule impulsion d'une dignité sans affectation, d'une grâce innée et d'un esprit droit et loyal, elle était devenue une femme de la plus haute distinction. Elle savait à propos jeter dans la conversation un mot fin et spirituel, et faisait preuve, dans sa conduite, du tact le plus délicat. Fière comme personne, elle était cependant, plus que personne, aimable et gracieuse. Au dire de ses amis, sa conversation avait beaucoup d'à-propos, et souvent du *mordant,* au dire des imprudents papillons qui s'approchaient trop près de la lumière.

Bien que la marquise fût restée veuve encore fort jeune, sa tendresse pour sa fille l'avait empêchée de convoler. Avec cet esprit d'égoïsme propre aux enfants gâtés, Reine, dès sa plus tendre enfance, prenait tellement en grippe les gens qui voulaient faire la cour à sa mère, que celle-ci était obligée de les congédier, s'imposant quelquefois un douloureux sacrifice que l'enfant ne comprenait pas alors et que la jeune fille ne connut jamais plus tard. Mais il en est ainsi de tous les sacrifices d'une mère, elle les fait sans réserve et n'en attend aucune reconnaissance. Aussi tous les amis de la marquise l'appelaient-ils, avec juste raison, « le modèle des veuves. »

XI

UNE GRANDE DAME

Tu dois avoir remarqué, ô lecteur des Batuécas, que nous avions en toi la plus aveugle confiance, et cette confiance, tu la dois à notre sympathie, à notre désir de te plaire et de t'instruire, non pas que sur certaines questions tu n'en saches, à coup sûr, bien plus long que nous-mêmes, mais, à n'en pas douter, tu es assez heureux pour ignorer certaines expressions introduites en contrebande et à la barbe des droits et des tarifs de douane, dans notre langue. En vain les chercherais-tu dans le dictionnaire, le dictionnaire en est parfaitement vierge ; c'est un vieux barbon qui commence à radoter, et vraiment c'est dommage, car il avait du bon, un peu têtu quelquefois, mais très-complaisant.

En notre qualité de peintre de mœurs contemporaines, nous ne pouvons nous dispenser de toucher à ces expressions, qui de toutes parts bourdonnent à nos oreilles ; nous allons donc te les expliquer, avec leur origine, afin qu'en nous lisant tu n'ailles pas croire que la langue espagnole tourne au grec ; au grec, non, mais au polyglotisme, à la république des mots.

Rendons hommage à la vérité : les introducteurs en Espagne de tant de mots à la dernière mode n'ont éprouvé, à cause de cela, aucun désagrément. Jamais Français, Anglais ou Allemand ne nous a fait ce mauvais compliment : « *Que ne vous grattez-vous avec vos propres ongles !* » tout au contraire, et, comme Pharaon, ils nous ont ouvert, à deux battants, les portes de leurs greniers littéraires.

En parlant de la marquise, nous dirons donc que cette aimable femme, bien qu'elle eût de graves motifs d'inquiétude, restait toujours aussi gracieuse, aussi aimable, sans permettre au *spleen* de jeter le moindre nuage sur son front pur et serein.

Le mot est lâché ; nous avons nommé le *spleen*, il n'y a pas à reculer, ô lecteur des Batuécas, notre ami, il faut le définir.

Le *spleen* est né sur les bords de la Tamise, c'est un enfant engendré au coin d'un feu au charbon de terre, dans le silence et la solitude, par un lord goutteux et dégoûté de tout. Le *spleen* a la peau flétrie, les yeux éteints, la bouche pendante, le sourcil froncé ; il est grand, maigre, et parfaitement étranger à toute notion d'élégance. Le *spleen* avait eu autrefois la prétention de s'introduire en Espagne. Rassure-toi, lecteur, notre soleil l'a ébloui, et il a fui devant le bruit de nos castagnettes et des tambours de basque ; il n'a pas résisté devant les grâces andalouses dansant un boléro.

La marquise avait, Dieu merci, échappé à cette funeste maladie, mais elle était en proie à d'amères préoccupations au sujet de la fortune de sa fille.

Le défunt marquis, qui était fort prodigue, avait laissé des dettes que, comme de juste, sa femme s'était empressée de reconnaître, au nom de son enfant. Des héritiers collatéraux, prétendant que la création du majorat en excluait la branche féminine, étaient venus disputer à Reine la fortune de son père. C'était le procès intenté à ce sujet qui avait conduit la marquise à Madrid. Elle l'avait gagné ; mais les frais énormes qu'il occasionna vinrent encore augmenter les dettes, et, pour combler la mesure, une rente considérable, hypothéquée sur le majorat et dont les arrérages n'avaient pas été réclamés depuis nombre d'années par l'incurie du propriétaire, ressuscita avec sa mort au profit de ses héritiers qui en réclamaient instamment le payement. On concevra qu'en présence de semblables embarras, le front de la marquise pût se couvrir de quelques nuages. Elle était un jour tristement absorbée dans ses réflexions, quand on lui annonça la visite de son plus intime et meilleur ami, don Domingo de Osorio.

Don Domingo était un de ces gentilshommes accomplis de tous points, dont le monde ne s'occupe guère, parce qu'ils ne cherchent pas à y briller, mais qui demeurent encore le type de la droiture, de l'honnêteté et de la loyauté. C'était un de ces carlistes de la vieille roche, enraciné dans ses opinions comme le rocher au fond de la mer, laissant passer sur sa tête, sans même y faire attention, le flot des événements; un de ces monolithes moraux pour qui le mot concession équivaut à celui de trahison; un de ces hommes à la foi robuste, dont le siége est non pas dans la tête qui calcule, mais dans le cœur qui sent; un de ces hommes enfin impossibles à faire dévoyer de leur ligne, mais qui se laissent facilement tromper. Le siècle les traite de don Quichottes, mais il y a autour d'eux tant d'ignobles Sanchos, qu'ils s'élèvent encore triomphalement au-dessus. On se moque d'eux peut-être, mais chacun désire les avoir pour amis. Ce sont de pauvres auxiliaires comme force active et militante pour un parti, mais ils en font l'honneur et lui prêtent un appui moral souvent fort utile.

— Savez-vous la nouvelle? dit don Domingo en

entrant et d'un air animé... Zaldivia est à Ubrique, son pays... Il a déjà rassemblé trois mille hommes qui sont disséminés dans les montagnes de la Ronda, prêts à se réunir au premier signal.

— Zaldivia! exclama la marquise, ce malheureux qui a été fusillé!

— Et vous avez cru cela?... Il n'en est rien... Un autre infortuné à été fusillé à sa place... mais quant à lui, on n'a pu l'attraper. Bien fin sera celui qui mettra la main sur Zaldivia!... Mais qu'avez-vous donc, marquise? vous semblez triste; vous serait-il arrivé quelque chose de fâcheux?

— Je suis obsédée de soucis... Vous connaissez mes embarras d'argent, et je ne puis voir sans frémir le gouffre qui s'élargit de plus en plus chaque jour.

— Il faut diminuer vos dépenses... il faut enrayer.

— Impossible! Vous connaissez aussi bien que moi le train de ma maison et vous savez qu'il n'y a pas de gaspillage.

— Congédiez quelques domestiques, vous en avez par centaines.

— Je n'en ai pas encore assez... tout le monde est occupé pour tenir en bon ordre cette immense maison.

— Prenez-en une moins grande.

— Quitter la maison de mes pères, la maison où je suis née!... y pensez-vous, Domingo?

— Supprimez votre tertulla (1).

— Ce serait chose convenable!... quand toute ma vie j'ai reçu du monde, je fermerais ma maison, aujourd'hui que ma fille a dix-huit ans et qu'elle en fait le plus bel ornement!... La belle dépense, d'ailleurs!... Domingo, vous me faites l'effet de ce duc qui, voulant rétablir l'économie dans sa maison, supprima quelques torchons dans sa cuisine. Ce maudit procès m'a coûté les yeux de la tête; les dettes anciennes sifflent comme des serpents, et maintenant voilà que ressuscite cette vieille obligation, engraissée de tous ses arrérages!... tout tombe à la fois et tout est urgent!... Que faire, mon Dieu, que faire?

— Adressez-vous à un capitaliste, à un banquier...

— Tous juifs, exclama la marquise, tous usuriers qui spéculent sur la ruine d'autrui! Vous moquez-vous, Domingo?

— Nécessité n'a pas de loi, chère amie.

— Je ne le sais que trop... mais je ne me mettrai pas entre les mains de ces pharisiens. J'ai déjà expérimenté à mes dépens comment, aidés de leurs fidèles conseillers, les avocats et les notaires, ils savent enfoncer le poignard dans les entrailles de leurs victimes !

— Ils vous répondront à cela, dit D. Domingo, que l'argent est une marchandise comme une autre, et que sa valeur est arbitraire. Ce sont de ces véri-

1. Assemblée, réunion, cercle.

tés nouvelles que nous apporte le siècle des lumières.

— Au nom de Dieu, Domingo, ne souillez pas
votre bouche, en répétant les sophismes de l'usure :
cette perfide *étouffeuse* (1) voudrait se cacher sous
un manteau de velours, comme l'irreligion se cache
sous le manteau de la préoccupation ; l'agiotage,
sous celui de la spéculation ; le dérèglement, sous
celui de la liberté, une union contractée dans un
seul but d'intérêt, sous celui de mariage de raison ;
enfin l'intérêt prétendu de la société, sous celui de
socialisme.

— Il vient d'arriver à Séville, de retour d'un
voyage à Madrid, continua D. Domingo, un négociant de Cadix, qui est millionnaire. Un mien ami,
forcé de vendre une propriété à réméré, est sur le
point de faire affaire avec ce Péruvien (2). Vous
savez qu'à Cadix le haut commerce vit au milieu de
l'argent, comme le poisson dans l'eau, et que les
négociants y sont galants, généreux, enfin gens de
fort bonne compagnie.

— Je sais qu'il y en a de toutes les espèces, Domingo, de toutes les espèces... et cette qualification
de Péruvien ne m'inspire pas grande confiance dans
les reliques de votre homme.

— Celui dont je vous parle est un des plus haut

1. Despenadora : Femme qui, par une humanité mal entendue,
étouffait les moribonds, en leur appuyant le coude sur la poitrine.
2. Peruviano. Cette dénomination de péruvien implique un
homme riche, opulent.

placés dans le commerce ; il a fait grande figure à
Madrid.

— Quest-ce que cela signifie aujourd'hui, Domingo ?

— Beaucoup... cela signifie qu'il est riche. Il
aime la bonne société et voudrait s'y affilier, mais
en restant tel que Dieu l'a créé et sans vouloir s'as-
treindre aux règles du monde. Ces manants prennent la grossièreté, ce cachet de la vulgarité, pour
le type de l'indépendance. Ils affectent de n'avoir
besoin de personne et, dans leur candide conviction, la politesse, le savoir-vivre ne sont que des
formes adulatrices, seulement à l'usage de ceux
qui sollicitent une faveur vis-à-vis de celui qui peut
l'accorder.

— Je veux sortir de la position embarrassante où
je me trouve, dit la marquise, mais je ne veux avoir
de reconnaissance à personne : si j'emprunte, je
payerai les intérêts... mais m'abaisser à demander un
prêt, comme une faveur, jamais, Domingo... jamais !

— Alors laissez saisir le majorat... c'est peut-être
la chose la plus sage. Par la vente d'une magnifique
propriété, dont l'entretien était beaucoup trop dis-
pendieux, votre père, dans sa prévoyante tendresse,
a constitué, sur votre tête, une rente viagère de
30,000 réaux ; votre douaire de veuve vous en assure 20,000 autres : avec ces 50,000 réaux et
beaucoup d'économie, vous pourrez encore vivre
fort honorablement.

— Laisser saisir le majorat ! Que dites-vous là,
Domingo ? Subir cette humiliation ! exposer la for-

tune de ma fille à être mise à feu et à sang ! plutôt mourir.

— Et bien alors, résignez-vous à faire un arrangement avec ce D. Roque de la Piedra, comme va le faire mon ami.

— D. Roque de la Piedra, dites-vous ?

— Oui... ainsi se nomme le crésus.

— Quel hasard ! Cet homme doit être le père de Lagrimas, car c'est le nom de famille de cette compagne qui, s'est prise d'une telle passion pour ma fille, qu'elle a manqué de mourir de chagrin quand j'ai retiré Reine du couvent...

— Que dites-vous là, marquise? Comment cette jeune fille si modeste, si réservée, si discrète, serait la fille de ce nabab... on ne s'en douterait pas... car tout ce qu'elle possède c'est Reine qui le lui a donné !

— Vous savez bien, Domingo, que ma fille a la passion de donner... Je crois vraiment que, si elle n'avait plus rien sous la main, elle me donnerait moi-même, sauf à rester orpheline.

— Cette circonstance me paraît très-favorable pour faciliter les choses. Il me semble tout naturel que D. Roque vous fasse au moins une visite de remercîments quand il connaîtra les bontés que vous avez eues pour sa fille. Une fois les relations établies entre vous, il ne sera pas difficile d'entamer une affaire dans laquelle, après tout, le capitaliste trouvera intérêt et profit.

Quelque jours après, D. Roque, mis au courant par Jérémias de l'accueil fait à Lagrimas dans la maison de la marquise de Alocaz, se décida à aller faire à cette dame une visite de remercîments.

Quoique dix années se fussent écoulées depuis l'arrivée de don Roque à Cadix, il s'était opéré peu de changements dans sa sèche et anguleuse personne. C'était toujours cette froide et vulgaire physionomie du manant enrichi ; ce qu'il avait gagné, en fréquentant le monde, c'était de se vêtir avec un peu plus de soin et de parler un langage un peu moins grossier, sinon plus épuré.

— Je me présente avec d'autant plus de plaisir chez vous, dit-il à la marquise avec l'aplomb de la bêtise et la familiarité de l'ignorance, que jamais je n'ai eu besoin de vous ni des vôtres. Depuis mon retour en Espagne, j'ai obligé bien des gens ; si mes petits services peuvent vous être bons à quelque chose, je les dépose à vos pieds.

Après ce compliment, qui lui semblait le nec plus ultra de la galanterie, le nabab se laissa tomber, d'un air satisfait, dans un fauteuil.

La marquise eut bonne envie de lui répondre que le jour où elle lui demanderait un service, elle le lui payerait à tant pour cent, comme avaient fait ceux qu'il avait *obligés*, mais elle se contint.

Comme c'était un jour de fête, Lagrimas se trouvait chez la marquise et don Domingo fut la chercher.

— Ah ! ah ! la petite est ici, dit don Roque à la vue de sa fille qui entrait avec Reine. Vous lui rendez un bien mauvais service, marquise, en l'accoutumant aux plaisirs et aux fêtes... Elle ne trouvera pas tout cela à la maison, où je vais la ramener, car elle a ses seize ans...

A ces paroles de son père, la pauvre enfant se mit à trembler et se jeta, tout émue, dans les bras de Reine.

— Vous allez l'emmener ! dit celle-ci à don Roque ? Oh ! que non... je ne le veux pas.

A cette contradiction despotique, qui venait se planter au travers de sa volonté, don Roque se retourna stupéfait ; mais en la voyant sortir de cette bouche si jeune, si belle et si fraîche, il sourit... comme sourirait un roi en voyant un beau papillon se poser sur sa couronne.

— Et pourquoi ne l'emmènerais-je pas, ma belle enfant ? dit-il à Reine.

— Parce que je ne le veux pas, répondit fièrement celle-ci.

Il est probable que dans son orgueilleuse vanité et son étroit égoïsme, don Roque, sans égard pour la preuve d'amitié que renfermait l'insistance de Reine, lui eût riposté sur un ton de belliqueuse hostilité, si la marquise ne fût intervenue pour supplier le crésus, du ton le plus gracieux, d'accorder à sa fille l'autorisation de rester encore pendant quelque temps avec Reine.

— Veux-tu rester, petite ? demanda à sa fille don Roque, qui ne désirait pas autre chose... car sa vanité se trouvait doucement flattée de pouvoir aller répéter partout « qu'il avait cédé aux pressantes « instances de la marquise de Alocaz, en permettant « à sa fille de passer quelque temps chez elle. »

— Je veux... tout ce que vous voudrez... s'empressa de répondre la pauvre enfant encore toute tremblante.

— Fort bien... dit don Roque d'un ton protecteur, puisque tout le monde le désire, je ne veux pas qu'on me taxe d'incomplaisance... ni que vous puissiez croire, marquise, que vos désirs ne sont pas des ordres pour moi. Je suis peu prodigue de mes paroles, mais je veux que vous sachiez que vous avez en moi un ami au comptant et non à terme.

Sur ce compliment commercial, le nabab prit congé de la marquise.

— Que ton père est donc laid ! dit Reine à Lagrimas quand don Roque fut parti. Je me figure qu'il doit ressembler à l'Hercule de la Alameda (1) de Cadix, qui passe pour le type de la laideur. Tu ne lui ressembles en rien, mon enfant, et je t'en fais mon compliment.

— Mon parrain dit que je ressemble à ma mère... Pauvre petite mère !

— A ton parrain, à ce vieux rat pelé, tu peux bien lui dire de ne jamais venir ici... car je me figure toujours qu'il porte, dans les sales poches de son immense caban, le choléra, la galle et la peste... T'a-t-il jamais régalée de quelque chose, ce monstre de parrain ?

— Un jour il m'a apporté un gâteau aux mouches... je n'ai pu le manger.

1. Promenade.

Reine éclata de rire si fort et de si bon cœur qu'elle se laissa tomber sur le sopha.

— Je crois qu'il n'est pas riche, ajouta Lagrimas en cherchant à disculper son parrain.

— Qu'il ose se présenter ici, répliqua Reine, et je t'assure que je rassemble tous les domestiques, avec les poêles et les chaudrons et que nous lui donnerons un charivari dont il se souviendra longtemps, ton pingre de parrain !

— Il ne viendra pas, dit Lagrimas ; il ne venait me voir qu'ne seule fois par an, lorsque j'étais au couvent.

————

XII

LA CATÉGORIE DES MILLIONNAIRES

A cette époque nous trouverons don Roque de la Piedra monté en catégorie — suivant la nomenclature de nos modernes synonymes : — de bon et excellent sujet, il était devenu *très*-bon et *très*-excellent sujet, c'est-à-dire qu'il était devenu millionnaire et au delà.

Tu ignores très-probablement ce que c'est qu'un millionnaire, ô lecteur des Batuécas, mon honorable ami, car les millions n'abondent guère dans les régions élevées où tu respires un air pur et salutaire; nous allons donc, pour ton instruction, te tracer un portrait de l'espèce.

Distinguons cependant : nous ne prétendons pas
faire la critique de l'homme devenu millionnaire
par ses talents et par un honorable travail : loin de
nous une semblable pensée. Condamner un homme
par ce seul fait qu'il est millionnaire et le confondre
dans le type que nous allons esquisser, ce serait manquer aux lois de la vérité et de la justice, ce serait
exposer notre plume à une accusation d'envie, et,
Dieu merci, nous n'avons jamais envié le sort de
personne, si ce n'est le tien, ô cher et sympathique
lecteur des Batuécas. Tu as déjà pu remarquer —
puisque, selon ce qu'on nous assure, l'impartialité,
qui a disparu d'ici-bas, s'est réfugiée dans les montagnes, — tu as pu remarquer que la malveillance
n'entre pas dans notre caractère et que nous trai-
tons sans fiel, même les sujets qui nous sont les
plus antipathiques. Ce condiment est cependant fort
à la mode pour la confection des ouvrages d'esprit,
comme le détestable safran est à l'ordre jour de nos
cuisinières pour l'assaisonnement de leurs ragoûts.
Mais il arrive à ceux qui écrivent, comme à celles
qui cuisinent, que, sans obtenir de leurs assaisonne-
ments un meilleur ouvrage ou un meilleur ragoût, ils
donnent à leurs produits un détestable goût. Il n'est
qu'une chose avec laquelle nous ne transigerons
jamais, et c'est en tout ce qui touche aux matières
de religion. L'éternelle vérité n'a-t-elle pas dit :
« Celui qui n'est pas avec moi est contre moi? »
Règle concise et admirable, comme toutes celles qui
sont sorties de ces divines lèvres... Nous entendons
d'ici le mot de « fanatique » sortir de certaines bou-

ches et nous nous en honorons... Fanatique, oui, mais dans la bonne acception du mot ; fanatique du devoir, fanatique de la vérité, fanatique de tout ce qui est beau, de tout ce qui est bien.

Le millionnaire, dont nous voulons esquisser le portrait est cet homme, sorti des plus basses classes, sans éducation, sans principes, sans foi ni loi ; cet homme qui, sans s'inquiéter des moyens, trouve tout chemin bon, fallût-il marcher dans la fange, dans l'ignominie et même dans le crime, pour arriver au sommet de la fortune.

Le millionnaire de cette espèce est d'ordinaire fort laid et, d'ordinaire aussi, il se soucie fort peu de l'être ; il ne connaît qu'un culte, l'adoration du veau d'or. Quant au culte de la beauté, il ignore même le nom de Narcisse.

Le millionnaire, à part ses autres infirmités, est sujet à des accès de fièvre intermittente, contre lesquels le quinquina est impuissant. Quand il lui prend un de ces accès, il porte la tête haute, il s'enfle, il se gonfle, et fait sonner bruyamment ses écus dans sa poche : volontiers il payerait des enfants pour lui écrire dans le dos : *Cet homme a un million de douros.*

Puis vient la réaction : alors il se cache avec autant de soin qu'il mettait d'ostentation à se faire voir ; il tremble pour ses écus, il crie misère, il se couvre de haillons et prédit à sa famille qu'elle mourra sur la paille. Un jour il donnera un festin de Lucullus, le lendemain il ira lui-même au marché et supprimera, comme un luxe inutile, tout ce qui n'est pas la soupe et le bouilli.

Tantôt le millionnaire s'offense de ce qu'on le dise riche, tantôt il s'indigne de ce qu'on le croie pauvre ; il voudrait jouir d'un crédit illimité et passer pour ne pas posséder un maravédi... comme cette bonne femme qui voulait gagner à la loterie sans y mettre.

Cet homme ne connaît au monde que deux choses : toujours prendre et ne jamais donner ; pour lui la dignité de l'homme n'existe pas ; il n'existe que la dignité de l'argent.

Nous terminerons ce portrait par un dernier coup de pinceau. C'est pour le millionnaire de cette espèce que Larochefoucault a formulé cette inconcevable et atroce maxime : « Il y a en nous quelque chose qui se réjouit du malheur d'autrui. » Et en effet le millionnaire se réjouit de la ruine des autres.

Maintenant que nous avons placé D. Roque à son nouveau *degré* d'élévation, continuons notre récit.

Tous les nuages d'automne étaient amoncelés sur l'ignoble figure de D. Jérémias Tembleque ; assis, devant une petite table boiteuse, couverte de papiers, il puisait fiévreusement de l'encre dans un mauvais encrier de plomb, où il ne restait plus que de la bourbe... il additionnait, soustrayait, multipliait... et chaque chiffre ajoutait une ride de plus à son front.

On frappa à la porte de la maison.

— Bonifacio... Bonifacio... cria le maître du logis à son nègre... n'ouvre pas avant de savoir qui frappe...

— C'est D. Roque, maître, répondit le nègre.

Effectivement le millionnaire montait cet escalier, dont les murs suintaient l'eau, et cherchait à combattre, par la fumée de son puro (1), les miasmes de l'air qui ne l'étaient guère... puros.

— Je suis un homme perdu, compère, s'écria Jérémias en voyant entrer le nabab, si vous ne me tirez de cet embarras... Je ne sais plus à quel saint me vouer.

— Vous ! dans l'embarras, répliqua D. Roque... vous me la donnez belle... Par tous les chats du quartier ! vous ! qui n'avez pas touché, depuis plus de dix ans, les arrérages échus de vos actions de la banque de France ! Au reste... si vous étiez réellement gêné... il ne me serait pas possible de venir à votre aide... pas plus qu'à tout autre... Par le temps qui court, *chacun doit se gratter avec ses propres ongles*... Mais, voyons... qu'y a-t-il, compère l'embarras ?

Jérémias se leva et fut fermer la porte, après s'être assuré que le nègre ne pourrait pas les entendre... Puis il fit asseoir D. Roque sur le sopha en paille de maïs, s'assit à son côté, et laissant à la paille le temps nécessaire pour apaiser son murmure, il se pencha à l'oreille de son compère et lui dit d'une voix à peine intelligible :

— J'ai reçu les soixante mille douros qu'on me

---

1. Cigare de la Havane. — Puro, pur, jeu de mots.

devait là-bas et qui m'ont enlevé soixante mille nuits de sommeil.

— La belle affaire, compère !... et c'est là ce qui cause votre embarras ?

— D'abord le change m'a coûté le yeux de la tête... Mais ce n'est pas le pis... je ne sais que faire de cet argent...

— Mettez-le à la banque.

— Au diable ! mettre tous mes œufs dans un panier... non pas... Non, je n'ai pas comme vous la manie des banques..., j'y ai été échaudé !... J'ai l'expérience de la banque de New-York... Maudits yankees...

En prononçant cette imprécation, Jérémias fit un mouvement si brusque que les feuilles de maïs mur·murèrent, en chœur, une éloquente plainte.

— Hum ! cela n'a pas déjà été si mal pour vous à la banque de France, dit D. Roque... Les actions ont monté... le crédit s'accroît chaque jour.

— Ce qui n'arrive pas en dix années peut arriver en un jour... assez de banque comme cela... Mais vous, compère, vous l'enfant chéri de la fortune ; vous qui roulez sur l'or et sur l'argent... je n'ai confiance qu'en vous... prenez-moi ces soixante mille douros...

— Moi ! et pourquoi faire? je suis embarrassé moi-même de mon argent.

— Compère, je vous le donnerai sans hypo-thèque.

— Non... je ne prends pas d'argent.

— Compère... à huit misérables pour cent.

— Non...

— Compère... à six...

— Cela ne se peut pas...

— Compère... à cinq et demi...

— Non...

— Compère... à cinq...

— Pas même sans intérêts...

— A cinq... compère, c'est un véritable gros lot.

— Parlé-je grec, mon ami? Ne vous ai-je pas dit non... non... non... Comment voulez-vous que je vous le répète, en chantant, en pleurant ou en priant... sacrebleu !

— Compère, vous voulez ma ruine, exclama dans son indignation Jérémias, qui, par une de ces manies ou un de ces pressentiments propres aux avares, ne croyait son argent en sûreté qu'entre les mains de son fortuné compère... Eh bien ! j'avais l'intention de laisser, par testament, seize onces à votre fille, je ne lui laisserai pas un cuarto, ajouta-t-il en se laissant tomber, d'un air de vengeance satisfaite, sur un des coussins du sopha.

Un chœur souterrain, semblable à celui que chantent les malins esprits dans l'opéra de *Robert le Diable*, s'éleva des profondeurs du coussin. Jérémias, exaspéré, y donna un violent coup de poing ; les feuilles de maïs se turent à l'ordre de l'esprit du mal qui s'était emparé de leur maître.

D. Roque éclata de rire, avec toute l'impertinence et l'aigre son métallique de ses millions.

— Eh ! qu'a besoin ma fille de cette misérable

aumône de seize onces ? dit-il d'un ton méprisant...
J'en ai dépensé quatre fois autant à Madrid, rien
que pour faire un cadeau à la fille d'un ami !

— Si vous avez fait cela, c'est que vous en atten-
diez quelque chose, répliqua malignement Jérémias.
Allons, compère, ne soyez pas si dur avec moi...
Prenez mon argent ou bien comptez que tout est
rompu entre nous, et que vous pouvez chercher un
autre correspondant à Séville pour s'occuper de vos
affaires.

— Allons... allons... dit D. Roque, que cette menace effraya plus que celle de ne rien laisser à sa
fille, allons ne vous mettez pas en colère... Vous
devenez, Dieu me pardonne, plus grognon que votre
sopha.

— Eh bien... prenez mes soixante mille douros,
avec soixante mille diables par dessus le marché.

— Nous verrons...

— Il ne s'agit pas de dire nous verrons... L'a-
veugle aussi dit nous verrons, et il ne voit jamais.
Les lettres de change vont échoir et je n'ai rien
pour mettre l'argent... Je n'ai pas de coffre-fort...
ajouta-t-il, toujours plus anxieux et en tremblant si
fort que les feuilles de maïs poussèrent un bruyant
éclat de rire... Je vis seul... seul avec cet animal de
nègre, qui pourrait me voler et m'assassiner ensuite... La maison n'est pas sûre... le quartier est
suspect... les voisins ne m'aiment pas... les murs
ont des oreilles... les voleurs sont bien hardis... Oh!
non... non... avoir de l'argent dans ma maison...
jamais... jamais !

— Bien... bien... dit alors D. Roque, nullement ému de l'état convulsif de son ami, mais qui avait réfléchi que prendre cet argent serait pour lui une excellente affaire... allons... à l'échéance des lettres de change et pour vous obliger, pour vous empêcher de mourir de peur, je me charge de l'argent... mais à quatre pour cent... pas un maravedi de plus... c'est à donner... ou à garder,

Don Jérémias bondit sur son sopha, en poussant des cris de détresse, que répétaient les feuilles de maïs, mais tout fut inutile. Après le oui, le non s'intronisa de nouveau sur les lèvres du millionnaire, avec un nouveau puro, qu'il tira d'un étui de manille et alluma délicatement, à l'aide d'un briquet en or, richement ciselé. Pendant plus d'une heure qu'elle dura, la discussion ne fit pas faire un pas à la question... pas plus que dans une session... de n'importe quelle chose. Don Roque ne démordit pas d'un maravedi de ses quatre pour cent, malgré les lamentations de Jérémias et les gémissements des feuilles de maïs. Enfin, l'antipathie des banques, l'horreur des hypothèques, la confiance dans l'étoile de son ami et surtout son effroi à la seule idée d'avoir de l'argent dans sa maison, amenèrent Jérémias à en passer par les conditions *léonines* de son compère le crésus.

En prenant cet argent, don Roque avait fait ses calculs, comme nous pourrons le voir plus tard.

Le millionnaire avait continué d'aller chez la marquise, et celle-ci, en femme du monde, dissimulait la répugnance que lui inspirait cet être vulgaire et déplaisant, et le recevait de son mieux ; l'affaire de l'emprunt, que voulait contracter la marquise, avait été traitée entre eux, mais don Roque y avait apporté toute la roideur de l'homme d'argent : ni la grâce, ni l'amabilité de la marquise, ni même les garanties qu'offrait la fortune de sa fille, ne purent modifier les prétentions du financier, qui consentit à prêter trente mille piastres, au modique intérêt de dix pour cent, et encore fallut-il lui donner hypothèque sur une propriété qui en valait le double.

Tel fut l'immense service que don Roque voulut bien rendre à la marquise, en récompense des bontés qu'elle avait eues pour sa fille, et, pour comble de bonheur, il laissait à Séville cette fille, dont il ne se souciait guère, et qui eût été pour lui, à Cadix, un terrible embarras, car on le savait riche, et les galants n'auraient pas manqué de venir soupirer sous le balcon. Nous devons dire, à ce propos, que cette idée du mariage de sa fille était le sombre nuage qui venait obscurcir le brillant horizon de ce bon père. Non-seulement, Lagrimas avait hérité de sa mère les cent mille piastres qu'elle avait reçues en dot, mais il lui revenait encore cent mille autres piastres, pour sa part, dans l'association du gendre et du beau-père, et ce dernier avait soigneusement stipulé cette condition en faveur de sa petite-fille.

Bien que don Roque fût devenu plusieurs fois millionnaire, deux cent mille piastres sont une belle bouchée pour un homme qui regardait une piécette avec un profond respect, la considérant, ainsi qu'il avait coutume de le dire, comme la pierre d'assise sur laquelle s'élève le million. En mariant Lagrimas, il aurait bien fallu se dessaisir de ce cher trésor, nous ne parlons pas de sa fille, mais de son argent, le mariage de celle-ci était donc un cauchemar qui, de temps à autre, venait troubler les songes dorés du crésus.

XIII

LA JEUNESSE A LA MODE

Pour peindre un appartement en désordre, on n'aurait pu choisir un meilleur modèle que l'aspect d'une chambre, située au premier étage d'une maison garnie de la rue Saint-Eloy. On pouvait la comparer au camp d'Agramant, où les nombreux soldats de la science viendraient de livrer bataille aux soldats, non moins nombreux, de la mode.

D'un côté, gisait à terre un flacon d'huile de macassar, épuisé jusqu'à la dernière goutte : plus loin, un dictionnaire latin montrait ses entrailles béantes et maculées par les taches d'une noire gangrène. Sur une chaise hospitalière, un frac étendait ses bras pendants, et, dans une encoignure, quelques timides bouquins, affiliés à la société de la paix, cherchaient à fuir le tumulte du combat. Sur une table, placée au milieu de la chambre, un encrier, semblable à un mortier, dont les feux sont éteints, ouvrait sa gueule noire, à côté de plumes d'oie,

7.

nobles étendards roulés dans la poussière. Le *Droit Royal* (1) avait reçu, en pleine poitrine, une décharge de cette excellente eau de lavande, qui se fabrique à Séville, sur la petite place Saint-Vincent. La *Constitution* gémissait sous le poids d'un scélérat de pot de pommade réactionnaire, et des gants invalides se lamentaient sur leur fraîcheur passée.

Il était six heures du soir, et trois jeunes gens s'occupaient dans cette chambre d'un objet de la plus haute importance... ils faisaient leur toilette.

L'un d'eux, très-grand et un peu gros, avait une figure sympathique : dans ses yeux, largement ouverts, on pouvait lire la noblesse et la franchise de son cœur. C'était avec la meilleure foi du monde, et sans en tirer la moindre vanité, que ce jeune homme avait de lui-même la plus haute opinion. Il chérissait ses amis et les traitait cependant avec le ton d'une supériorité protectrice, mais si inoffensive, qu'elle ne pouvait blesser personne. Au milieu de sa jactance et de ses prosopopées, brillait la bonté de son cœur, comme la lumière du soleil brille au travers des nuages. Il ne manquait pas d'intelligence, mais il était privé de mémoire, et sa distraction était telle que sa conversation était un mélange des propos les plus disparates. Une fois qu'il avait avancé une chose, il la soutenait imperturbablement, fût-elle la plus déraisonnable. Sa tête était un chaos d'idées qu'il ne se souciait ni de diriger, ni de classifier ; aussi lançait-il souvent, sans y réfléchir, des

1. Livre de jurisprudence.

paradoxes qui stupéfiaient ses auditeurs, sans le faire reculer d'un pas, dans ses assertions, ni lui faire perdre un atome de son aplomb et de sa gravité... Il s'appelait Marcial.

L'autre était grand, mince, bien fait de sa personne et plein d'élégance et de grâce dans ses manières. Il avait une figure fine et mignonne, des yeux charmants, qui interrogeaient toujours, sans répondre jamais, surmontés de sourcils bien arqués. Sur son front, peut-être un peu trop étroit, se jouait une chevelure abondante et frisée ; dans son sourire perçait une légère ironie. C'était un de ces hommes froids, réservés, hermétiquement concentrés en eux-mêmes et qui manquent totalement de spontanéité. Bien que fort jeune encore, il avait cependant l'expérience d'un vieillard et cherchait le bonheur, non pas en philosophe ou en épicurien, mais en homme déjà revenu des vanités de ce monde. Il avait un esprit observateur, incisif, sarcastique, quelquefois même un peu mordant, mais honnête et loyal... Il s'appelait Genaro.

Le troisième de ces jeunes gens était de taille moyenne et ne ressemblait en rien aux deux autres. Sans être joli garçon il avait une de ces figures sympathiques qui attirent au premier abord et qui plaisent davantage à mesure qu'on les voit plus souvent. Rien chez lui n'excitait l'admiration et cependant tout plaisait. Sur sa joyeuse et riante physionomie brillait cette surabondance de vie qui déborde dans la jeunesse et produit d'abord des fleurs et plus tard des fruits. Dans son regard intelligent, bien que quelquefois distrait, se lisait la supériorité d'un homme appelé à dominer les autres. La carrière de ces hommes est tracée à l'avance; sans se donner la moindre peine, ils poussent et fleurissent, quand le temps a achevé leur maturité, et prennent d'eux-mêmes dans le monde le rang que leur assigne leur vocation. Il se nommait Fabian. Accoudé sur la table, il lisait et écrivait alternativement; les deux autres étaient devant leur miroir. Tous trois appartenaient à de nobles familles de l'Estramadoure.

— N'y a-t-il pas de quoi se donner au diable, dit tout à coup Marcial en serrant la boucle de son pantalon, en voyant l'insolence avec laquelle mon ventre se projette en avant! Vous verrez qu'il me fera perdre l'élégance et la finesse de ma taille !... N'est-il pas vrai, Genaro, cher Machiavel, que j'ai la taille fine? Je ressemble au *palmier* du Liban !

— Dans le Liban il y a des cèdres, répondit Genaro... les palmiers poussent au désert, et les liéges dans ton village.

— Les palmiers sont originaires du Liban, affirma Marcial avec son aplomb accoutumé; puis revenant à son thème :

— Je n'ai cependant pas plus de vingt-quatre ans, le même âge que toi... un an de plus que Fabian... Mais toi, Fabian, père Dauro, paisible rivière — ainsi Marcial appelait-il Fabian depuis qu'il avait lu les poésies de Martinez de la Rosa — que fais-tu là, à cette table? Pourquoi ne viens-tu pas, comme nous, relever les charmes de la misérable humanité par les parures des beaux-arts?

— La toilette n'a rien de commun avec les beaux-arts, répliqua Fabian ; mais toi, Marcial, tu ne te plais que dans les paradoxes.

— Pardon, ami, la toilette appartient aux beaux-arts, affirma Marcial.

Les autres se turent, comme ils le faisaient d'habitude quand leur ami, de sa voix de Stentor, lançait un de ses paradoxes qu'ils se contentaient de laisser rouler comme un projectile inoffensif.

—Que fais-tu là? poursuivit Marcial... peut être des vers à quelque Philis... qui ne sera pas en état de les lire!

— Non... je traduis l'ode de Lamartine, à la lampe du sanctuaire... Ecoute cette strophe... tu me diras ce que tu en penses.

—Ce que je pense, paisible rivière, c'est qu'il est très-facile de traduire.

— Facile de traduire de la poésie... toi seul es capable de soutenir une semblable hérésie... exclama Fabian.

— Et je le prouve, poursuivit Marcial. Tu sais que mon père a été prisonnier en France pendant la guerre de l'indépendance; il en avait rapporté une chanson qu'il fredonnait sans cesse... Eh bien! cette chanson, je l'ai traduite... et, mieux encore, je l'ai traduite en vers de même mesure; de sorte qu'elle peut se chanter sur le même air. Qu'en dis-tu?

— Veux-tu bien nous gratifier de cette œuvre capitale de ton esprit?

Marcial, sans se faire prier, se mit à chanter :

> Si le roi m'avait donné
> Madrid, sa grand'ville,
> Et qu'il m'eût fallu quitter
> Séville, la jolie,
> J'aurais dit au roi : Merci,
> Reprenez votre Madrid,
> J'aime mieux Séville, oui,
>   Oui,
> J'aime mieux Séville (1).

Genaro et Fabian s'étouffaient de rire.

— Pure envie, dit Marcial en faisant le nœud de sa cravate; tu ferais bien mieux, père Dauro, de te nourrir, comme nous, de la lecture des bons auteurs espagnols. J'ai lu, moi, et je sais par cœur plus de mille comédies de Calderon.

— Calderon n'en a jamais fait que trois cents et quelques, fit observer Fabian.

— Il y en a mille, soutint Marcial.

— Tu as sans doute la prétention d'être le premier poëte et le premier bibliophile d'Espagne?

1. Voici la chanson française, dont la poésie n'est pas plus correcte :

> Si le roi m'avait donné
> Paris, sa grand'ville,
> Et qu'il m'eût fallu quitter
> L'amour de ma mie,
> J'aurais dit au roi Henri :
> Reprenez votre Paris,
> J'aime mieux ma mie,
>   O gué,
> J'aime mieux ma mie.

— Tu te trompes fort, paisible rivière, si tu crois
que je fonde mon ambition sur si peu de choses.
Certes ce Machiavel, si fin observateur et qui dé-
ploie en ce moment dans le nœud de sa cravate une
grâce et une facilité que je lui envie, ne se fût pas
ainsi exprimé sur mon compte. Moi, mon enfant, je
ne suis pas une rivière aussi paisible que toi... je
suis un torrent et je veux faire du bruit, beaucoup de
bruit dans le monde... je veux être député... je veux
prononcer des discours qui seront imprimés en grosses
lettres dans les papiers publics... Le discours de l'honorable D. Marcial, diront-ils, si à cette époque je
n'ai pas encore hérité de mon titre, ce qu'à Dieu ne
plaise!... le discours de l'honorable D. Marcial, pro-
noncé avec autant d'éloquence que d'énergie, a ému
l'assemblée tout entière, électrisé les tribunes et
consterné les exaltés. Madrid n'a plus rien à envier à
Athènes... comme la ville grecque, elle a son Dé-
mosthène... Je suis capable, pour arriver à la renommée, de brûler l'Escurial, comme Erostrate a
brûlé le temple de *Vénus*.

— Le temple de Diane, rectifia Fabian.

— De Vénus, affirma Marcial... Dis-moi, Genaro,
quelle est ton ambition ?

— Moi? répondit celui-ci, j'aspire à une position tranquille et honorable, sans bruit et sans
fracas.

— Végéter ! exclama Marcial... rester les bras
croisés quand la société est en péril !... Et toi, paisible rivière, quels sont tes désirs?

— Moi, répondit Fabian, je ne veux rien faire.

— Un lazzarone... de Rome... exclama Marcial.
Voyez la belle carrière pour un homme qui n'a pas
de majorat !

— Les lazzarones sont des Napolitains, fit observer Fabian.

— Des Romains, soutint Marcial... Hélas ! chers
amis, s'écria-t-il en mettant son gilet et en jetant
un coup d'œil affligé sur la vacuité de ses poches,
lequel de vous va me prêter quelque argent ?

— Te prêter de l'argent, à toi ! dit Fabian, à toi
le richard du trio... Plaisantes-tu, Marcial ? tu sais
bien que ma bourse ressemble au tonneau des Danaïdes... rien n'y peut séjourner !

— Richard... richard, c'est-à-dire que mon père
est riche, il a des métairies, des moulins et des
troupeaux de moutons autant qu'un patriarche...
des écus à pleins sacs ; mais à quoi cela me sert-
il, à moi, si ce père avare ne veut pas me donner un maravedi de plus que les deux mille réaux
qu'il m'envoie chaque mois ?

— Ils devraient te suffire, dit Genaro : mes parents ne me donnent que la moitié de cette somme ;
je vis largement et je me fais plus honneur que
toi.

— C'est vrai, répliqua Marcial ; mais tu n'as pas
mes vices. Sachez donc que j'ai joué hier au soir et
que j'ai perdu jusqu'à mon dernier réal, y compris
même ce que ma mère m'avait envoyé avant hier
en extra, 3,000 réaux... cent cinquante bonnes
piastres qui ont défilé à la suite les unes des autres,
comme d'innocents agneaux.

— Tu as joué! exclamèrent à la fois les deux autres d'un air snrpris.

— Oui... j'ai joué... Eh bien! qu'y a-t-il là d'étonnant? Je veux dans ma bouillante jeunesse goûter de tous les vices, comme D. Juan. Ne savez-vous pas que j'ai du vif-argent dans la tête et du vitriol dans les veines, pour m'exprimer selon les auteurs modernes en France. Je veux être le plus prodigue des enfants prodigues, afin que mon père, à mon retour au logis, m'ouvre ses bras et tue le veau... ou le cochon gras,... peu m'importe. Cette idée, qui ne peut sortir que de la tête d'un véritable *chevalier*, ne vous semble-t-elle pas mirobolante? Quand je dis *chevalier*, je ne veux pas parler du héros de la Manche... Fi donc! cette *chevalerie* serait aujourd'hui du plus mauvais ton... faire d'une maritorne une Dulcinée; il vaut bien mieux faire d'une Dulcinée une maritorne. Cette large voie que je veux ouvrir à mes passions a quelque chose de romanesque et de biblique.

— Ne mêle donc pas l'Ecriture sainte à toutes tes billevesées, dit sérieusement Fabian.

— Je maintiens le mot biblique, répliqua Marcial.

— Moi, je ne joue jamais, dit Genaro, je suis plus délicat dans le choix de mes plaisirs, le jeu est une passion de laquais.

— Ce que tu es, toi, répliqua Marcial, tu es un hypocrite; d'ailleurs tu n'as ni mes passions volcaniques, ni cette force d'âme qui me permet de lever un front pur et serein devant la réprobation générale... Je veux séduire toutes les filles de Séville...

le mal est qu'elles ne s'y prêtent pas beaucoup, et qu'elles sont plus malignes que des couleuvres... Reinoso a bien fait de pleurer sur la perte de l'innocence, et Melendez d'aller chercher la candeur en *Italie*.

— En Arcadie, rectifia Fabian.

— En Italie, répéta Marcial. Toi, mon père Dauro, qui te nourris du miel du mont Hymette et qui t'abreuves à la source de l'Hyppocrène, tu es inoffensif... mais un peu... simple. Eh bien, quoique vous ne soyez pas à ma hauteur, je ne vous en chéris pas moins tous les deux... Nous ne faisons qu'un, en trois personnes, nous sommes les trois Grâces, les trois Parques...

— Toi! un homme frugal, toi dont le garde-manger est rempli des cervelas et des jambons que t'envoie ta mère!

— J'ai dit parcas (1) et non parcos. Je dis donc que je veux me livrer à tous les excès. Je veux être un autre Miquel (2) de Magnara; seulement, quand je reviendrai à la vertu, au lieu de fonder, comme lui, des hôpitaux, ce qui n'est plus à la hauteur du siècle, je fonderai un casino, dans ma ville natale! Mon exemple ne vous tente-t-il pas?

— Mon fils, répondit Genaro, les fredaines mettent peu en odeur de sainteté, et la renommée est un piédestal dont je ne veux pas descendre.

1. Jeu de mots ntraduisible: Parco veut dire, en espagnol, sobre, frugal, et parca, parque.
2. Célèbre vaurien qui, après s'être converti, fonda un hôpital.

— Les excès, opina Fabian, me répugnent autant que l'odeur d'un cabaret, autant que l'atmosphère d'une étable à pourceaux !

— O paisible rivière, que ne puis-je te faire déborder ! exclama Marcial, mais habille-toi, lambin, le beau sexe doit nous trouver de moins sur El Duque... Dis-moi, Genaro, tu m'as l'air bien épris de *la Perle ?*... Pourquoi lui as-tu donné ce nom, Fabian ?

— Parce qu'elle se nomme Lagrimas, et que les larmes sont les perles du cœur... et encore parce que c'est une vraie perle fine... Dieu veuille, Genaro, que tu saches l'apprécier, comme j'aurais su l'apprécier moi-même !

— Ces poëtes sont vraiment étonnants, exclama Marcial, ils voudraient tout avoir ! Ne devrais-tu pas te considérer comme le plus heureux des mortels d'avoir su capter l'attention et mériter la bienveillance de Flora... de la blonde Flora, qui semble un lis, enchâssé dans de l'or ? Quelle jolie pensée !... hein ? ne va pas me la dérober, paisible rivière.

— Ne crains rien, répondit Fabian en riant, ni moi, ni aucun orfèvre, ne songeront à profiter de ton idée.

— Mais toutes deux, poursuivit Marcial, Lagrimas, l'humble violette, et Flora, le beau lis, s'éclipsent à côté de celle qui est Reine de nom et de fait, et qui règne sur tout et sur tous... Je crois qu'elle ne déteste pas les mauvaises têtes... Qu'en dis-tu, Genaro, toi qui es un observateur ?

— Peut-être, répondit celui-ci.

— J'ai remarqué, ajouta Marcial, que depuis que je me suis posé en mauvais sujet, elle fait plus attention à moi.

— Ne te fais pas d'illusions, Marcial, dit Fabian, Reine ne t'aime pas.

— Et qui donc aimerait-elle? s'écria Marcial en se retournant si brusquement qu'il renversa une chaise.

— Je ne sais, mais à coup sûr ce n'est pas toi.

— Et comment le saurais-tu, prophète de malheur?

— Comme je sais qu'il fait jour, parce que je le vois...

— Qui donc s'aviserait de lutter contre moi? Ce n'est aucun de vous deux, à part que vous êtes amoureux, jamais il ne vous passerait par la tête de me jouer un mauvais tour... D'ailleurs je ne me sens pas de force à user de la magnanimité de *Phocion.*

— De Scipion, rectifia Genaro.

— De Phocion... je l'ai dit et je le maintiens, répéta Marcial... A propos, j'ai composé quelques vers à l'intention de Reine, et je me flatte qu'ils sont assez originaux et assez bien tournés.

— Je t'accorde la première expression, dit Fabian, mais je mets en doute la seconde... Voyons, récite-nous ce chef-d'œuvre dont la composition te tourne la tête depuis plus de quinze jours.

— Oui, pour que tu me voles mes pensées, objecta Marcial.

— Je te donne ma parole que je n'en ferai rien.

Marcial, qui grillait de faire voir le jour à son enfant, commença pompeusement :

« Reine de tous les cœurs, tu y répands une si grande loyauté, que tes vassaux refusent la liberté que tu leur offres. Dans notre siècle de lumières, à quoi attribuer une anomalie aussi grande, sinon à l'éclat de tes yeux qui éclipse la lumière elle-même ? »

— Pourriez-vous bien me dire le motif de cette gaieté intempestive ? dit Marcial à ses amis, après avoir achevé sa lecture.

— Je ris de plaisir, répondit sérieusement Genaro... Tes vers sont vifs, galants, bien rimés, et surtout pas exagérés... Quevedo te les envierait... Quel charmant jeu de mots dans cette éclipse de lumières !

— Et toi, Fabian, qu'en dis-tu, toi l'arbitre du bon goût de l'Andalousie ?

— Moi, je ris de pitié... Ces vers sont certainement les plus mauvais, les plus boursouflés, les plus ridicules parmi tous les mauvais vers que tu as pu commettre, Marcial.

— Envie ! pure envie ! dit celui-ci... Tu enrages, ma paisible rivière, de ne pouvoir être un torrent impétueux.

— Dis donc, Marcial, fit tout à coup Genaro, quel est donc ce nouvel ami dont tu t'es affublé et qui ressemble à un hareng saur ?

— Oh ! c'est un brave garçon.

— Mais encore, qui est-il ?

— Qui il est ? que sais-je, moi ?

— Comment s'appelle-t-il ?

— Tiburcio Civico.

— Aïe! aïe!... quel nom! dirent les autres.

— C'est un nom fatal, je ne le nie pas, répondit Marcial... jamais je n'ai pu trouver une rime à ce Tiburcio!

— Écoute, dit Genaro, qui était le plus fier des trois, je ne te conseille pas de fréquenter beaucoup ce don sans nom... Quand vous êtes ensemble, vous avez l'air d'une tour et d'un roseau se tenant par le bras... Tu as la rage de vouloir toujours faire de nouvelles connaissances... Souviens-toi donc du proverbe : « Dis-moi qui tu hantes, je te dirai qui tu es. »

— Ami, quand, comme moi, on aspire à devenir député, répliqua Marcial, il faut se populariser... Maudite graisse! ajouta-t-il en boutonnant son frac... si mon ventre continue ainsi à pousser au majestueux, quand je serai député il me fera certainement honneur et me donnera un certain air de *Marmorto* Peel.

— Roberto, dit Fabian.

— Marmorto, affirma Marcial.

— Quel aimant t'attire vers ce personnage étique et inconnu? demanda Genaro.

— L'aimant de la controverse. C'est un socialiste, et je veux le convertir.

— Tu y perdras ton temps, dit Fabian, qui perdait le sien à vouloir faire entrer ses mains dans des gants trop étroits.

En sortant, ils se croisèrent avec un petit jeune homme arrêté au milieu du vestibule. Sans rien

changer à sa direction, Marcial, qui marchait au milieu, entr'ouvrit ses longues jambes et passa par-
dessus l'avorton, sans quitter son air grave et sans
dire autre chose que ce mot : Insecte !

L'insecte demeura stupéfait en voyant passer au-
dessus de sa tête ce colosse de Rhodes.

XIV

UN TRIO DE GRACES

Dans la même soirée, trois jeunes filles, à demi
cachées par les fleurs et les plantes grimpantes, se
tenaient sur un balcon ouvrant sur le magnifique
jardin de la marquise de Alocaz.

Le dos tourné et les mains appuyées sur la rampe,
la plus grande des trois déployait dans cette position toute l'élégance de sa taille et la richesse de
ses formes. Une robe en moire antique bleue des-
cendait en plis étoffés jusqu'à terre; un fichu de
dentelle, retenu par une épingle en or émaillé, recouvrait ses épaules; ses beaux cheveux châtains étaient
disposés en bandeaux, et sur son front brillait une
féronnière, cet ornement qui sied si bien à une
beauté sévère.

Vis-à-vis d'elle et appuyée contre la porte du
salon, une autre jeune fille, de taille moyenne, chan-
geait si souvent de posture, qu'elle semblait avoir
du vif-argent dans les veines. Blonde, blanche et le

teint rosé, choses rares en Andalousie, cette jeune
fille semblait une délicate fleur exotique égarée sous
ce brûlant climat. De ses charmants yeux bleus
s'échappait un regard tout à la fois doux et malin ;
sur sa bouche, vermeille comme une fraise, siégeait
un sourire perpétuel, reflet de la bonté de son cœur.
Elle portait une robe de taffetas vert, et sa colle-
rette de gaze était fixée sur sa poitrine par trois
nœuds de rubans couleur de rose. Deux longs tire-
bouchons à l'anglaise encadraient sa jolie figure.
Elle s'appelait Flora de Osorio et était nièce de don
Domingo, l'ami intime de la marquise.

Appuyée sur la plate-forme et le visage reposant
sur l'une de ses mains, la troisième des jeunes filles
levait tristement les yeux vers le ciel. Elle portait une
robe de percaline lilas et blanc, faite en sac, croisée
par devant et retenue à la taille par une lourde cor-
delière. Sa noire chevelure était tressée en nattes
qui passaient derrière les oreilles, venaient rejoindre un magnifique chignon dont l'abondance et la
force dénotaient cependant une nature débile.

— Que tu es ingrate envers Marcial, Reine, disait
la jolie blonde, et cependant c'est un novio (1) comme
on n'en voit guère, un novio comme on n'en voit pas,
au dire de ma mère, qui certes s'y connaît en novios !
Et cela, insensible tigresse, pendant qu'il fait des
vers en ton honneur... Fabian me l'a dit..

— Et à sa grand'peine, répondit Reine... Mais,
mon enfant, si les vers peuvent prendre les cœurs à

1. Amoureux.

l'assaut, le tien est fort en danger, car Fabian...

— Oui, oui, interrompit Flora, Fabian est pour les vers ce que le mois de Marie est pour les fleurs, ils ne lui coûtent pas à produire. Il n'en est pas de même de ce pauvre Marcial, qui les compose à si grand'peine.

— Quelle obstination aussi à vouloir cultiver un terrain qui n'a jamais produit que des citrouilles, répliqua Reine d'un air dédaigneux.

— Marcial veut t'enseigner la géographie, sais-tu?

— A moi? S'il me fait une semblable proposition, je lui enseignerai le chemin de la porte.

— Quelle ingratitude, Reine!... Moi, Fabian voulait m'apprendre le français, mais je n'y avais ni goût ni disposition, et pendant tout un mois nous ne sommes pas sortis de ce mot *pounchou*, qui veut dire bonjour, et comme ce *pounchou* me sortait par les yeux, je le priai, pour changer, de m'apprendre le latin, car, de celui-là, je savais déjà quelque chose, comme *Dominus vobiscum* et *Sursum corda*.

— Et il te l'a appris? dit Reine en éclatant de rire.

— Certainement... Mais tu vas voir ce qu'a fait le traître. Il m'apprit quelques vers que je retins bien mieux que son *pounchou*, parce que le latin ressemble plus à l'espagnol que le français... Il me dit que ces vers signifiaient :

« Écoutez, aimez, beaux anges, et tant que durera le monde vous serez aimés et écoutés... » Cela me parut fort joli, quoique je ne le comprisse pas bien... mais, comme il m'en arrive autant avec bien

8

des vers modernes, je ne crus pas devoir refuser
mon suffrage à ceux-ci à cause de ce léger incon-
vénient, d'autant plus que j'avais déjà entendu une
traduction de Lamartine faite par un ami de mon
frère et qui me paraissait dans le même style.

J'appris donc ces vers, et je les récitais comme
une perruche, ou plutôt je les déclamais de manière
à n'avoir rien à envier à la Matilda Diez (1), lorsqu'un jour mon père me demanda : « Que dis-tu
donc là, enfant? » Et moi, aussi fière et aussi contente que le corbeau de la fable à l'éloge de sa jolie
voix, j'ouvris mon petit bec, et sur un ton mélancolique je déclamai mes vers.

Ma joie s'éteignit aussi vite que la flamme du gaz
quand je vis mon père froncer le sourcil et me dire
que c'était sûrement de mon frère que je tenais cette
belle poésie; que de tels vers pouvaient encore se
supporter dans la bouche d'un jeune homme, mais
qu'ils étaient inconvenants et déplacés dans celle
d'une jeune fille bien élevée. Tu juges de ma surprise. « Mais, mon cher père, lui dis-je, quel est
donc le véritable sens de ces paroles que je tenais
pour sublimes? » Et voici la traduction qu'il m'en
fit :

« Aimez, buvez, chantez, gais écoliers; la vie est
courte, il faut en profiter. »

Tu peux juger de ma colère contre le traître. Le
soir même, je lui déclarai que tout était rompu entre
nous, et que, pour parler latin, il pouvait se dire :

1. Fameuse tragédienne.

Ite, missa est. Mais il me demanda, en prose et en
vers, à mains jointes et avec des regards si mélancoliques, le pardon de sa faute, qu'à la fin je le lui
accordai, pour me délivrer de ses soupirs qui m'a-
gaçaient les nerfs.

— Tu as été trop bonne, dit Reine en riant; il fallait le planter là et hériter, de mon vivant, le cœur
de Marcial, dont je ne sais que faire.

— Non pas, ma chère, répliqua Flora ; je suis
maintenant au mieux avec Fabian, et il va m'apprendre le grec... Mais, Lagrimas, ajouta-t-elle en
se tournant vers la jeune fille appuyée sur le balcon,
à quoi penses-tu là?... encore un peu plus muette
qu'à l'ordinaire?

En entendant prononcer son nom, la jeune fille
eut un petit tremblement nerveux et répondit avec
douceur :

— Je regardais ce petit nuage, et je me disais que
s'il était si rosé, c'est que le soleil avait jeté sur lui
un regard qui le faisait rougir, comme le regard
d'un roi ferait rougir une bergère.

— Ce que j'en augure, moi, dit Flora, en regardant le rouge nuage, c'est que, si ce petit nuage
venait à tomber maintenant, il tomberait sous la
forme d'une pluie de couleur, et que demain matin
toute la nature se réveillerait rouge, à commencer
par le Bétis, qui semblerait un fleuve de sang, et à
finir par le nez de Marcial, qui ressemblerait à un
tomate en maturité.

— Quant à moi, dit Reine, ce que ce nuage me
présage, c'est un beau temps pour demain matin.

« Nuages rouges au couchant, soleil au levant, » et je m'en réjouis, car demain j'ai à sortir pour des emplètes et je veux aller au jubilé, qui n'est rien moins que celui de San Julian.'

— Cette Lagrimas, fit observer Flora, vit toujours dans les nuages, comme les étoiles, ou parmi les vents, comme les girouettes, ou dans la mer, comme les perles. Ecoute donc, mon enfant, cela dégénère en manie, c'est un reste du délire que te causent les attaques auxquelles tu es sujette.

— Cela peut bien être, répondit Lagrimas.

— Non, non, intervint Reine, cela provient des violentes émotions qu'elle a éprouvées dans son enfance, c'est une chose certaine ; il faut chercher à la distraire, et non pas la brusquer, comme disait la mère Bon-Secours.

— Sais-tu bien, Lagrimas, dit Flora, comprenant l'intention de Reine, que si ce venimeux reptile, qu'on appelle jalousie, pouvait trouver place dans mon cœur, que Fabian appelle le glaçon, le plus glacé du mont Parnasse... non... du Mont-Blanc, je m'embrouille toujours avec tous ces monts, autour desquels il tourne, je disais donc que si ce reptile révolutionnaire s'introduisait dans mon cœur, ce serait toi qui en serais la cause ! Je suis sûre que mon gracieux soupirant deviendrait volontiers le *mouchoir* qui essuierait ces *larmes*. Son astre poétique, comme il dit, sympathise beaucoup avec tes visions éthérées. L'autre jour, en m'entendant parler de l'effet que produisaient sur toi le vent et la tempête, il t'a appelée « une harpe éolienne. » Comme j'ignorais totalement la nature de cet instrument, et que je ne savais s'il fallait le classer parmi les castagnettes ou les tambours de basque, il m'en a donné la définition que voici : Les,Allemands, qui sont fous de musique, d'idées romanesques, et de conceptions fantastiques, ont inventé cet instrument, qui participe de ces trois choses : c'est une harpe qu'on place au sommet des tourelles, dans les vieux châteaux féodaux, et qui rend des sons harmonieux lorsque le vent passe au travers de ses cordes. Ce nom de harpe éolienne lui vient d'Eole, le père des vents. Quant à la mère, Fabian ne m'a pas dit son nom, et j'ai oublié de le lui demander. Vous voyez donc bien, vous qui viviez dans les ténèbres les plus profondes en ce qui concerne l'origine de la harpe éolienne, qu'il peut y avoir quelque profit à fréquenter un étudiant.

— Mot vide de sens, opina Reine.

— Un poëte.

— Encore pire espèce.

— Un homme éclairé.

— Moins que rien, répéta Reine d'un ton dédaigneux.

— O Reine, comme tu traites ce pauvre Fabian !

— Je l'apprécie plus haut que toi. A mes yeux, Fabian est plus qu'un poëte et qu'un homme éclairé, suivant la détestable expression à la mode, c'est un homme instruit.

— Et comment classes-tu Marcial, juge sévère ?

— Marcial, au premier rang parmi les importuns, hors ligne parmi les faiseurs d'embarras, au superlatif parmi les entêtés.

8.

— Et Genaro?

— Parmi les beaux ténébreux.

— Fort bien... chacun a eu son paquet. O Reine...
Reine, tu te places sur un piédestal bien élevé, et,
comme le César de la vieille promenade, tu regardes
tout le monde du haut de ta grandeur... Mais, je te
le prédis, tour orgueilleuse, au premier choc tu tom-
beras aplatie.

Reine poussa un éclat de rire et se mit à
chanter.

— As-tu quelquefois entendu chanter Lagrimas?
dit Flora.

— Non... chante-t-elle? Je n'en serais pas étonnée... Fabian vous nomme, elle, la perle, et toi,
le diamant... Si le diamant danse... la perle doit
chanter... Allons, Lagrimas, chante-nous quelque
chose.

— Je n'ai pas de voix et je ne sais pas de chanson... tu le sais bien, Reine...

— Oui et non.... Tu n'as pas beaucoup de voix,
c'est vrai, mais elle est douce et mélodieuse; tu ne
sais pas de chansons, mais tu sais d'autres choses
qui se chantent... Ne te fais pas prier, nous sommes
seules, tu ne peux être intimidée; chante-nous ce
que tu chantais au couvent, la Tonadilla de la fleur
de lilila; la mélodie en est charmante et je ferai le
second dessus.

La douce enfant se mit à chanter, d'une voix faible, mais d'une douceur incomparable, que soutenait la voix pure et vibrante de Reine, les strophes
qui se terminent ainsi : « Ayez pitié d'eux, car je

leur ai pardonné ; il est si doux de pardonner ! »

— Quelle expression elle met dans son chant ! dit Flora quand Lagrimas eut fini.

— C'est que, dit Lagrimas, de toutes les *excellences* de Dieu, celle que je comprends le mieux, c'est le pardon.

— Moi, dit Reine, c'est la justice.

— Et moi, dit Flora, c'est l'aumône : donner, me semble le plaisir des plaisirs, le bonheur des bonheurs !

— Il se fait tard, dit Reine, allons-nous à *el Duque...* Viens-tu Lagrimas ?

— Je ne voudrais pas y aller...

— Et pourquoi non, enfant ?

— Je suis fatiguée.

— Ne la tourmente pas, Reine, ajouta Flore, le meilleur moyen de plaire aux gens, c'est de leur laisser faire ce qu'ils veulent ; admirable et superbe maxime que je m'efforce, mais vainement, de faire pénétrer dans la tête de ma respectable mère !

— Que feras-tu ici toute seule ? demanda Reine à Lagrimas, les nuages rosés ont disparu...

— Elle comptera les étoiles qui vont briller au ciel, riposta Flora, et s'assurera s'il n'en manque pas quelques-unes à l'appel.

— Tu vas encore entendre, poursuivit Reine, ce bruit de la mer dans le lointain qui te trouble si fort.

— Non, Reine, la mer est aujourd'ui si tranquille que son murmure semble une douce musique.

— Tu entendras le vent et tu te figureras, comme toujours, que la nature pousse des gémissements.

— Non, Reine, le vent est muet et ne fait entendre que de faibles soupirs... Sa voix est douce.

— Comme la tienne, chère enfant, dit Reine en posant un baiser sur le front de Lagrimas qui appuyait sa tête sur son épaule.

— Il est gentil... bien gentil, le petit Eole, il ne dit pas même *pounchou*... c'est un enfant bien élevé, ajouta Flora... Et, passant derrière les deux amies, qui se tenaient embrassées, la jeune fille inclina sur leurs têtes les branches du jasmin, qui les couvrit de ses blanches fleurs.

— Un vrai tableau vivant ! s'écria-t-elle.

XV

UN LIBÉRAL

Les trois amis se promenaient sur *el Duque* lorsque, dans un groupe et s'élevant au-dessus de la foule, ils aperçurent une petite tête, appartenant à une petite figure, en lame de rasoir, ornée d'un nez proéminent et deux petits yeux noirs, mélancoliques et distraits, bien que, de moments en moments, ils lançassent un regard pénétrant, méfiant et hostile, comme un volcan éteint lance encore, par intervalles, un jet de flamme ardente à travers son épaisse lave.

Le propriétaire de la susdite tête portait un costume excentrique et du plus mauvais goût ; sous un caban blanchâtre, en forme de robe de chambre, apparaissait un pantalon bariolé des couleurs les plus éclatantes. Un chapeau hongrois, républicain ou à la Montalban, également blanchâtre, couvrait *son chef*, nom que les Français donnent avec juste raison à la tête, et faisait ressortir encore la noirceur de sa triste figure. De longues moustaches, semblant sortir de ses narines, achevaient d'imprimer à ce personnage le cachet d'une ridicule actualité.

A ce portrait le lecteur aura peut être reconnu notre ami Tiburcio qui, après plus d'une année de résidence à Madrid, s'en revenait à son village, non pas tout à fait comme il en était parti, mais le gousset vide et les espérances déçues ; il avait sacrifié sur l'autel de la noble ambition jusqu'au dernier fagot des oliviers paternels, sans qu'une seule branche lui eût servi de torche pour pénétrer dans le sanctuaire de la fortune et de ses honneurs. Avant de rentrer tristement dans son pays natal, il achevait de manger, à Séville, quelques bribes de haies, dont l'alcade s'était encore défait en sa faveur.

A peine Marcial l'eut il aperçu, que, quittant ses amis, il fut à sa rencontre.

— Vous voilà donc, incorrigible démagogue, lui cria-t-il ; je me réjouis de vous rencontrer, je veux vous présenter à mes amis.

— Vous me faites honneur, répondit gravement

Tiburcio qui, malgré ses principes républicains, brûlait du désir de s'affilier à la classe élevée.

Mais les amis, poursuivant leur promenade, avaient disparu dans la foule.

Marcial et Tiburcio continuèrent donc à marcher, et, au premier tour, ils se trouvèrent en face de Reine. Marcial la salua, mais celle-ci feignit de ne pas le voir et ne lui rendit pas son salut.

— Señor, disait Tiburcio, l'humanité a besoin d'être régénérée.

— Les améliorations, répondait Marcial, se développent à la chaleur vivifiante du soleil et non à la flamme brûlante de l'incendie... Ainsi donc, cher ami... Reine, que tu le veuilles ou non, je suis à tes pieds...

— Bonjour, Marcial, dit enfin celle-ci... Mais, à la vue de l'étrange figure de Tiburcio, elle partit d'un immense éclat de rire, et se tournant vers Flora : Jésus ! quelle face ! lui dit-elle et de quelle boutique de friperie Marcial a-t-il tiré ce curieux magot ?

— Les voilà bien vos fières et insolentes aristocrates, dit Tiburcio furieux à Marcial en voyant Reine s'éloigner en ricanant.

— On rit avec vous et tu te fâches ! répliqua Marcial... Mais, mon cher, elle en eût fait tout autant avec le plus grand seigneur, s'il se fût offert à ses yeux avec votre figure... Rendez-vous donc justice. Reine est ma cousine, et c'est bien la moquerie incarnée, comme vous êtes l'opposition faite homme... N'allez pas croire que ce soit orgueil chez elle; non, c'est sa nature, sa pente, son courant, c'est l'épine de cette rose... elle se moque de tout le monde.,. même de moi ! Voulez-vous que je vous présente à elle ? ajouta belliqueusement Marcial

Cette offre était trop agréable à Tiburcio pour qu'il ne s'empressât pas de l'accepter.

— Seulement, poursuivit Marcial, je dois vous prévenir d'une chose : gardez-vous de faire devant elle quelqu'une de vos sorties démocratiques et anti-religieuses, vous pourriez vous en mordre les doigts ; dans notre société ces choses sont fort mal venues, cher ami, et on ne les y souffre pas plus que les chiens à l'église ; du reste la mère de Reine est ma tante et reçoit, à bras ouverts, tous ceux que je présente chez elle.

Pour attendre l'heure de la Tertulla, les deux amis furent prendre des glaces, qui ne purent cependant pas éteindre le feu de leurs discussions politiques.

Les *Tertulians* commençaient à arriver chez la marquise. Bien que l'automne s'annonçât déjà par ses longues et humides soirées, l'été avait si profondément enraciné sa chaleur, qu'on pouvait encore laisser les portes et les fenêtres ouvertes.

Lagrimas était assise près du balcon, dans l'ombre projetée par la porte ; Genaro était assis à côté d'elle.

Vis-à-vis d'eux, éclairée par la brillante lumière des lustres, se tenait Reine, l'astre de la maison, autour duquel gravitaient Flora, quelques jeunes filles et un nombreux groupe de cavaliers, au milieu desquels se trouvait Fabian.

Genaro jouait avec l'éventail de Lagrimas.

Un mot, en passant, sur cette fâcheuse et maladroite coutume qu'ont les hommes de s'emparer d'un meuble qui n'est pas fait pour leurs mains. Elle peut avoir pour excuse, nous le savons, le désir de tenir entre ses mains, ne fût-ce qu'un moment, un objet qui a touché celles d'une femme aimée, mais elle n'en est pas moins déplaisante. Il y a sans doute, de par le monde, des femmes qui savent faire noblement, à un élégant cavalier, le sacrifice d'un éventail, mais il est d'autres filles d'Eve qui n'arrivent pas à cette hauteur de désintéressement, et qui suivent, d'un œil inquiet et désolé, les évolutions dont est martyr leur cher et fidèle compagnon.

Il y a plus encore : ôter à une femme espagnole son éventail, c'est lui ôter ce que les Français appellent « la contenance. » Cette privation condamne à l'immobilité les personnes timides, et provoque inévitablement un petit mouvement d'impatience.

Dans ton intérêt, ami lecteur, nous te conseillerons donc, si par hasard tu étais enclin à commettre cet acte de vandalisme amoureux, à t'en abstenir désormais. Tu reconnaîtras un jour ou l'autre l'opportunité du conseil, et tu ne pourras t'empêcher de t'écrier : Béni soit ce *Fernan caballero*, que je ne connais pas, mais qui m'a rendu un signalé service!

A défaut de son éventail, Lagrimas tenait donc ses mains croisées sur ses genoux ; la douce enfant gardait le silence les yeux élevés vers le ciel.

— Vous serez donc toujours triste, lui disait Genaro, et vous ne partagerez jamais les distractions . de vos amies ?

— Que voulez-vous, répondit Lagrimas, je ne sais pas rire.

— Comme vous je n'aime pas le rire. Ce bruit me semble discordant avec le cœur, il l'attriste et le glace.

— Oh ! non, répondit Lagrimas, le rire est un des plus beaux présents de Dieu, comme l'est un jour de soleil, et je l'envie ; mais il y a des existen- ces sans rire et sans soleil, enveloppées de tristesse comme le ciel est à présent enveloppé de nuages.

Lagrimas baissa la tête et tomba dans une de ces tristes méditations que communique la nuit.

Il se fit un moment de silence. Genaro, à peu près certain d'avoir entendu prononcer son nom, prêtait une oreille attentive à la conversation de Reine et de Flora.

— Genaro meurt d'amour pour Lagrimas, cela saute aux yeux, disait Flora.

— Il a raison, répondait Reine, car c'est une in- nocente colombe sans fiel, un peu ennuyeuse, c'est vrai; mais, comme il l'est lui-même beaucoup, il ne pourra pas se plaindre de ce peu !

— Genaro ennuyeux ! exclama Flora, il n'y a que toi qui puisses jamais avoir eu cette idée. C'est bien le garçon le plus gai, le plus aimable. Mais qui pourrait trouver grâce à tes yeux ?

— Alors il dissimule bien son jeu, il a toujours un air si grave.

9

— Je ne dis pas non, il plane au-dessus de la terre. Mais sais-tu bien ce que le recteur a dit à mon père : « Ce garçon-là est le plus vif, le plus éveillé et le plus appliqué de toute l'Université. »

— Je ne juge personne d'après l'opinion d'autrui, ma chère enfant, dit Reine, et encore moins d'après l'opinion des graves pères de famille.

Cet aparté se termina par un bruyant éclat de rire que cette phrase excita chez Flora.

Avec cette mobilité qui caractérise l'équinoxe, le temps avait changé d'aspect.

— Voyez, dit Genaro à Lagrimas, le ciel semble ressusciter et sortir de son linceul, qui s'en va par lambeaux. Imitez le ciel, Lagrimas, et dépouillez ce linceul de tristesse. La vie est si belle... quand on a seize ans !

— Ce n'est pas le plus ou moins d'années qui font la vie belle, répondit Lagrimas, c'est le plus ou moins de contentement ou de joie. Est-elle gaie la nuit qui va commencer ?

— Oui, elle l'est ; regardez les étoiles qui vous sourient comme pour vous égayer.

— A travers la blancheur diaphane de ces nuages, elles me semblent de tristes yeux remplis de larmes. Tout est triste, Genaro, soit qu'on élève, soit qu'on abaisse la vue.

— Si vous aimiez, Lagrimas, la vie ne vous paraîtrait pas si triste.

— L'amour donne-t-il de la joie ? demanda naïvement la suave enfant.

— Il donne le bonheur, et c'est bien préférable, répondit Genaro.

— J'en doute.

— Essayez de vous en convaincre.

— Et si je ne suis pas convaincue ?

— Vous serez libre de retourner à votre indifférence.

— Mais si l'indifférence était comme le paradis, et qu'on ne pût y rentrer quand on en est dehors ?

— L'indifférence n'est pas un paradis, Lagrimas, c'est plutôt un désert.

A ce moment Marcial traversait l'estrade suivi de Tiburcio, qu'il présentait à sa tante. Marcial était tellement occupé de lui-même qu'il était incapable de voir ce qui se passait à ses côtés; aussi ne remarqua-t-il nullement l'effet produit par son entrée triomphale dans le groupe railleur des jeunes filles.

— Quel est ce curieux animal que nous amène le gros cousin Marcial? dit Reine.

— Dites-moi, Fabian, ce cervelas vient-il d'Estramadoure ? demanda Flora.

— Marcial n'est pas heureux dans ses découvertes, poursuivit Reine; il aura trouvé ce magot dans quelques cabinet d'histoire naturelle.

— Ce doit être, dit Flora, quelque création fantastique dans le genre du vampire, dont parle Fabian.

Et toutes les autres se mirent à classer le phénomène,

— Un habitant de la lune.

— Un échantillon des manches à balai de Sé-
gura.

— Il a poussé à l'ombre, bien sûr.

— Une face de carême !

— Mais, Fabian, demanda Reine, vous devez
savoir quel est ce phénomène à deux pattes ?

— C'est la fraction la plus immédiate d'une verge
d'alcade, répondit celui-ci.

— Et comment s'appelle cette fraction ?

— Tiburcio Civico.

— Jésus ! quel nom, dit Flora, j'aimerais mieux
ne pas en avoir du tout !

— Le nom est peu harmonieux, j'en conviens,
aussi fait-il le désespoir de Marcial qui ne peut lui
trouver une rime, pour composer des stances en
l'honneur de son propriétaire. A propos de vers,
Reine, Marcial vous a-t-il donné ceux qu'il a composés pour vous ?

— Non, mais c'est tout comme.

— Je vous les dirai, si vous voulez, je les sais
par cœur.

— Fabian, Fabian, exclama Flora, ne faites
pas cela... ce serait une haute trahison, une action
indigne d'un camarade de collége. Si vous la com-
mettez, je ne vous parlerai plus de ma vie, pas
même pour vous dire *pounchou*.

Genaro se leva tout à coup, et, prenant Fabian à
part :

— Si tu veux que nous nous amusions, lui dit-
il, tâche de persuader à Reine, toi qui as de l'influence sur elle, de faire un bon accueil à ce grand

escogriffe, Marcial et lui nous donneront une bonne comédie.

Genaro retourna ensuite vers Lagrimas, et, reprenant son air sentimental :

— Combien doivent vous paraître légers et frivoles, lui dit-il, ces gens qui ne savent que rire !

— La gaieté ne me déplaît pas, Genaro, c'est le signe d'une âme satisfaite... Je voudrais être gaie, mais je ne le puis pas, car ma tristesse provient de mes infirmités physiques et de mes chagrins moraux.

— A leur gaieté je préfère votre tristesse, Lagrimas... elle est si intéressante !

— Oh ! non, non, je sais qu'elle fatigue tout le monde, à l'exception des bonnes mères du couvent, à qui elle fait pitié !

— Que vous a dit Genaro ? demandait Reine à Fabian.

— Il me priait de vous engager à bien recevoir l'intime de Marcial, pour faire ensuite enrager le protecteur et le protégé.

— Qu'il achète une guenon s'il veut se divertir, ce mauvais plaisant ! Dites-lui cela de ma part.

Après les premiers compliments, Reine s'adressant à Tiburcio :

— Vous êtes de Madrid ? lui dit-elle.

— Non, señora, je suis de Villamar.

— Et où est situé ce Villamar ?

— Cousine, veux-tu que je t'apprenne la géographie ? dit Marcial.

— Je ne veux rien apprendre de ce qui finit en *ie*, répondit Reine.

— Il n'est pas étonnant que vous ignoriez, répondit Tiburcio en affectant la prononciation madrilène, le nom d'un endroit assez peu connu pour que le señor Madoz l'ait omis dans son dictionnaire (1).

— Ce qui sera une tache éternelle pour cet ouvrage, ajouta Marcial. Si Madoz m'avait consulté, cela ne serait pas arrivé.

— Flora, disait Fabian à la joyeuse fille aux nœuds roses, pouvez-vous bien me tenir ainsi depuis six mois à vos genoux, mon cœur à la main, sans vous décider à le prendre... comme si c'était un verre d'absynthe !

— Je finirai par le prendre, afin que vous n'attrapiez pas de durillons aux genoux, mais à charge de rendre.

— Bien, pourvu que vous donniez du retour.

— Ni tour, ni retour.

— Pas même un soupir?

— Un soupir? quelle prétention ! En fait de soupirs (2), je n'aime que ceux de Pepé, le confiseur.

— Mon Dieu! Flora, on ne peut obtenir de vous une parole sérieuse, vous avez toujours le mot pour rire.

1. Nous croyons superflu de prévenir que tout ceci est une plaisanterie, et que le village de Villamar n'existe que dans l'imagination de l'auteur.

2. Suspiro, soupir : c'est également le nom d'une sorte de pâtisserie.

— Toujours... *et in sæcula sæculorum.*

— *Amen.* La vie n'est cependant pas toujours sans nuages.

— Et c'est justement à cause de cela qu'il faut jouir du soleil pendant qu'il brille.

— Reine, disait Marcial à sa cousine, aimes-tu les vers ?

— Je les déteste, répondit celle-ci.

— Civico en fait de fort jolis, mais ce sont des vers d'opposition.

— Jésus ! il devrait bien se borner à faire de l'opposition en prose. Mais toi, si empressé à faire des vers à tout le monde, que n'en fais-tu pour Lagrimas ? peut-être parviendrais-tu à la faire rire.

— Je suis incapable de jouer un mauvais tour à un ami, répondit Marcial.

— De quel ami veux-tu parler ?

— De Genaro ; ignorerais-tu donc, par hasard, qu'il est amoureux fou de Lagrimas ?

— Il te l'a dit ? demanda Reine tout émue.

— Non, de la vie ce Machiavel n'a rien confié à personne, mais cela saute aux yeux.

Reine se mordit les lèvres de dépit.

Sans se rendre bien compte à elle-même du sentiment de son cœur, Reine, la froide et dédaigneuse Reine, séduite peut-être par le mérite peu commun et la distinction de Genaro, s'était amourachée du seul homme qui, ostensiblement, ne rendait pas hommage à ses charmes.

De son côté Genaro, par un habile calcul, avait

trouvé le véritable moyen d'attirer l'attention d'une
femme rassasiée d'hommages. La conquête de cette
femme flattait son amour-propre, satisfaisait son
ambition et, lui semblait l'idéal du bonheur ; quant
à la pauvre Lagrimas, il lui faisait jouer le rôle de
l'éventail, elle lui servait de contenance. Extérieure-
ment il affectait de ne s'occuper que d'elle, inté-
rieurement il ne pensait qu'à Reine.

— Vous êtes allé à Madrid pour votre plaisir ?
demanda Reine à Tiburcio, qui tourmentait son
chapeau et la mine aussi piteuse qu'un rat pris dans
une souricière, ne détournait pas les yeux d'une
bague en or problématique qu'il portait par dessus
son gant.

— En partie, répondit-il avec fatuité, et aussi
conduit par la noble ambition de tout bon patriote
qui veut être utile à son pays !

— C'est un noble but, répondit Reine en souriant
ironiquement ; il y a dit-on à Madrid des sujets capables...

— Les sujets capables ne manquent nulle part,
señora, mais, à Madrid comme ailleurs, les gens
sans valeur sont préférés à ceux qui valent quelque
chose.

— Et vous n'avez rien obtenu ?

— Rien !

— Dis-moi, Flora, quel est ce vampire dont tu
parlais tout à l'heure ? demanda une jeune fille.

— Un vampire, répondit Flora, c'est un homme
grand, sec, pâle, triste, tourmenté par une soif par-
ticulière qu'il ne peut apaiser comme nous dans de

clairs ruisseaux ou dans de limpïdes fontaines, mais dans les cimetières où il déterre les morts pour boire leur sang.

Nous ne saurions peindre l'effet que produisit cette horrible image des visions fantastiques du Nord sur l'imagination joyeuse et fleurie de ces filles de l'Andalousie.

— Quelle horreur ! s'écriait l'une, mais c'est un délire produit par une fièvre chaude !

— Il n'y a qu'un fou furieux qui ait pu inventer semblable chose, disait une autre.

— Comment peux-tu répéter de telles horreurs, Flora; le cœur me soulève, j'en ai des nausées, ajouta une troisième.

— On devrait prohiber de semblables créations, opina une quatrième.

— On s'en gardera bien, malgré tout ce que nous pourrons dire, répliqua Flora. Chaque pays, chaques mœurs. Ne déblatère-t-on pas là-bas, dans le Nord, contre nos courses de taureaux, qu'on traite d'un reste de plaisirs des barbares ? Eh bien, le goût n'en reste-t-il pas aussi violent chez nous ? Croyez-moi, ne dépensez pas une éloquence inutile : l'homme est une bête fauve conçue par la femme, comme une horrible chenille par un brillant papillon ! avec cette seule différence qu'il marche sur deux pattes.

— Peste ! ma belle Flora, comme vous nous traitez ! et que seraient les femmes sans les hommes ?

— Elles seraient meilleures, sans contredit, répliqua celle-ci.

9.

— Que peut me vouloir ta mère? dit Marcial à Reine avant de s'en aller, elle m'a recommandé de venir ici demain matin, à midi.

— Elle a su que tu as joué, répondit Reine, et elle s'en est montrée fort scandalisée. Peut-être bien veut-elle te faire de la morale.

Marcial se gonfla, comme si sa cousine lui eût fait le plus beau compliment.

— Que veux-tu, Reine, dit-il, il faut bien que jeunesse passe.

— La jeunesse n'excuse pas certaines choses, Marcial.

— Hum ! les femmes ne détestent pas les mauvais sujets, ajouta Marcial d'un ton suffisant.

— Ou as tu pris semblable absurdité? cela peut être pour quelques têtes aussi folles que la leur; mais sois bien persuadé qu'une femme délicate, sensée et douée de bons principes, n'éprouvera jamais pour un mauvais sujet que la répulsion que méritent ses vices... Si tu crois autre chose, tu t'abuses étrangement, tu te trompes lourdement.

— Je ne me trompe jamais, Reine.

— Alors tu jouis d'un privilége exclusif, exclama Reine en éclatant de rire.

— Que n'ai-je celui de te plaire, rieuse incorrigible ?

Quant à cela, cher ami, c'est une autre paire de manches !

———

XVI

UN RENDEZ-VOUS.

— J'ai un rendez-vous, disait le lendemain Marcial à ses amis, en commençant sa toilette, cette œuvre des Danaïdes.

Fabian et Genaro qui travaillaient ne répondirent pas.

— Tous ces rendez-vous me fatiguent, poursuivit Marcial ; ils me font perdre mon temps.

Même silence.

— Je ne dis pas, ajouta-t-il après s'être retourné pour s'assurer que ses amis n'étaient pas endormis, je ne dis pas et je ne veux pas dire que je suis ennemi des aventures ; je suis homme à mener de front vingt intrigues à bon port, mais j'ai pris la résolution...

Même silence.

— Le rendez-vous de ce matin, poursuivit-il après une pause pendant laquelle il put se convaincre que ses amis avaient également pris une résolution... celle de ne pas desserrer les dents... le rendez-vous de ce matin, je le céderais volontiers à un de vous...

Silence prolongé !

— Ah çà ! exclama enfin Marcial, sommes-nous par hasard ici au couvent de la Trappe ?

— Plût au ciel ! dit Genaro.

— Voilà un impertinent plût au ciel qui me le

ferait désirer, repliqua Marcial. Sache donc, apprenti diplôme, que la raillerie va mal aux Machiavels... Talleyrand, qui s'y connaissait, a dit que : « la pensée était faite pour dissimuler la parole. »

— Il a dit tout le contraire, répliqua froidement Fabian.

— Tais-toi, tais-toi, paisible rivière, et gèle-toi comme la Neva au mois de janvier... En vain voudrais-tu m'en remontrer; je dois savoir un peu mieux que toi ce qu'a dit Talleyrand. Ce n'était pas un poëte, pour que tu puisses citer ses reparties de mémoire. Allons, au fait, lequel de vous deux veut aller à mon rendez-vous?

— J'ai rendez-vous avec mes livres et cela me suffit, dit Fabian.

— Le rôle de suppléant ne me convient d'aucune manière, ajouta Genaro.

Le silence recommença.

— Vous ne me demandez pas, dit au bout d'un moment Marcial qui venait de dessiner avec amour sur sa tête la raie la plus perfectionnée, vous ne me demandez pas seulement le nom de celle qui m'a donné ce rendez-vous?

— Ce sera sans doute, répondit Genaro, la sœur de ce notaire... cette respectable fille, dont le râtelier est à la débandade, le nez en ligne diagonale, le teint couleur de pain d'épice et la tournure en z.

— Tu devrais savoir, répliqua Marcial d'un ton grave, que cette vieille, antique et caduque plaisanterie me déplaît, me fatigue, me pique et m'est pénible, d'autant plus quelle n'est fondée que sur

une donnée fausse, inexacte et incertaine, qu'elle
manque à la fois de vérité, de grâce et d'actualité.
Tu sais fort bien, renard subtil, qu'elle est sortie
tout armée de ton cerveau, foyer de conceptions incohérentes et d'utopies anti-platoniques.

— Ouf! Marcial, tu viens de t'élever, du premier
coup, à l'apogée du genre, et je te reconnais grand
maître du pléonasme, s'écria Fabian... Mais ce fameux rendez-vous ne t'aurait-il pas été donné par
cette petite manola (1) qui t'appelle Justial, et que
tu charges quelquefois de la mission de remettre
des boutons à tes...

— Vous errez dans les bas-fonds, chers amis; la
vérité, que vous n'y trouverez pas, siége dans des
régions beaucoup plus élevées.

— Mets-nous sur la voie.

— Impossible.

— Allons donc ! tu grilles de nous le dire.

— Et vous de le savoir.

— L'un et l'autre.

— Vous voulez le savoir ?

— Oui, et cent fois oui, ouvre-nous ton cœur
et ta bouche...

— Eh bien !... vous ne le saurez pas.

Marcial mit tant d'action dans son énergique re-
fus que l'effet électrique s'en fit ressentir jusqu'au
peigne qu'il tenait à la main, qui, faisant fausse
route, conduisit en ligne directe la raie jusqu'à
l'oreille.

1. Grisette.

— A quoi bon ce mystère? dit Genaro sans cesser d'écrire, j'en connais le secret.

— Toi! exclama Marcial; peux-tu bien pousser
jusque-là ta prétention de tout savoir? Tu te trompes, tu t'abuses, tu te fourvoies, tu t'égares.

— Celle qui t'a donné ce rendez-vous, Marcial,
est une personne qui ne tarit pas sur ton éloge.

— Il n'y a là rien d'étonnant, dit Marcial, en re-
montant le col de sa chemise.

— Elle dit, ajouta Genaro du ton le plus sérieux,
que tu es le plus joli garçon qui ait jamais foulé le
pavé de Séville.

— Tu ne précises rien, tu ne désignes personne,
repartit Marcial d'un air satisfait; toutes ces choses, bien des femmes peuvent les avoir dites.

— Celle qui s'exprime ainsi sur ton compte, termina Genaro, est la personne qui, hier au soir, t'a
dit à voix basse de venir chez elle à midi; c'est la
marquise de Alocaz, qui ne me paraît pas aussi insensible quelle en a l'air. Un rendez-vous secret...
Après tous les éloges qu'elle fait publiquement de
toi, cela me ferait supposer que tu as fait à la fois
la conquête et de la rose et du bouton. Heureux
mortel! qui, comme les pyramides, vois défiler à tes
pieds les générations pour te rendre hommage.

— Foi de gentilhomme, si je croyais ce que tu
viens de me dire, Genaro, j'en serais fâché, dit Marcial, dont le candide amour-propre était assez porté
à croire tout ce qui pouvait le flatter.

— Pourquoi? superbe jeune homme.

— Parce qu'il est à supposer que, comme charité

bien ordonnée commence par soi-même, la marquise
mettrait des entraves à mes relations avec sa fille...
Tu as une oreille de lièvre, une langue de perroquet
et des yeux de lynx, perfide renard subtil. Une autre fois, sache entendre, voir et te taire. Impose
le silence à ta langue et mets un cadenas sur tes
lèvres.

En disant ces mots, Marcial sortit majestueusement de la chambre, après avoir jeté un dernier
coup d'œil à son miroir.

— C'est le démon que ce Genaro, se disait-il en
descendant l'escalier. Comment a-t-il découvert que
ma tante avait un caprice pour moi? Je ne m'en
serais pas douté... Une femme qui pose pour la
veuve du Malabar... Après tout, elle est de chair et
d'os, et sujette aux faiblesses de l'humanité... On
aurait tort d'être trop sévère, trop rigoureux, trop
exigeant envers ces faibles filles d'Ève, et, moins
que tout autre... celui qu'elles honorent de leur attention. Comment sortir de cette impasse où me
pousse la fortune? Je suis bien décidé en faveur de
la fille. Mais comment faire entendre raison à cette
nouvelle Phèdre? Ah ! quoi qu'en disent les poëtes
dans leurs vers, et les vieillards dans leurs regrets,
tout n'est pas roses dans la jeunesse.

Marcial entra chez la marquise d'un air qui flot-
tait entre la gravité du chaste Joseph et ce contentement de lui-même qu'éprouve un homme qui se
croit apprécié et aimé.

Quand il se fut assis, la marquise se leva et fut
fermer la porte.

— Il n'y a plus à en douter, se dit-il en étirant son gilet.

La marquise s'assit sur le sopha :

— Approche-toi, Marcial, lui dit-elle, je ne veux pas parler haut.

— Ces veuves parfaites, pensa Marcial, n'y vont pas par quatre chemins.

— Marcial, dit la marquise d'un ton bref et sec, t'es-tu par hasard figuré que ma maison soit un café ou un casino ?

A cette question, Marcial tomba des nues, applati sur la terre, en levant des yeux effarés sur sa tante, qui lui lançait un regard menaçant comme la gueule d'un pistolet.

— Señora, s'écria-t-il, pourquoi cette question ?

— Tu le demandes ! répliqua celle-ci enflammée de colère; te crois-tu donc permis d'introduire chez moi le premier magot venu ?

— Si vous dites cela, ma chère tante, pour l'étranger que j'ai amené hier au soir... c'est un...

— Un qui ?

— Un charmant garçon.

— Un homme de rien !

— Un docteur.

— Un gueux !

— Un poëte.

— Un déguenillé !

— Un savant... qui connaît...

— Quoi ?

— Toutes les lois du royaume.

— Voyez la belle recommandation ! il ne connaît

pas même les lois du savoir-vivre. Mais enfin qui est-il ? que fait-il ?

— C'est le fils d'un alcade, répondit gravement Marcial.

— Il faut que tu sois bien hardi et bien effronté, poursuivit la marquise, et tu aurais bon besoin d'apprendre à te comporter dans le monde. Dans ta ridicule outrecuidance tu trouves tout simple de compromettre tes parents et tes amis. Epargne-toi désormais le soin de composer ma tertulla. Je saurai bien le faire sans toi. Je ne veux pas qu'on puisse dire que chez la marquise de Alocaz on rencontre des gens mal notés, des piliers de tabagies et de mauvais lieux, des chevaliers d'industrie enfin, qui, comme ton ami intime, n'ont pour recommandation que leurs vertus révolutionnaires et leur titre de fils de maréchal-ferrant !

Après ces paroles de sa tante, Marcial demeura d'abord abasourdi ; mais, reprenant bientôt son aplomb et avec ce calme imperturbable qui ne le quittait jamais, il formula cet axiome :

« Le maréchal-ferrant, ma tante, est un artiste. Son art appartient à l'art noble.

— Je ne veux ni dispute ni discussion avec toi, dit la marquise ; seulement, j'étais bien aise de te prévenir que, si tu es le maître de choisir tes amis partout où tu le voudras, je suis, moi, la maîtresse de choisir ma société, et de n'admettre chez moi que des gens qui me conviennent. Tiens-toi-le pour bien dit !

— Est-il bien possible, ma tante, exclama Marcial qui ne se laissait pas facilement déconcerter, est-il bien possible que vous attachiez encore de l'importance à ces antiquailles de mauvais goût que proscrit le bon sens, que vous songiez à ces distinctions de noblesse et de parchemins? Ne sommes-nous pas tous égaux, comme de petits agneaux? L'homme ne tient pas sa valeur du hasard de la naissance, mais bien de son mérite personnel, de ses qualités, de ses vertus, de ses talents!

— Je conçois, répliqua la marquise, que tu attaques les parchemins. Si du côté de ton père, mon cousin, tu es d'une noblesse sans conteste, du côté de ta mère... hum! que sais-je moi? J'ai toujours entendu dire que ton père avait fait un mariage disproportionné, qu'il avait dérogé, en épousant ta mère.

— Que dites-vous là, ma tante? exclama Marcial, furieux, en se levant d'un seul bond. Sachez que ma mère est d'une noblesse au moins aussi illustre que celle de mon père. Ma mère est de noble souche, elle est cousine du duc de Babunia, et elle a l'option entre ce duché ou la grandesse, ma mère, savez-vous.

— Tout doux, tout doux, beau neveu, je sais tout cela, dit la marquise en jetant un petit éclat de rire joyeux et sardonique. En te parlant ainsi, je voulais avoir seulement le plaisir de te voir mettre tes théories en pratique. Adieu, tête fêlée, tu peux te retirer, je ne te retiens plus... sois plus circonspect à l'avenir.

Marcial rentra chez lui transporté de colère.

— Je reviens furieux, s'écria-t-il en jetant son chapeau.

— Tu as sans doute de bonnes raisons pour l'être, dit le traître Genaro.

— Quel orgueil ! quelle intolérance ! quelles idées de l'autre monde ! C'est bien l'aristocrate la plus...

— Qui ça ? ton amoureuse ?

— Il est bien question d'amour et d'amoureuse ! Je n'ai pas eu besoin d'imiter la continence de Joseph, fils de Jacob et petit-fils d'Abraham, et pour cette fois ta perspicacité a été en défaut, mon subtil renard; ton machiavélisme a été déjoué dans ses prédictions. Figurez-vous, si vous le pouvez, qu'au lieu d'une tendre et douce colombe, j'ai trouvé une furie, une Euménide, une harpie, un chat sauvage...

— Et la cause de cette grande colère ? demanda Fabian.

— Je vous la donne en cent... de ce que j'avais introduit Tiburcio chez elle. Voyez le beau motif ! En résumé j'ai sonné la retraite, et, désabusé sur le compte de la mère, je m'occupe exclusivement de la fille. Reine est bien un peu farouche et n'aime pas qu'on lui parle d'amour. Ces façons ne me déplaisent pas; j'aime qu'une femme se fasse valoir et ne prononce le oui final qu'au pied même de l'autel.

— Sais-tu bien, imprudent Marcial, dit tout à coup Genaro, que tu as introduit le loup dans la bergerie ?

— Comment ? que veux-tu dire ? demanda Marcial alarmé.

— En menant Tiburcio chez la marquise, répondit Genaro ; la vue de ce jeune homme m'a paru faire sur la fille une impression plus agréable que sur la mère.

— Quoi ! quelle folie ! ce n'est pas possible.

— Si fait bien, Marcial ; tu ne connais pas tous les caprices du sexe féminin.

— C'est impossible, te dis-je. Tiburcio, ce singe habillé en homme !

— Qu'importe ? Reine lui trouve une certaine couleur romantique.

— Romantique ! quelle idée, si tu disais ridicule, à la bonne heure.

— Reine prétend que son air mélancolique, son extrême maigreur et jusqu'à sa manière de parler, lui sont sympathiques : elle l'a surnommé Antony.

— C'est inconcevable, inimaginable, incroyable, exclama Marcial atterré, mais la chose n'est pas impossible : on n'a pas encore tout écrit, tout dit, tout imprimé, tout défini sur l'extravagance de la femme, le mobile, la source de ses caprices sont aussi inconnus que les sources du Gange... Chut ! chut. Fabian, quand je dis du Gange , c'est du Gange et non du Nil, quoi que tu en dises. Tu peux être un bon poëte, mais tu es un fort mauvais géographe, un triste orateur, un pauvre homme d'Etat. Ainsi donc tais-toi, au nom de Dieu tais-toi, et ne me fais pas, comme tu en as la funeste habitude, perdre mes inspirations. De ce que je t'ai surnommé ma paisible rivière, ce n'est pas une raison pour connaître l'origine de toutes celles qui coulent au travers du monde. Le fleuve, dont on n'a pas encore trouvé la source, c'est le Gange, et trois fois le Gange. Quant au Nil, il est célèbre par ses inondations et par ses crocodiles, mais ses sources en sont connues depuis longtemps. Mungo-Parck les a découvertes au cap de Bonne-Espérance ; les Cafres, les Hottentots et le roi des Mosquitos ont coutume de s'y abreuver.

— Le roi des Mosquitos, dont les Etats sont en Amérique, exclama Fabian en poussant un éclat de rire. Où as-tu pris cela, Marcial ?

— Je le sais parfaitement, répondit celui-ci sans se déconcerter ; mais, comme dans toutes les parties du monde il y a des Mosquitos, il doit y avoir au cap un roi pour les gouverner, c'est logique, et tu en conviendras toi même. Mais toi, Genaro, renard subtil, qui en sais plus que les serpents, pourquoi ne m'as-tu pas dissuadé de conduire chez ma tante, cette vipère, ton aïeule ?

— M'avais-tu consulté avant de l'y conduire ? répondit Genaro ; as-tu jamais, une fois en ta vie, pris conseil de personne ?

— Il y a conseils et conseils. Je me souviens maintenant que quand je m'approchai de ma cousine, elle était en grande conversation avec Tiburcio. J'entendis cette Reine — indigne de l'être — lui dire qu'il y avait disette d'hommes capables, et ce crétin lui répondre que les hommes capables ne manquaient nulle part, mais que malheureusement aux hommes de valeur on préférait ceux qui n'en avaient aucune. Il n'y a pas de doute, c'était une allusion. Vouloir entrer en lutte avec moi ! Au diable si cela s'est jamais vu; avec un de vous autres, encore passe, ce serait ridicule, et voilà tout ! Mais avec moi ! c'est d'une insolence pyramidale, d'une audace phénoménale, d'une hardiesse fabuleuse, d'une maladresse colossale !

XVII

UNE MORT SUBITE.

Quelques mois s'étaient écoulés, les vents du sud, avec leur cortége de nuages et de tempêtes, et les vents du nord avec leur glaciale tranquillité, se disputaient encore les cieux, comme la passion et la raison se disputent le cœur de l'homme.

La froideur, qui avait existé jusque-là, entre Reine et Genaro, était devenue, du côté de Reine, une hostilité systématique, que Genaro subissait et repoussait aussi énergiquement qu'un rocher subit et repousse les attaques des flots de la mer. De ce choc continuel, entre les deux combattants, résultait une amère irritation qui affligeait profondément la douce Lagrimas, si tendrement attachée à tous deux. Mais il y a dans le monde des êtres pour qui la boisson la plus douce, versée dans la coupe de la vie, se tourne en fiel avant d'arriver à leurs lèvres.

Lagrimas s'efforçait en vain de bannir de la bouche de Genaro ce ton froid et même dédaigneux dont il repoussait les attaques de Reine ; Genaro était un de ces hommes aux idées bien arrêtées, qui ne céderaient un pouce de terrain ni par tendresse, ni par condescendance.

Quant à Reine, elle ne comprenait pas les souffrances de son amie et n'en tenait conséquemment aucun compte.

Cette guerre sourde entre les deux jeunes gens n'attirait l'attention de personne. Les sympathies et les antipathies dans le monde sont choses si communes et le plus souvent si peu motivées, que personne ne prend la peine d'en rechercher les causes.

Mais ce qui échappait aux yeux du vulgaire, n'avait pu échapper aux yeux d'une mère. La marquise ne tarda pas à remarquer cette lutte, et avec son tact ordinaire, elle prévit ce qui devait arriver, c'est-à-dire que cette constante préoccupation l'un de l'autre, entre deux personnes de la valeur de Reine et de Genaro, amènerait un résultat diamétralement opposé à la cause du combat.

Genaro avoit prévu tout ce qui devait arriver : semblable à Pygmalion, il devenait, de jour en jour, plus épris de sa statue, mais, par cette raison même, il persistait dans son système de froideur apparente, pour arriver, plus sûrement, à assurer son bonheur à venir. Il enchaînait sa volonté et ne quittait pas son rôle d'adversaire froid et impassible. Reine était encore trop pure et avait trop de droiture et de noblesse dans le cœur pour deviner ni même pour

soupçonner la ruse astucieuse du jeune homme; loin
d'user de l'infaillible moyen de déjouer ses plans,
c'est-à-dire de lui inspirer de la jalousie, elle repoussait avec un redoublement de dédains les hommages
de ses soupirants, et en particulier, ceux du comte de
Navia, que la mère recevait chez elle avec une bienveillance marquée. Cette conduite encourageait
Genaro dans ses espérances et le faisait persévérer
dans la voie qu'il s'était tracée.

Genaro était à la vérité un cavalier plein de talent,
d'esprit et de mérite, mais il était pauvre et n'avait
ni position présente, ni avenir assuré. Aussi, malgré
toutes ses qualités, ne pouvait-il être le parti que désirait l'orgueilleuse mère, la vigilante tutrice, pour
la belle et brillante Reine, cette jeune, cette riche
petite marquise.

La marquise voyait, comme tout le monde, la cour
peu déguisée que Genaro faisait à Lagrimas; mais,
comme tout le monde, elle ne s'y laissait pas prendre
et devinait, par une secrète intuition, que Reine, si
elle le voulait bien, n'aurait pas de peine à détourner de son amie le cœur de Genaro; le danger était
pressant, et, pour le couper, la marquise ne trouva
pas de meilleur moyen que celui de brusquer le mariage de Lagrimas et du jeune homme; la chose
était convenable de part et d'autre. Si Lagrimas
apportait la fortune, Genaro apportait la naissance:
cette union réunissait donc tous les éléments du
bonheur.

Il s'agissait d'entamer au plus tôt la négociation
avec don Roque, et le hasard voulut qu'à cette épo-

que — février 1848 — un événement à jamais dé-
plorable conduisit à Séville le crésus Gadetan.
Voici le fait en peu de mots :

Don Jérémias Tembleque continuait, depuis longues années, à habiter, en compagnie de son nègre
et de son coffre, son palais de la ruelle des Vénérables, lorsqu'un certain jour de la fin du mois février,
Jérémias ne sortit pas à l'heure accoutumée de sa
chambre, vêtu de ce caban plein d'années et de services, mais sans aucun espoir d'obtenir la retraite à
laquelle lui donnaient droit ses honorables cicatrices. Bonifacio s'en étonna d'abord, puis n'y fit
plus d'attention ; mais, voyant arriver l'heure du
déjeuner, sans que son maître donnât signe de vie,
le nègre, alarmé, entra dans la chambre et trouva le
pauvre Jérémias étendu, mort sur son sopha, aussi
bien mort que les habitants de Pompéia après l'é-
ruption du Vésuve. A la main il tenait encore un
journal renfermant les détails de la révolution qui
venait d'avoir lieu à Paris.

Bonifacio courut prévenir le notaire, et celui-ci,
qui était grand ami de don Roque, lui donna immédiatement connaissance de l'événement, de sorte
que, dès le lendemain, il arriva de Cadix. Le jour
suivant, on pouvait voir don Roque marchant derrière un pauvre enterrement, où, dans une pauvre
bière, étaient déposés les pauvres restes du plus
pauvre des hommes, don Jérémias Tembleque,
mort pauvrement du pauvre malheur de la baisse
des actions de la banque de France. Sa vie, comme
sa mort, fut une preuve évidente des joies, des

10

plaisirs et des jouissances que procure l'argent au
misérable avare. Il mourut *ab intestat*, et quand
ses héritiers, prévenus par les journaux, arrivèrent
à Séville, ils ne trouvèrent que les actions de la
Banque de France que don Roque acheta à vil prix,
et de plus, le fameux coffre renfermant trois che-
mises en coton, trois paires de chaussettes en fil et
deux mouchoirs de poche, le tout brodé à jour par
la vétusté. Ils furent également mis en possession
des plats et du service à thé, du sopha, et des
feuilles de maïs qui murmuraient encore, et d'une
masse de mémoires et de factures pour dépenses
d'enterrement, droits d'héritage *e tutti quanti*, sans
sans parler d'un nombre considérable d'exemplaires
d'une feuille périodique contenant cette touchante
note chronologique : « Nous avons à regretter la
« mort de l'estimable don Jérémias Tembleque, qui
« s'est éteint subitement et prématurément par
« suite d'une congestion cérébrale : il avait mérité
« l'estime générale. Sa mort est un deuil public...
« Que la terre lui soit légère ! » Et c'est ainsi que
l'on écrit l'histoire, au moyen de quelques piastres... pour insertion !

Après avoir rendu à la mémoire de son ami les
honneurs qui lui étaient dus et soldé consciencieuse-
ment les frais de son éloge, don Roque se trouva parfaitement libéré de *tout* ce qu'il pouvait lui *devoir* !

Quelques jours après cet événement, il se trouvait
en visite chez la marquise de Alocaz.

— Don Roque, lui dit-elle tout à coup, ne songez-vous pas à marier votre fille ?

La marquise, sans le savoir, venait de toucher la corde la plus sensible du cœur du millionnaire. Nous savons que l'idée du mariage de sa fille était, pour le cœur de ce tendre père, le vautour de Prométhée, l'épée de Damoclès, le Mane-Thecel-Pharès ; aussi répondit-il brusquement :

— Et vous, pourquoi ne mariez-vous pas la vôtre, qui est plus âgée que la mienne ?

La marquise, sans avoir l'air de remarquer le ton bourru et malhonnête de la question, répondit d'une voix douce :

— Ma fille est d'un goût si difficile, elle a l'esprit tellement indépendant, que jusqu'ici elle n'a pas fait grande attention à tous ceux qui se sont occupés d'elle; dans la cour qu'on lui fait, dans les compliments qu'on lui adresse elle ne trouve que des distractions sans conséquences. Elle les écoute en riant et ne les regarde que comme des fleurs sans racine qui ne tardent pas à se faner... Si ma fille aimait quelqu'un, si elle en était aimée, et qu'un ami vînt m'entretenir de cette affaire, je l'écouterais, certainement, volontiers; mais cela n'est pas arrivé, mettons donc ma fille de côté, et...

— Qu'entendez-vous par là ? demanda don Roque d'un ton d'impatience, ma fille aurait-elle, par hasard, trouvé un novio dans votre maison ?

— Je ne vous ai pas dit cela ; mais enfin, dans le cas où il s'en présenterait un, don Roque, je ne vois pas là motif à se fâcher. Les attentions dont

une jeune fille peut être l'objet ne nuisent pas à sa
réputation, à moins que le soupirant ne soit pas
digne d'elle... ou ne convienne pas à ses parents.

— Holà ! Ainsi vous pensez que le novio pourrait me convenir.

— Je ne vous ai pas dit qu'il y eût un novio.

— Bon ! mettons un soupirant ; est-ce cela ?

— Il pourrait bien y. avoir un ou plusieurs
soupirants, c'est tout naturel, toutes les jeunes
filles en ont.

— *Viva la pepa!* Ainsi donc, dans votre pays,
chaque jeune fille a au moins un échantillon de cette
vermine ! C'est bon à savoir.

— Lagrimas est d'une douceur si angélique,
qu'elle se fait bien venir de quiconque a des rap-
ports avec elle.

— Et vous croyez que j'empocherai un gendre
aussi facilement qu'on empoche une piastre !
hein ?

— Pourquoi non ? si c'est un homme honorable,
qui puisse faire le bonheur de votre fille.

— Et ce beau prétendant, dit don Roque, avec
un petit rire strident et rageur, possède sans doute,
outre son désir de se marier, beaucoup d'autres
avantages ?

— Certainement, D. Roque, et sans cela je ne
vous aurais pas parlé de l'affaire. Celui qui, suivant
ce que j'ai cru voir, sans pouvoir l'affirmer, soupire
pour Lagrimas, est un jeune homme d'une conduite
exemplaire et appartenant à une excellente famille.

C'est, au dire du recteur de l'université, un étudiant hors ligne.

— Bah ! le recteur en dit autant des neuf dixièmes des étudiants ; mais, enfin son nom, marquise ?

— Genaro E...

— Au diable ! murmura D. Roque en se levant pour s'en aller.

A cette brutale interjection, la marquise demeura stupéfaite. En quoi ma proposition a-t-elle pu vous blesser ? demanda-t-elle au millionnaire.

— Pssst... siffla celui-ci sans répondre.

— Ne dirait-on pas que je vous ai proposé un vagabond, un homme de rien ? Sachez que Genaro appartient à une honorable famille et porte un nom respecté depuis des siècles. Que pouvez-vous lui reprocher ? Parlez.

D. Roque laissa échapper un grossier éclat de rire.

— Au nom de Dieu, parlez, D. Roque, s'écria la marquise ; sauriez-vous quelque chose de fâcheux sur le compte de ce jeune homme ? Croyez que, dans ce cas, je l'ignorais totalement.

— Eh ! marquise, vous savez tout aussi bien que moi comment je dois accueillir cette proposition, dit enfin D. Roque en ricanant.

— Je vous jure que je n'en sais pas le premier mot, et je vous prie, et même j'exige à présent que vous m'expliquiez cette énigme, et que vous me disiez franchement la raison qui vous fait repousser si loin un jeune homme que j'estime.

10.

Oh ! rien, presque rien, une bagatelle. Votre jeune homme... si estimable... s'avise d'aspirer à la main de ma fille, et, par Bacchus, il n'a pas un réal dans sa poche !

La marquise éclata de rire.

— Vraiment, D. Roque, dit-elle au bout d'un moment à l'aimable millionnaire, il faut l'entendre pour le croire. Comment un homme comme vous qui remue les millions à la pelle, un homme qui, dans le choix d'un gendre, devrait si peu s'occuper de la fortune, vous repoussez avec dédain un homme qui devrait au contraire flatter votre amour-propre; car, à son mérite personnel, il joint une illustre naissance, un homme qui réunit toutes les qualités propres à faire le bonheur de votre fille.

— Si l'on a cru, hurla D. Roque en s'exaltant à chaque instant davantage, si l'on a cru que j'étais homme à me laisser éblouir par des parchemins; si l'on a pensé que je tomberais dans le piége comme un âne aveugle; si l'on s'est figuré que j'en passerais par tout ce qu'on voudrait, afin que mes petits-fils eussent du sang bleu dans les veines, on s'est, morbleu ! grossièrement trompé. Du sang bleu ! voyez la belle drogue ! Et c'est pourtant la seule fortune de ces va-nu-pieds qui empruntent pour dîner et soupent à crédit ! Il n'est pas dégoûté, ce petit Genaro; il voudrait tâter de la fille pour tâter ensuite les millions du beau-père. Voyez-vous ça, un mendiant, ajouta-t-il de ce ton de souverain mépris qu'on ne trouve que dans la bouche d'un mil-

lionnaire. Le beau gendre à pendre à mes côtés !
le beau bijou ! la belle drogue !

— Vous parlez fort à votre aise de la valeur des
gens appartenant à une classe qui n'est pas la vôtre,
dit la marquise d'un ton incisif. Sachez que Genaro est un parfait gentilhomme des pieds jusqu'à la
tête, et qu'il vient...

— Qu'il vienne d'où il voudra, il n'en est pas
moins à la chasse de mes écus ; mais vous pouvez
lui dire que s'il s'est mis dans la tête que j'ai gagné
ma fortune, à la sueur de mon front, pour payer ses
dettes et rebâtir le palais de ses ancêtres, il se
trompe fort ; je ne serai pas assez niais pour dépenser mon argent à lui remplir le bec pendant
qu'il se croisera les bras.

Après ces dernières paroles, D. Roque sortit de
l'appartement sans attendre la réponse de la marquise, qui demeurait stupéfaite en entendant un
langage aussi nouveau qu'incompréhensible pour
elle.

Reine et Lagrimas étaient assises dans une galerie
vitrée, servant de corridor et en même temps de
chambre de travail.

— Voici ton aimable père, dit Reine en voyant à
travers les vitres D. Roque sortir de l'appartement
et se diriger vers la galerie. Je me sauve, car je
ne suis pas une gadetane, pour me réjouir de voir
ce vieil hercule.

Lagrimas, qui brodait, se mit à trembler au bruit
des pas de son père. Tel était l'effet que produisait sur cette âme craintive et sur cette organisation

délicate et nerveuse la présence de l'auteur de ses jours.

— Voilà ce que j'ai gagné, s'écria D. Roque en entrant, par la faiblesse que j'ai eue de te laisser dans cette maison, qui est bien le paradis des intrigants et des chevaliers d'industrie ! L'enfant est à peine sortie du couvent, et déjà elle a un novio ! Elle pense au mariage, et, lui, croit avoir trouvé la pie au nid... avec les écus du papa !

— Père, murmura d'une voix tremblante la pauvre Lagrimas, qui a pu vous dire semblable chose ? Je vous jure qu'il n'y a rien de vrai !

— Et menteuse, par dessus le marché, continua le millionnaire. Mais nous allons mettre ordre à tout cela ; tu peux faire ta malle, le vapeur part pour Cadix demain matin de bonne heure. Je t'apprendrai à t'émanciper et à avoir des novios ! Foi de Roque, tu t'ennuyeras là-bas autant que tu t'es amusée ici. Je mettrai du plomb dans cette tête, et je te ferai passer ces fantaisies de noviages. Quand tu seras en âge, je te choisirai moi-même un mari à mon gré, et non pas une de ces bourses creuses, une de ces têtes à l'envers... avec leurs grands fracs... qu'ils doivent à leur tailleur.

Reine, qui ne s'était pas éloignée, accourut aux cris de D. Roque, effrayée du tremblement convulsif et du visage bouleversé de Lagrimas :

— Qu'as-tu ? exclama-t-elle, que t'est-il arrivé ?

— Je pars demain, murmura Lagrimas d'une voix étouffée.

— Pourquoi ce départ si subit ? où vas-tu ?

— A Cadix, répondit sèchement D. Roque.

— Au nom de Dieu ! exclama Reine, qui voyait
la pâleur de la mort se répandre sur le visage de
Lagrimas.

— Il n'y a ni Dieu ni saints qui tiennent, répondit
d'un ton sec et perçant, comme le claquement d'une
crécelle, l'aimable millionnaire. A la maison, et
plus vite que ça...

— Dans le vapeur ! la mer, la mer ! gémit la
malheureuse jeune fille les dents entre-choquées et
saisissant avec force la main de Reine.

— Au nom de Dieu, dit celle-ci, en voyant la résolution bien arrêtée de D. Roque, au nom de Dieu,
au moins ne l'emmenez pas par mer. Vous savez
la profonde horreur qu'elle lui cause : elle se
trouve mal rien que d'y penser.

— Pures grimaces ! répondit Roque ; savez-vous
le moyen de guérir toutes ces puériles craintes, c'est
celui dont on use envers les poulains rétifs, le
fouet et l'éperon.

A cette horrible menace, Reine sentit tout son
sang s'élancer vers le cœur. Elle se contint cependant, et serrant dans ses bras la jeune fille qui s'at-
tachait à elle comme le lierre s'attache à l'ormeau,
comme s'attache le noyé à une planche de salut :

— Ce sentiment d'horreur, dit-elle à D. Roque,
n'est que trop motivé. Rappelez-vous...

— La tempête d'il y a dix ans ? Bon, bon, il
n'en est plus question. Si tous ceux qui ont essuyé
des tempêtes à la mer ne voulaient plus naviguer,
on pourrait bien couler toutes les coques de navires.

Simagrées, pures simagrées que tout cela ! Enfin
toute la litanie de sa défunte mère !

— Señor, señor, dit Reine indignée, il n'y a là
ni terreur puérile, ni horreur sans motif. Rappelez
à votre mémoire tout ce que ce souvenir a de déchi-
rant pour votre fille.

— Bah ! bah ! tout cela n'est que des mots, des
paroles sans valeur. N'aie pas peur, poltronne,
ajouta-t-il en se tournant vers sa fille, tu ne mourras pas à bord du vapeur ; et si tu meurs, on ne
te jettera pas à la mer.

Lagrimas tomba évanouie dans les bras de Reine,
en proie à une violente attaque de nerfs.

— Oh ! quel horrible homme ! exclama Reine,
et elle appela pour emporter Lagrimas.

Le soir D. Roque revint savoir des nouvelles de
sa fille ; la marquise, profondément touchée de l'état
où celle-ci se trouvait, représenta séchement à son
père qu'elle n'était pas en état de se mettre en
route, et que les médecins avaient ordonné le repos
le plus complet. Elle lui fit également part du désir
de Lagrimas, qui était de rentrer au couvent; mais,
à cette ouverture, D. Roque jeta les hauts cris et
refusa brutalement d'accéder à un désir qui l'aurait
entraîné à des dépenses dont il pouvait s'exonérer.

Reine prodigua à son amie les soins les plus dévoués et ne la quitta pas d'un moment; mais à peine
Lagrimas fut-elle entrée en convalescence que son
père, sourd à toutes les raisons, insensible à toutes
les prières, emmena la malheureuse fille, dont le
cœur se déchirait à l'idée de quitter Séville sans

avoir revu Genaro. Enfin il fallut partir, et la pauvre enfant cacha sous un épais voile noir les larmes de ses yeux et le tremblement convulsif de ses lèvres.

XVIII

AMOUR ET GUITARE.

Dans la soirée de ce même jour, les habitués de la tertulla de la marquise remarquaient avec étonnement chez sa fille une préoccupation tout à fait en dehors de ses habitudes. Elle ne quittait pas la porte des yeux, et un imperceptible mouvement d'impatience dénotait son désappointement à l'entrée de chaque visiteur qui n'était pas la personne qu'elle attendait.

La porte s'ouvrit avec fracas de part en part, pour donner passage à Marcial, qui apparut dans toute sa gloire, les pantalons bien tirés et la taille si serrée dans son frac, qu'il semblait marcher tout d'une pièce. Un geste d'impatience et un insensible froncement de sourcil de Reine saluèrent l'entrée de son cousin, et, pendant qu'il allait saluer sa tante, Reine appela sa petite chienne et la fit coucher sur une chaise qui se trouvait à côté d'elle, dans l'intention bien marquée d'empêcher Marcial de s'y asseoir. Mais un tel obstacle était bien peu de choses pour celui-ci, qui prit une autre chaise, et s'assit aussi près que possible de sa cousine. Reine l'accueillit par un bâillement, qu'elle dissimula derrière son éventail.

— Mon ami Tiburcio-Civico ne viendra pas ce soir, dit-il tout à coup d'un air qui tenait le milieu entre le dépit et l'ironie.

— Que m'importe? répondit Reine.

— Ce soir, poursuivit Marcial, d'une voix sourde, qu'il faisait résonner comme une corde de basse, la place est libre pour les gens sans valeur, puisque les gens de valeur sont absents.

— Quelle mouche te pique, Marcial, avec tes gens sans valeur et tes gens de valeur, ton Tiburcio par-ci, ton Tiburcio par-là? J'en ai par-dessus la tête, de toi et de ton Tiburcio !

— Tu as beau jouer l'indifférence, cousine, tu me comprends fort bien; mais tu seras trompée dans ton espoir : au lieu de venir ce soir rendre hommage à tes charmes, « l'homme de valeur » assiste, en sa qualité de socialiste, à un club humanitaire composé d'éléments de toutes les nations... Aimes-tu les socialistes, cousine?

— Je les déteste, cousin !

— Et les exaltés ?

— Je les hais !

— Et les modérés?

— Je les abhorre !

— Et les Carlistes?

— Je ne puis pas les sentir !

— Tu n'es donc d'aucun parti?

— Si fait! je suis de mon parti.

— Et quel est-il, s'il vous plaît?

— Le parti des muets, Marcial, et je t'invite à y entrer le plus tôt possible.

— Ce parti est illusoire, fantastique, fantasmagorique; s'il existe, il faut te dépêcher de l'envoyer à l'école de l'abbé de l'Épée.

— Non pas, Marcial; je trouve, moi, que c'est le parti le plus raisonnable, en ce qu'il fait le moins de bruit, car, comme le dit fort bien don Domingo : « Quand tout le monde parle à la fois, personne ne s'entend. »

— Si tu es de l'école de Domingo (1), je ne m'étonne plus de ton opinion.

— Que veux-tu dire par-là? Est-ce un logogryphe comme ceux du *Monde illustré*, que tu me donnes à deviner?

— Les dimanches ne sont-ils pas des jours de fêtes immobiles ; eh bien ! les idées de ton ami le sont pour le moins autant! Mais, tu auras beau faire, le parti du silence ne trouvera pas de sectateurs dans notre siècle d'assemblées et de clubs.

— Je comprends que tu ne veuilles pas t'y affilier, Marcial; le jour où tu ne pourras plus parler, discuter, pérorer et déclamer, pour me mettre à la hauteur de ton style, tu t'enlèveras dans les airs comme un ballon gonflé par tes sublimes idées, qui ne trouveront pas d'issue pour se répandre.

— Laissons là, répliqua Marcial, une question trop au-dessus des faibles conceptions de la femme,

1. Jeu de mots sur Domingo. — Dimanche.

question qu'elle ne peut ni comprendre, ni apprécier, ni définir. Vous autres, filles d'Ève, vous serez
éternellement belles, séduisantes, tentatrices et pé-
cheresses comme votre mère ! Contentez-vous de
votre rôle, et ne vous mêlez pas de politique, c'est
une matière que vous défend de traiter votre inca-
pacité morale.

— Vous vous trompez, Marcial ! s'écria la joyeuse
Flora, intervenant dans la conversation. Voulez-vous
que je vous définisse les partis ?

— Je serais curieux de voir ce sujet traité par la
déesse des fleurs, répondit galamment Marcial.

— Soyez tranquille, je ne sémerai pas ma définition de trop de fleurs... de rhétorique. Attention !
et remarquez avant tout que nous sommes en Andalousie, pays des brunes beautés, des oranges parfumées et des contes... plus ou moins épicés.

« Or donc, dans cet heureux pays, un coq régnant
« dans une basse-cour, une oie, au superbe plu-
« mage, rechercha l'amitié de ce coq ; ce n'était
« pas une oie d'une race commune, elle avait navi-
« gué dans les eaux de l'Océan pacifique, s'était
« plongée dans le puits de la science, et avait bar-
« boté dans la mare du savoir. Sa démarche était
« peu gracieuse, mais, en revanche, elle avait de la
« dignité. Sa voix n'était pas mélodieuse, mais elle
« était forte et se faisait entendre au loin.

« Cette oie ne tarda pas à prendre un grand em-
« pire sur le roi de la basse-cour, et finit par lui
« persuader de couper d'abord sa crête, chose, à

« son avis, fort ridicule et fort gênante, puis ses
« éperons, chose tout à fait inutile.

« Dans l'effusion de son amitié, le coq subit sans
« murmurer cette métamorphose, puis ils sortirent
« ensemble pour faire un tour de promenade.

« Le coq, animal très-confiant, laissa ouverte, en
« sortant, la porte de la basse-cour ; quand ils revin-
« rent, le coq, en regagnant son perchoir, vit tout
« à coup briller dans l'ombre deux lumières étin-
« celantes, et ces lumières n'étaient autres que les
« deux yeux d'un chat, qui s'élança sur lui, et la
« lutte commença. Mais, hélas ! plus de crête pour
« signaler le danger, plus d'éperons pour se dé-
« fendre !

« En animal prudent, la commère oie, au lieu de
« voler au secours de son ami, s'était précipitée
« dans une mare et se contentait de crier : kan !...
« kan !... kan !... paz !... paz !... paz !... »

— Flora, dit Marcial d'une voix caverneuse qui
semblait sortir de dessous terre, votre conte est une
sanglante et ridicule satire.

— C'est un conte qui vaut son pesant d'or, répliqua Flora en riant.

— C'est un conte subversif de toute morale, anti-
social et profanateur ; il manque de dignité et de
logique. Quand je serai aux cortès, je proposerai une
loi pour censurer les contes.

— Je suis plus libérale que vous, Marcial, répliqua Flora en riant, et j'accorde, dans mon empire,
liberté entière de parfums et de contes.

— Fabian, dit Marcial à celui-ci, qui venait d'entrer, viens donc m'aider à combattre cette moqueuse de Flora; de la fleur elle n'a conservé que les épines, et elle vient de faire la plus sanglante satire de l'espèce humaine. Suivant elle, nous sommes ou des coqs imbéciles, ou de stupides oies.

— Vous allez trop loin, Marcial; mon petit conte n'a pas tout à fait cette signification, et je veux bien admettre qu'en dehors de cette grande famille d'oies, il puisse y avoir quelques cygnes ; mais si vous prenez la chose tant au tragique, vous me feriez croire qu'il peut aussi y avoir quelques... dindons.

— Grâces, grâces, s'écria Marcial, je me rends à merci et j'implore mon pardon. Diable ! ce petit David serait capable de me lancer sa fronde à la figure !

— Je regrette, poursuivit-il en se tournant du côté de Reine tandis que Flora répétait son conte à Fabian, je regrette de t'avoir fait passer un mauvais moment en te disant « que l'homme de valeur » ne viendrait pas ce soir. Bien que tu n'aies pas l'air de me comprendre, tu sais fort bien de qui je veux parler.

— En vérité, Marcial, tu es ce soir encore plus ennuyeux qu'à l'ordinaire, avec tes énigmes.

— Tu ne sais peut-être pas que « l'homme de valeur » c'est ce Tiburcio Civico, ce socialiste, cet antipode de la beauté, qui t'a inspiré, Dieu seul sait pourquoi, une sympathie incompréhensible, inconcevable, inexplicable, inqualifiable.

— Es-tu fou, Marcial ?

— Dans l'intérêt d'un bon gouvernement, poursuivit celui-ci, il y a des goûts, ainsi que des contes, qu'il faudrait proscrire. Me préférer, à moi, Marcial, ce misérable avorton !

— Qu'est-ce que tu me chantes avec tes préférences ? Je te le dis franchement, Marcial, s'il faut choisir entre vous deux, je ne prendrai ni l'un ni l'autre.

— Tu l'as cependant appelé Antony ?

— Moi ! où as-tu pris semblable sottise ? Si je lui ai donné un surnom, c'est celui de *magot* de la Chine.

Marcial se leva vivement :

— Que m'avait donc chanté ce Machiavel de Genaro ? murmura-t-il entre ses dents, il faut que j'aille conter la chose à Fabian, afin de le convaincre de l'astuce et de la ruse de ce renard subtil.

Marcial venait de s'éloigner, lorsque Genaro entra et vint saluer Reine.

— Je prends bien part à votre chagrin, lui dit celle-ci d'un ton presque triomphant.

— Je n'en crois pas un mot, répondit Genaro.

Reine, qui s'était remise à causer avec Flora, retourna vivement la tête :

— Et pourquoi ? s'écria-t-elle.

— Parce que vous ne pouvez savoir ce que c'est que le chagrin, ni pour votre compte, ni pour celui d'autrui.

— Merci bien ! en ne qualifiant vos paroles qu'avec la plus grande indulgence, ceci peut s'appeler *une impertinence.*

— Oui, oui, c'est de ce nom qu'on appelle la vérité... quand on ne veut pas l'entendre !

— Je voudrais bien savoir, dit Reine avec hauteur,
la raison qui vous fait vivre dans cette illusion « que
vous possédez les clefs du sacristain (1) ? »

— Vous me parlez ainsi parce que je ne vous flatte
pas, comme ceux qui composent votre cour'; parce
que je ne conduis pas sous votre balcon, à l'effroi
de tout le quartier, une armée de musiciens, comme
le magnifique colonel Astorga ; parce que je ne soupire pas amoureusment, comme le comte de Navia ;
parce je ne maigris pas, comme ce caméléon de Villamar, qui prétend que les cœurs aristocratiques sont
plus durs que les fers de la forge paternelle ; parce
que je ne fais pas des vers, comme votre poëte
lauréat :

« Reine des cœurs, tu répands tant de loyauté... »

— Taisez-vous ! taisez-vous ! exclama Reine
devenue rouge comme une pivoine ; si vous ajou-
tez un seul mot de ces ridicules vers, foi de
Reine, je...

— Je... quoi? dit en riant Genaro, qui s'assit à
côté d'elle.

— Je vous défendrai de remettre les pieds ici.

— Et que prouverez-vous ainsi? que vous êtes une
Reine despotique, et vous ferez mentir les vers de
Marcial, puisqu'en me bannissant, vous ne déploierez

1. Poseer las llaves del sacristan. Proverbe En savoir plus que
tout le monde.

pas cette loyauté qui fait que vos esclaves ne veulent
pas recouvrer leur liberté.

— Genaro, je vais appeler ma mère, exclama
Reine furieuse.

— Qu'y a-t-il donc, et qu'avez-vous à vous cha-
mailler ainsi? demanda Marcial, qui se retourna aux
cris de Reine.

— Marcial, voici l'occasion, la véritable occasion de crier : Kan!... kan!... kan!... paz!... paz!...
paz!... dit Flora.

— Je te fais juge, Marcial, dit Genaro. Reine
désire que tu fasses imprimer les vers que tu as composés pour elle ; et, parce que je lui faisais observer que ce désir accuse une soif *immodérée* de vous
faire briller tous les deux, elle s'est fâchée contre
moi.

— Et elle a raison, dit Marcial ; pourquoi traiter
d'*immodéré* un désir aussi naturel ?

— Vois-tu, disait Reine à Flora en essuyant des
larmes de dépit, vois-tu comme il me provoque,
comme il me traite, avec quelle impudence il me
raille, quelle ruse infernale il employe pour me faire
sortir de mon caractère et mettre les rieurs de son
côté? Cela est-il tolérable ?

— Pourquoi t'en tourmenter? pourquoi faire attention à lui? répondit Flora. N'y a-t-il pas dans ce
salon cent autres jeunes gens qui se mettraient en
quatre pour te faire plaisir?

— C'est lui qui vient me chercher !

— Non pas, car, quand il est venu te saluer, tu
as ôté ton petit chien de la chaise sur laquelle il dor-

mait, comme pour indiquer qu'il y avait de la place
à ton côté.

— Je l'ai fait par distraction. Et, pour réparer
ma faute, puisqu'il s'est assis, je vais me lever.
Viens-t'en au piano, tu nous chanteras *El Mocito
del barrio* (1).

Toutes deux se levèrent et traversèrent l'estrade,
gracieuses et légères comme deux nymphes.

Flora se mit au piano.

— Allons, soldats d'Hébé, dit Marcial, suivons
l'attraction de la beauté, l'aimant féminin, le courant de l'élégance. Où va la Reine, va la cour; où
va Flora, vont les papillons.

Pendant que Flora chantait, Marcial, qui n'aimait
pas la musique et encore moins l'obligation de rester muet, disait à demi voix à Genaro :

— Antipode de la vérité, antithèse de la sincérité,
enfant chéri du mensonge, comment as-tu pu m'affirmer sérieusement cette chose, pleine de duplicité, à
savoir que Reine avait appelé Tiburcio Antony?

— Tais-toi, Marcial ! N'entends-tu pas qu'on
chante?

— Je ne me tairai pas, renard subtil; quand je
veux parler, rien ne saurait me faire taire, pas
même la sonnette du président... si je faisais partie
du congrès, fût-elle du calibre de la cloche de Glascow.

— De Moskow, rectifia Genaro.

— De Glascow ! je l'affirme, dit Marcial, et il

1. L'enfant du faubourg.

me semble que je dois le savoir. Crois-tu, par hasard, avoir affaire à «l'Ange du silence, » comme Fabian appelait Lagrimas? Je parierais qu'il a pillé cette comparaison dans un poëte français !

— Sans doute, répondit gravement Genaro, elle appartient à... Paul de Kock.

— J'en étais sûr; mais je ne savais pas si c'était Paul de Kock ou Lamartine.

— Ainsi donc, mon garçon, ajouta-t-il en prenant un ton élégiaque, le fatal moment du départ est arrivé, comme dit Hatzenbusch dans les Amants de Teruel.

— C'est Arriaza qui l'a dit dans une romance.

— Hatzenbusch, dans les Amants de Teruel, affirma Marcial. Mais, comme tu es la dissimulation en personne, un Machiavel perfectionné, sur ton jeune visage on ne lit aucun sentiment de tristesse.

— Tes suppositions sont tout à fait erronées, et tu te trompes, infaillible Marcial.

— Moi! me tromper ! m'enferrer (1) ! cela est bon pour l'ami Tiburcio ! Mais non; je retire mes paroles. Un calembour aux dépens de l'amitié, fi ! c'est déloyal, vulgaire et indélicat. Mettons que je n'ai rien dit, je ne suis pas homme à sacrifier un ami à un bon mot !

— Marcial, n'entends-tu pas qu'on chante? lui dit sèchement Reine pour faire retomber sur Genaro la moitié de son blâme. Parler quand on chante, c'est

1. Jeu de mots sur herrar-ferrer, et errar, se tromper.

11.

faire preuve non-seulement de manque de goût, mais de manque d'éducation.

Flora achevait de chanter, et Marcial put répondre :

— Pardonne-moi, cousine, c'était par distraction, et d'ailleurs je suis un homme trop positif pour être mélomane.

— Positif, à ton âge ! exclama Fabian. Au nom de Dieu, n'employe donc pas cette expression prétentieuse récemment importée en Espagne ; elle me déplaît, au point que je voudrais voir condamner à l'amende quiconque s'en servirait !

— Songe donc, ô amant de l'idéal ! qu'il me faut renoncer à cette capricieuse déesse, puisque je veux être député ! Il me faut quitter les sentiers du Parnasse pour les chemins vicinaux, abandonner le culte des muses pour la culture des champs, repousser l'inspiration pour me livrer à la discussion, cesser de chanter pour parler. Mais, la main sur la conscience, est-il bien possible que toi, un poëte, tu puisses aimer la musique, cette ennemie mortelle de la poésie, qu'elle se complaît à estropier ?

— Ne pas aimer la musique ! exclama Fabian ; mais si la poésie est le langage du cœur, la prose l'expression de l'esprit, la musique est le concert de l'âme. Loin de l'estropier, la musique est à la poésie ce que l'expression est à la physionomie.

— Que veux-tu, mon enfant? Moi, la musique me déplaît, répliqua Marcial ; ce qui se dit en chantant n'est ni clair ni concis, et manque de sens commun. Si j'avais été le chien Cerbère, je te jure que je n'aurais pas empêché Orphée d'emmener sa femme Bérénice.

— Eurydice, rectifia Fabian.

— Bérénice, affirma Marcial.

— Encore un couplet d'*El Mocito del barrio*, disait Genaro en s'appuyant sur la chaise de Flora restée au piano, ou bien chantez-nous ces couplets que Marcial a composés pour Reine ; je suis sûr qu'ils iront sur l'air.

— Non, non, répondit Flora en riant, Reine a abdiqué sa royauté ; elle se fait scrupule d'éclipser la lumière. J'aime bien mieux vous chanter ce couplet de circonstance :

« Lequel souffre le plus de l'amant qui s'en va ou
« de celui qui reste ? »

— Ma chère Flora, répliqua Genaro, une dame anglaise (1) n'a-t-elle pas écrit ceci quelque part : «Le
« souvenir du passé ne sert à rien, sinon à répandre
« l'amertume dans les joies du présent. » Chantez donc, gai rossignol, et faites-nous entendre cette voix qui va au cœur.

— Vous parlez de cœur ; savez-vous seulement ce que c'est ? dit Reine qui, tout en causant avec d'autres, n'avait pas perdu un mot de la conversation de Flora et de Genaro.

— Les cœurs ne sont pas mes vassaux, et je ne me flatte pas de les connaître aussi bien que leur Reine, répliqua celui-ci.

— Marcial ! exclama Reine furieuse, si tu as

1. Mistress trollop.

le malheur de me faire encore un seul vers, nous nous brouillerons pour la vie ! Être *exposée* en vers aux regards du public, c'est un supplice plus cruel encore que celui d'être honteusement exposée au pilori de l'infamie !

— Peste ! cousine, comme tu y vas ! Si toutes les belles, les jeunes, les gracieuses et les amoureuses étaient de ton avis, que nous resterait-il donc à chanter, à nous autres poëtes ? Les vieilles, les laides, les rachitiques et les paralytiques.

— Voilà ce qui s'appelle parler raison, disait Genaro à Reine pendant que Marcial s'escrimait à défendre ses vers ; les femmes ne devraient jamais vouloir être belles que pour leurs amants.

— Et c'est sans doute à cause de cela que vous aimiez Lagrimas, répliqua Reine d'un ton moqueur.

— Pour cela même, répondit fièrement Genaro.

— Mais son père, qui a eu connaissance de cette belle passion, poursuivit Reine du même ton, n'a pas été du même avis que sa fille, et, pour couper court à vos amours, il l'a emmenée à Cadix ; vous pouvez donc les mettre au nombre des trépassés.

— Je ne les ai jamais considérés comme destinés à vivre longtemps, répondit Genaro d'un ton calme ; la pauvre enfant n'en a pas pour un an à vivre !

— Jésus ! avec quelle tranquillité vous dites ça !

— Aussi tranquillement qu'on parle de choses qu'on sait depuis longtemps.

— Alors, vous ne l'aimiez donc pas ?

— Je l'aime comme une sœur.

— Elle croyait autre chose.

— J'en suis fâché.

— Mais c'est une infamie !

— Que voulez-vous que j'y fasse? que je m'en aille courir le monde, comme un héros des contes de fées, à la recherche de l'élixir de longue vie ?

— Ce n'est pas répondre. Vous êtes un cœur de marbre, un homme affreux.

— Votre amie ne me trouvait pas tel.

— Parce qu'elle ne vous connaissait pas à fond, comme moi !

— Malgré la profondeur de vos connaissances, il est encore bien des choses que vous ne connaissez pas.

— Elles ne doivent pas valoir grand'chose, car vous les cachez bien soigneusement.

— Je ne les cache pas parce qu'elles sont mauvaises, Reine.

— Eh bien ! alors, pourquoi les cachez-vous?

— Parce qu'il me plaît de les cacher.

— Espérons qu'un jour nous connaîtrons les mystères de la montagne en travail.

— Voudriez-vous les connaître?

— Moi ! Je suis trop fière pour être curieuse !

— Ou trop égoïste pour vous intéresser à rien.

— Voyez-vous ce Genaro, il n'y en a que pour lui, disait Marcial à Flora ; je parie que cette audience prolongée cause un mortel ennui à notre Souveraine.

— Je ne suis pas de votre avis, répliqua malignement Flora, et je ne vous invite pas à aller mêler vos kan, kan, paz, paz, à leur conversation.

— Serais-tu jaloux, Marcial? demanda Fabian.

— Jésus! comme un Pétrarque!

— Un Tétrarque, Marcial.

—Un Pétrarque, mon petit savant. Je sais ce que je dis peut-être; mais, dans tous les cas, je ne le serais pas de ce pauvre garçon, qui n'est ni de taille, ni de force à aller sur mes brisées, le voulût-il, ce que je n'ai garde de croire. Néanmoins, si l'étoupe se trouve trop près du feu, le diable pourrait souffler dessus, et, pour plus de sûreté, je vais le rappeler au souvenir de sa bien-aimée.

— Genaro, poursuivit-il en s'approchant de ce dernier, que fait, à cette heure, cette douce enfant qui a passé parmi nous comme une blanche fleur sans épines, laissant après elle un souvenir parfumé?

— Bon, dit Reine, quand elle était ici, tu n'y faisais pas attention, et maintenant tu ne trouves pas assez de paroles pour chanter ses louanges!

— C'est un intérêt rétrospectif, répondit Marcial. Quand je pense à Lagrimas, je vois la vivante personnification de ces sentences indiennes : « Mieux « vaut être assis que debout, couché qu'assis, mort « que couché! »

— Douce fleur des tropiques, ajouta Fabian, avec ce regard vague dont il fixait dans son âme de poëte les images qu'évoquait la fantaisie, ou que reflétait le souvenir, éloignée de son climat brûlant elle a conservé quelque chose du mystère de ses forêts natales : elle se flétrit sur ce sol étranger, où il lui faudrait un palais de cristal pour préserver du froid sa nature de sensitive.

— Bien parlé, Fabian, s'écria Flora; la pauvre enfant, il faudrait la tenir en serre-chaude, et son monstre de père l'a conduite dans cette glacière de Cadix ! Tyran ! assassin !

— Eh bien! dit Reine à Genaro, il ne manque plus que vous pour composer la quatrième strophe de cet hymne à la louange de Lagrimas ?

— Je l'écrirai, répondit Genaro à voix basse.

— Fort bien ; et si vous ne savez comment faire parvenir votre lettre, je la mettrai dans une des miennes, ajouta Reine d'un air indifférent.

— Je vous l'apporterai demain.

— Je vous préviens cependant, ajouta Reine, que je ne manquerai pas de faire connaître à mon amie le cas qu'elle doit faire de votre missive.

— Si vous étiez seulement capable de comprendre l'amour, Reine, puisque vous êtes incapable de l'éprouver, vous sauriez que ce serait prendre une peine inutile.

— Pourquoi?

— Pourquoi, Reine? parce que la voix de l'homme aimé a tant de pouvoir sur la femme, qu'elle refuse d'en écouter une autre.

— Quelle fatuité !

— Ce pouvoir, il ne faut pas l'attribuer au mérite de l'homme, mais à la force de l'amour, tel que Dieu a voulu le mettre dans le cœur de la femme.

Mais à quoi bon vous ennuyer? tout cela est pour vous lettre close.

— Et je ne veux pas l'ouvrir.

— Ouvrir quoi? demanda Marcial en s'approchant.

— Tu es trop curieux, répliqua Reine.

XIX

UNE LETTRE.

Le lendemain soir, Genaro apporta la lettre : Reine la prit d'un air de complète indifférence, mais son cœur était plein d'un sentiment d'amertume. Pendant toute la soirée, elle fut d'une humeur massacrante et coupa, jusque dans leur racine, les espérances de Marcial; mais celles-ci repoussaient d'autant plus vives, qu'elles avaient été coupées de plus près.

Aussitôt rentrée dans sa chambre, Reine tira la lettre de sa poche et la jeta avec dépit sur une table ; elle s'aperçut alors que cette lettre n'était pas cachetée.

Dans la célèbre tragédie : *une Faute*, le poëte allemand a dit :

« Quand le péché n'est encore que dans la pensée, « c'est comme s'il n'existait pas. S'il est commis « dans l'ombre et le mystère, sans autre témoin que « la conscience, il n'existe pas non plus. Tel est le

« terrible piége que le démon tend à l'homme. Par
« ce sophisme, il l'engage à commettre le péché,
« en lui promettant une impunité, garantie par le
« mystère. »

Si nous avons cru, pour des événements aussi
simples que ceux que nous racontons, pouvoir citer
ce passage d'une grave tragédie, c'est qu'il s'agit ici
d'une circonstance grave. Décacheter, lire un papier
destiné à un autre que vous, c'est commettre une action peu honorable, peu digne, peu noble ; tranchons
le mot, c'est commettre une infamie.

Les jeunes gens ne sont pas assez persuadés de
cette vérité, et on ne la leur inculque pas suffisamment. Il y a de ces règles d'honneur que les mères
devraient inoculer à leurs enfants avec plus de soin
encore que le vaccin, destiné à les préserver d'une
maladie mortelle ; des règles que les enfants devraient tirer des entrailles maternelles pour nourrir
leur cœur, comme ils sucent le lait de leurs mamel-
les pour nourrir leur corps. Le respect dû au secret
d'autrui est une de ces règles, dont généralement la
jeunesse ne fait pas assez de cas.

Poussée par un premier mouvement déloyal,
Reine eut d'abord l'idée d'ouvrir cette lettre, qui ne
lui était pas adressée. Mais bientôt la noblesse instinctive au caractère espagnol lui fit repousser
cette dangereuse tentation, qui ne tarda cependant
pas à revenir. Reine était seule, sans crainte d'être
surprise ; et d'ailleurs, lui disait le démon tentateur,
si cette lettre est ouverte, c'est que celui qui l'a
écrite ne craint pas qu'elle soit lue. Le papier ne

conservera pas l'image de tes regards. Le péché
ne sera pas plus connu que la pensée du péché!...

Reine hésitait encore, mais elle céda à cette so-
phistique réflexion : Si Lagrimas était ici, elle qui
ne me cache rien, elle me montrerait cette lettre.
Je lui écrirai que je l'ai lue, et elle ne m'en voudra
pas.

Une fois décidée, Reine s'approcha de la table,
ouvrit la lettre d'une main ferme et lut :

« Comme je sais que vous lirez cette lettre, c'est
à vous que je m'adresse, Reine... »

Le papier lui tomba des mains.

— L'insolent! exclama-t-elle indignée.

Mais la curiosité lui fit bientôt reprendre la lecture de la lettre :

« Avez-vous pu jamais croire, Reine, que je pusse
aimer une autre que vous?... »

— Il m'aime! exclama-t-elle dans la joie d'un
triomphe dont elle ne se rendait pas compte. Mais,
comme si le papier eût deviné ses pensées, pour les
mortifier, la lettre ajoutait :

« Je ne dis cependant pas que je vous aime,
Reine. Comme un prudent marin qui, avant de
s'aventurer dans une mer inconnue, en sonde soigneusement tous les fonds pour se préserver des
écueils, je ne vous aimerai que lorsque je serai bien
certain que mon amour sera payé de retour. Si j'a-
vais ce bonheur, Reine, oh! alors, vous seriez aimée
comme vous méritez de l'être, car moi seul je sais ce
que vous valez, moi seul je puis vous aimer d'un
amour éternel et sincère. Mais, Reine, j'ajouterai

avec la même franchise que je ne sollicite pas votre amour comme une grâce ; quand en échange j'offre le mien, je veux le vôtre tout entier... »

— C'est par trop fort ! exclama Reine, et je ne continuerai pas une semblable lecture. Puis, le visage en feu, les yeux étincelants de dépit, elle se leva, et, portant sa main blanche et froide à son front brûlant, elle dénoua son épaisse chevelure, qui couvrait ses épaules comme d'un noir et brillant manteau de velours.

Bientôt elle se rassit et reprit la lettre :

« La femme que j'aimerai, Reine, doit être à moi tout entière. Sa volonté doit se confondre avec la mienne. Elle doit déposer sa couronne... Le *moi*, cette étoile qui brille à son front, doit s'éclipser devant le soleil... »

— Vit-on jamais présomption plus inouïe ! exclama Reine. Cet homme est vraiment fou. Croit-il donc valoir mieux que tous les autres ?

Et de fait, ajouta-t-elle au bout d'un moment, en appuyant son front sur sa main, il est certain qu'il vaut mieux que les autres ; mais ce n'est pas une raison pour que je me courbe honteusement sous sa loi. Il ne veut pas de grâce, il veut un triomphe. Eh ! bien, il ne triomphera pas sans combattre, et je lui ferai payer cher la victoire, si jamais il l'obtient ! Cependant, ajouta au bout d'un moment la jeune fille agitée par mille sentiments divers, cependant il saurait aimer comme personne ; il saurait apprécier, embellir, parfumer et rendre éternel un amour qui, pour Marcial, est un ridicule ; pour Fabian, un

jouet ; l'amour de Genaro serait une essence concentrée ; l'amour des autres n'est qu'un parfum qui
s'exhale en fumée.

Reine reprit la lettre et continua :

« Ne vous pressez pas de me répondre ni de prononcer un arrêt qui, pour moi, Reine, serait un motif certain de ne pas insister. »

— Vraiment! exclama Reine, dont le dépit allait
toujours croissant.

« Que cette brève syllabe, oui ou non, ne soit pas
prononcée en l'air, car elle ne s'y évanouirait pas
comme les notes de votre piano. Soit que le non
vous coûte à dire, soit que vous hésitiez à prononcer
le oui, réfléchissez-y bien avant de me répondre.

« GENARO. »

— Cette lettre est un prodige d'outrecuidance et
d'audace, dit Reine hors d'elle-même, et j'ai bien
envie de la porter à ma mère... Mais non, elle dé-
fendrait à Genaro de revenir... Feindre de ne l'avoir
pas lue, cela n'est pas possible ; et plût au ciel que
je ne l'eusse pas lue !... Mais alors elle serait par-
venue à Lagrimas, et c'eût été bien pis encore ! Ah!
cet homme m'a mise entre le mur et l'épée.

Dans tout ce monologue, où un énergique amour
luttait contre un immense orgueil, Reine n'eut seulement pas, tant est profond l'égoïsme de ces deux
sentiments, une seule pensée de compassion pour
cette amie absente, qui conservait dans son cœur,
comme dans un tabernacle, les sentiments les plus
purs et les plus tendres de l'amitié et de l'amour.

Reine ne dormit pas de la nuit, et quand, à l'aube du jour, elle entendit les oiseaux gazouiller, elle se leva, pâle et les yeux battus, et au bas de la lettre de Genaro, elle traça cette réponse :

« Oui, je l'ai lue, cette lettre ouverte ; j'étais curieuse de voir comment un traître s'y prendrait pour abuser une pauvre et confiante enfant... J'ai lu, et voici ma réponse : Vous avez bien des cordes à votre guitare, mais nulle n'est au diapazon de ma voix. »

Le soir, Reine entra au salon la tête plus haute que jamais, et remit la lettre à Genaro. Celui-ci la prit et se mit ensuite à une table de tresillo (1), qu'il ne quitta que pour se retirer à son heure accoutumée.

Rentré chez lui et après avoir lu les quelques lignes tracées par Reine :

— Première décharge, dit-il, double charge et boulet rouge. Faisons retraite, une retraite faite à temps sert plus qu'une maladroite attaque. Prenons nos quartiers d'hiver, et attendons.

Genaro cessa d'aller chez la marquise : malgré son calme apparent, il enrageait en lui-même.

De son côté, Reine passait les nuits à pleurer et à maudire ses larmes.

Au bout de quelque temps, Reine reçut une lettre de Cadix. Voici ce qu'écrivait Lagrimas :

« Reine de mon cœur, si je ne t'ai pas encore « écrit, c'est qu'en arrivant ici j'ai été prise d'une

---

1. Jeu de cartes.

« de mes attaques, qui m'a mise aux portes du
« tombeau. Le danger est passé, mais je ne me réta-
« blis pas, et le médecin dit que le climat de Cadix
« est très-mauvais pour moi. La véritable cause,
« suivant moi, c'est que je ne puis supporter votre
« absence.

    « Que te dirai-je de mon voyage? je frémis rien
« qu'à y penser. Quand, au sortir de la rivière, le
« bâtiment commença à lutter contre les flots,
« quand ceux-ci s'élancèrent, comme pour mesurer
« sa hauteur, quand je me vis au milieu du perfide
« élément sans autre point d'appui que l'équilibre,
« je fus sur le point de mourir de frayeur ; la lame
« était courte et écumeuse, et semblait fuir, devant
« le vent qui venait de terre, comme un troupeau
« de moutons fuit à l'approche d'un loup dévorant.
« Il faut que l'homme soit bien hardi, Reine, et bien
« insensé pour aller ainsi braver sans nécessité un
« péril toujours renaissant !

    « Tu m'avais dit, sans doute pour me donner du
« courage, que Cadix était une belle ville ; on voit
« bien que tu n'y es jamais allée. Figure-toi un
« amas de pierres et de fer, de hautes maisons
« serrées les unes contre les autres, et alignées
« comme des files de soldats. De sombres murailles,
« percées de trous, au travers desquels sortent,
« comme des yeux menaçants, des canons noirs
« comme de l'encre ; tel est Cadix : une immense
« prison au milieu de la mer !

    « Comme je suis à peine sortie depuis mon
« arrivée, je n'ai pas encore vu une seule petite

« feuille verte qui me rappelle l'heureuse terre où
« naissent les fleurs. Seulement, sur le balcon
« d'une maison, vis-à-vis de la nôtre, un malheu-
« reux arbre de Judée ouvre ses rouges fleurs qui
« semblent de sanglantes blessures sur un corps
« épuisé. Je me suis laissé dire que si l'on fait une
« coupure à cet arbre, il perd son sang et meurt. Je
« crains bien que mon cœur ne perde aussi le sien
« par la blessure que lui a faite le départ.

« Le jour, je m'amuse à regarder les nuages,
« dût se moquer de moi la rieuse Flora, à laquelle
« j'envie sa gaieté et surtout le bonheur de se trou-
« ver près de toi, ces nuages qui sillonnent le
« ciel et où se peignent de fantastiques tableaux,
« font tout mon bonheur. J'ai remarqué qu'il y en a
« de bons et de mauvais. Le soleil appelle les bons
« à lui et ils s'élèvent à perte de vue, et il punit les
« mauvais en les précipitant à terre, où ils tombent
« en torrents de pluie.

« Mais la nuit, Reine, la nuit, pendant laquelle
« je ne puis dormir, — car la faiblesse me prive du
« peu de sommeil que j'avais conservé, — la nuit,
« le chagrin m'oppresse, comme si l'air me man-
« quait; toi, Reine, tu ne sais pas ce que c'est que
« le chagrin; puisses-tu ne le savoir jamais! et
« puis, j'ai retrouvé mon ennemi mortel... la mer!
« Toute la journée, et surtout la nuit, j'entends ses
« lugubres gémissements. Je crois vraiment quel-
« quefois qu'elle veut se révolter contre Dieu, qui
« lui a posé des limites; il n'y a que des blas-
« phèmes qui puissent retentir avec un bruit aussi

« effrayant. D'autres fois, quand la mer est plus
« calme, elle soupire si douloureusement qu'il me
« semble qu'elle doit souffrir de quelque maladie
« secrète, qui la fait s'agiter et rend ses ondes
« amères. Ma pauvre mère doit le savoir, elle qui
« repose dans son sein... Ma mère... ma mère...
« l'unique être qui m'ait jamais aimée ! Car ni toi,
« Reine, ni *lui*, vous ne m'aimez comme je vous
« aime..: et je ne vous en veux pas pour cela,
« l'amour — comme la tristesse et la joie — sont
« choses qui ne dépendent pas de la volonté. En
« vain essayerais-je de vous aimer moins, pour di-
« minuer les regrets de la séparation.

« *Il* ne m'a pas écrit, Reine, et *il* a bien fait, car
« je ne dois pas recevoir de lettres sans l'autorisa-
« tion de mon père, et si je la lui demandais, il me
« la refuserait. Mais toi, ma Reine, pourquoi ne
« m'as-tu pas écrit? tu sais cependant bien que,
« fussé-je à mon dernier moment, une lettre de toi
« rendrait la vie à mon cœur.

« Reine, je te demande une chose, ne me la
« refuse pas : ne sois pas si dure envers *lui*;
« aime-*le* un peu par amour pour moi. Dis-*lui*,
« de ma part, que notre avenir est entre les mains
« de Dieu et que, tant qu'il me restera un peu d'es-
« poir, il y aura dans ma vie un point brillant,
« comme entre les nuages une étoile rappelle qu'il
« y a un ciel.

« Vous régnez tous deux dans mon cœur, comme
« deux anges qui le soutiennent dans ses tribula-
« tions.

« Excuse la tristesse de ma lettre ; comment ne
« serais-je pas triste, quand je suis loin de *vous* ?

Au bout de quelques jours, Reine répondit à son
amie :

« Je regrette beaucoup, mon enfant, que tu aies
« encore eu une de tes attaques, et j'aurais bien voulu
« être auprès de toi pour te soigner. J'espère que
« tu iras de mieux en mieux, que tu te plairas enfin
« à Cadix, et que tu trouveras un mari gadétan,
« avec beaucoup d'argent ; cette raison ne le ren-
« dra peut-être pas bien séduisant à tes yeux, mais
« certainement aux yeux de ton père, qui professe
« un tel mépris pour les BOURSES-CREUSES de notre
« ville.

« Si je ne t'ai pas écrit plus tôt, c'est que j'atten-
« dais une lettre de toi : c'est à ceux qui partent à
« entamer la correspondance.

« Tu ne me parles presque que de la mer, et tu
« sais cependant bien qu'il ne faut pas arrêter ton
« imagination sur ces choses, qui te font mal. La
« mer, mon enfant, est tout bonnement une grande
« quantité d'eau, fort stupide, qui va où le vent la
« pousse, et qui ne mouillerait la pointe du pied de
« personne, si on n'allait pas la chercher. Tu aurais
« bien mieux fait de me dire si tu avais vu l'Her-
« cule de la Alameda, qu'on dit si laid : je me fi-
« gure qu'il ressemble à ton père. Certaine per-
« sonne a su que l'auteur de tes jours s'était ex
« primé sur son compte en termes fort grossiers ;
« dans son orgueil, il ne lui a sans doute pas par-

12

« donné, mais, dans sa dissimulation, il n'en a pas
« laissé voir une ride sur son front.

« L'absence opère sur chacun d'une manière dif-
« férente. Chez Marcial, c'est un enthousiasme
« effréné; il t'appelle une douce et blanche fleur
« sans épines; que tu le veuilles ou non, tu seras
« célébrée dans ses vers. Pour mon compte, je te
« le cède, lui et sa poésie, en toute propriété...
« Mon cher cousin peut bien arriver à être DÉPUTÉ,
« mais il ne sera jamais disputé à personne... par
« moi. Fabian vient de recevoir une admonestation
« du recteur, parce qu'il néglige ses études, mais il
« s'en est consolé, en faisant une ode à la paresse.
« Il n'oublie pas la *Perle*, ni Flora non plus, et ils
« cessent de rire quand ils parlent de ton ab-
« sence.

« Ma mère, D. Domingo et surtout moi, nous te
« conservons un tendre souvenir. Adieu, soigne-
« toi bien, et ne me rappelle pas au souvenir de
« ton père. »

Quelle lecture pour la pauvre enfant qui soupirait
après cette lettre pour se rattacher à la vie !

— Non, disait-elle après l'avoir lue, non, l'amour,
l'amitié, n'existent pas ! Ne serait-ce qu'une illusion ?
Je les ressens cependant dans mon cœur ; mais s'ils
existaient dans le leur, Reine s'exprimerait-elle
ainsi ? pas un mot sur les chagrins de l'absence...
Ni elle ni *lui* ne parlent du désir de me revoir !
Je ne le vois que trop, mon départ n'a laissé aucun
vide, et les traces de ma présence sont déjà ef-
facées ! Mais pourquoi ne m'aimeraient-ils pas ?

est-ce ma faute? est-ce la leur? Peut-être ne suis-je pas digne d'être aimée! c'est ma destinée, c'est une malédiction dont j'ai hérité, ajouta-t-elle en tremblant à la voix de son père qui congédiait durement un malheureux mendiant.

Lagrimas se mit au balcon, et quelle ne fut pas sa pitié en voyant la pauvre négresse qui l'avait élevée, brutalement chassée par son père, qui, au lieu de la renvoyer en Amérique, comme il l'avait dit à sa fille, avait trouvé plus commode de mettre simplement sur le pavé ce pauvre être, vieux et stupide, incapable de gagner sa vie. La négresse, appuyée sur une béquille, tendait à son ancien maître une main suppliante.

— Francisca! pauvre Franscisca! s'écria Lagrimas, attends... attends.

Mais à ce moment D. Roque referma violemment la porte.

Telle était la timidité de Lagrimas et la terreur que lui inspirait son père, qu'elle n'osa pas insister pour voir la négresse, et qu'elle rentra dans sa chambre, où elle versa d'abondantes larmes.

Quand elle fut un peu remise, elle appela un petit Galicien, qui faisait les commissions, et comme elle n'avait pas d'argent (car jamais elle n'en demandait à son père, et celui-ci n'était pas homme à lui en offrir),elle remit à l'enfant de petites boucles d'oreilles en or qui avaient appartenu à sa mère, et le chargea de les porter à la négresse, en lui disant de les vendre pour soulager sa misère.

La pauvre enfant mangeait à peine et chaque jour

elle envoyait, par le petit commissionnaire, à la pauvre négresse, la plus grande partie de son dé-jeuner.

— La señora déjeune bien mieux depuis quelques jours, disait la servante à D. Roque; je crois qu'elle ne tardera pas à reprendre ses forces.

Et le bon père vivait tranquille, bien que la pauvre enfant en fût venue à ce point de ne pouvoir plus se coucher, et de passer les nuits dans un fau-teuil; bien qu'elle fût devenue si maigre que les os perçaient à travers la fine peau que recouvrait une blanche toile. Le médecin ne cessait de répéter qu'il serait urgent d'emmener l'enfant de Cadix, et D. Roque répondait invariablement : Nous verrons !

XX

UN BILLET DOUX.

— Un billet doux ! disait un matin Genaro à Mar-cial en voyant celui-ci cacher aussi visiblement que possible une lettre qu'il venait de recevoir. Heu-reux mortel ! à peine une conquête est-elle éclose que de sa coquille il en sort une autre, comme un poulet pépiant ! Sous quelle étoile es-tu donc né, satané séducteur ?

— Ceci fournirait matière à Azaïs pour ajouter

un nouveau chapitre à son livre des compensations, ajouta Fabian.

— Encore ton maudit français, répliqua Marcial; je suis d'avis, ma paisible rivière, que tu portes envie à la Bidassoa. Mais, puisque nous en sommes sur la géographie, sais-tu que je suis en train de composer une géographie poétique, dans l'intérêt de Reine qui ignore les premiers éléments de cette science?

— As-tu imité Dumoustiers dans ses *Lettres à Émilie sur la Mythologie*, et ton œuvre sera-t-elle moitié en vers, moitié en prose? demanda Fabian.

— Je n'imite personne, répliqua fièrement Marcial, je veux rester *originel*, comme le péché de notre premier père. A toi seulement, rivière francisée, il est permis de voler à Paul de Kock son *Ange du silence*.

— Que veux-tu dire? exclama Fabian en éclatant de rire.

— Rien, rien, père Dauro, sinon qu'on ne me fait pas prendre des vessies pour des lanternes.

— Voyons, Marcial, donne-nous un échantillon de ta géographie poétique, dit Génaro, et si tu fais imprimer ton ouvrage, compte sur ma souscription, Commençons par l'Espagne.

— Prêtez-moi donc toute votre attention, L'Espagne est une nymphe...

— Beau début, dit Génaro.

— Dépeindras-tu cette nymphe, assise entre les cornes du taureau espagnol, comme l'autre nymphe

12.

Europe sur le dos de Jupiter métamorphosé en taureau? ajouta Fabian.

— Silence, paisible rivière; contente-toi de bercer de ton murmure tes paisibles eaux et ne m'interromps pas. Cette nymphe, au teint bruni, à la gracieuse figure, a pour tête Cadix, pour cœur Séville, pour estomac Madrid.

— Bien, très-bien, dit Genaro.

— Te tairas-tu, ou je ne dis plus rien, s'écria Marcial impatienté. La Catalogne est sa main droite; la Galice — qui est moins à droite — est sa main gauche. A la Sierra-Morena, comme à un ceinturon, est suspendue Grenade, ce magnifique sabre moresque, enrichi de pierreries. Valence est un bouquet de fleurs et de rubans dont la nymphe pare son coté droit. Tolède est une bourse, sur laquelle est incrusté, en or, l'écu de ses armes. Les Pyrénées sont la verte guirlande qui serpente autour de sa tunique. Qu'en dites-vous, et n'ai-je pas su couvrir d'une couleur poétique une science ingrate et positive?

— Reprends haleine, Marcial; je crains pour tes poumons, dit Genaro. Tu nous diras ensuite ce qu'est Gibraltar par rapport à la nymphe.

— Une blessure qui saigne toujours.

— Et le Portugal? demanda Fabian.

— Le Portugal? dit Marcial, ma foi, je l'avais oublié... le Portugal est sa bosse. Mais assez de géographie, ajouta-t-il, j'ai à sortir et l'heure se passe. Peste! bientôt midi et je ne suis encore rasé que d'un côté!

Marcial prit son rasoir et se mit à le repasser méthodiquement sur le cuir.

— Voyons, dit Fabian, de qui est ce billet que tu cachais si bien tout à l'heure ?

— Ce billet m'est adressé.

— D'accord, mais par qui ?

—Tu n'es pas sans savoir, ma pure et paisible rivière, que la discrétion est quelquefois commandée... même entre amis intimes.

— Sans doute, mais tu l'as dit souvent toi-même, toi, Genaro et moi, nous ne faisons qu'une seule personne en trois, comme dans le catéchisme.

— Tu veux en vain m'entraîner dans ton courant, ma paisible rivière, je resterai immobile comme un *terne.*

— Un *terme* rectifia Fabian.

— *Terne* est le mot, je le maintiens et le soutiens.

Marcial acheva de s'habiller : il mit un frac, et suivant sa louable coutume, il jeta sur une chaise le caban qu'il portait pendant la matinée ; puis, après avoir étiré son gilet, passé la main dans ses cheveux, il prit son chapeau et sortit.

A peine avait-il tourné les talons que Genaro se précipita sur le caban, et retirant la lettre que Martial y avait oubliée, il lut à haute voix :

« Cher Marcial, ma pie-grièche de tante est sans
« cesse à mes trousses, mais demain matin, de
« bonne heure, comme c'est samedi, elle va frotter
« les escaliers du docteur Luardo, ainsi donc je
« pourrai te voir sur les midi, sur la petite place aux
« chiffons. Apporte quelque chose à mettre sous

« la dent, ne serait-ce qu'un biscuit de majorqué;
« car si tu m'aimes, moi je les aime... Adieu, royal
« jeune homme, Dieu te donne ce qui te manque.
« Salud. »

A peine Genaro achevait-il la lecture du billet,
qu'on entendit les grandes enjambées de Marcial, qui
remontait, quatre à quatre, les marches de l'escalier.
Genaro remit vivement la lettre dans la poche d'où
il l'avait tirée, et s'assit gravement à la table où il
continua d'écrire.

Marcial fit irruption dans la chambre, et jeta tout
d'abord sur ses amis un regard inquisiteur; mais,
voyant Genaro, tout absorbé dans son travail et Fabian plongé dans ses réflexions, il fut doucement retirer de la poche de son caban le billet cause de son
retour précipité, tout en murmurant entre ses dents :

— Midi et demi ! je suis en retard d'une demi-
heure ; être inexact à un rendez-vous, c'est peu galant, peu délicat, peu chevaleresque, et...

Pendant qu'il se livrait à ce soliloque, Genaro avait
fait signe à Fabian et tous deux étaient sortis sans
mot dire, et avaient fermé la porte en dehors.

A ce bruit, Marcial s'élança vivement. Ouvrez-moi,
s'écria-t-il, le temps est mal choisi pour la plaisanterie, je suis déjà en retard.

— Avec la santé (1) ? dit gravement Genaro ; tu
n'en as pas besoin, elle déborde dans ton gros in-
dividu.

— Finissons cette plaisanterie, renard subtil,

_____

(1) Jeu de mots sur Salud ; nom de baptême et salud, santé.

malicieux bipède, ouvre-moi et ne m'expose pas à compromettre ma ponctualité, mon exactitude et ma galanterie.

— Il est trop tard, Marcial, la santé se sera lassée de t'attendre.

— Fabian ! Fabian ! rivière perfide, ouvrez-moi, ne sois donc pas comme le chien du jardinier.

— Il n'y a pas de chien du jardinier. Genaro est allé prévenir ton Ariane que Thésée ne viendra pas, mais que Bacchus prendra sa place.

A ces mots, Marcial, furieux, envoya de grands coups de pieds dans la porte. Fabian s'esquiva, et quand la maîtresse du logis accourut au bruit qui se faisait et délivra le prisonnier, Marcial eut beau courir, il ne trouva plus, sur la petite place que des chiffons, mais pas autre chose.

Le soir même, la joyeuse Flora disait à Reine :

— Je vais te raconter une bonne plaisanterie, que je tiens de mon frère, qui la tenait lui-même de Fabian. Aujourd'hui, à midi, ton loyal et passionné Marcial avait un tendre rendez-vous avec une grisette de moyenne vertu. Genaro et Fabian l'ont su, ils ont enfermé Marcial, et cette bonne pièce de Genaro est allé consoler Ariane de l'absence de Thésée.

A ces paroles, Reine éprouva une si vive douleur, un tel mouvement de dépit que ses yeux se remplirent de larmes.

— Quelle infamie ! s'écria-t-elle.

— N'exagérons pas, répliqua Flora, une conduite

immorale peut être un manque de délicatesse, une folie de jeunesse, mais une infamie, non.

— Ah! tu ne trouves pas infâme, toi, tu ne trouves pas vile, criminelle, la conduite d'un homme qui va se rouler dans ce bourbier, se souiller de ces ordures, et vient ensuite nous faire hommage d'un cœur, en partage avec une de ces créatures! C'est une infamie! je le répète.

— Mon Dieu, Reine, répliqua Flora tout étonnée, jamais je n'aurais cru que tu eusses pris si à cœur les faits et gestes de ce Marcial, dont tu te moques à la journée? Il ne faut pas se fier aux apparences. Si j'avais su te faire autant de peine, certes je ne t'aurais pas conté la chose !

— Cœur pervers! mœurs dissolues! il est complet, murmura Reine.

— Jamais je n'aurais cru que Marcial t'intéressât à ce point.

— Flora, au nom de Dieu, te tairas-tu !

— Si ce n'est pas Marcial, c'est donc le colonel Astorga?... C'est un joli garçon.

— Lui, un moule à uniforme; quand il me parle, je crois toujours entendre le bruit du tambour.

— Voyez donc la difficile. Allons, le préféré est peut-être le marquis de Navia, qui est dans les bonnes grâces de ta mère?

— C'est un fat, enté sur un sot.

— J'espère bien que ton choix ne s'est pas fixé sur Fabian... il nous faudrait recourir au jugement de Salomon.

— Non, non ; Fabian t'aime, c'est-à-dire il te donne d'amour tout ce qu'un poëte peut en donner.

— Sois bien tranquille, répliqua Flora en riant, nous sommes à deux de jeu : s'il me préfère la muse, moi je lui préfère un bon *novio*, et je le prouverai le jour où il s'en présentera un. Et Genaro ?

— Genaro est un monstre que je déteste.

— Aïe, aïe ! quand on dit du mal de la poire...

— Cette poire serait-elle la pomme du paradis, et moi notre mère Ève, sois sûre, ma chère Flora, que le serpent y perdrait son temps et ses discours.

A ce moment Marcial et Fabian s'approchèrent des deux jeunes filles.

— Dites-moi, demanda Flora, qu'avez-vous fait de Genaro ? Il y a des siècles qu'on ne l'a vu !

— Genaro est un mystère, en chair et en os, répondit Marcial ; il est depuis quelque temps concentré en lui-même et devient invisible. Je crois qu'il a découvert le bonnet de l'enchanteur Merlin, comme il avait déjà trouvé sa baguette de malice.

— Il ne veut plus sortir, il est souffrant et de mauvaise humeur. J'ai idée qu'il fait ses dents de sagesse, ajouta Fabian.

— Et toi, cousin, as-tu fait les tiennes ? demanda Reine à Marcial.

— Si elles poussaient, je les arracherais, répondit celui-ci, qui persistait dans son idée que les

mauvais sujets sont les enfants chéris du beau
sexe.

— Je parie, dit Flora, que si Genaro ne vient
plus, c'est qu'il est affligé de quelque hideuse
fluxion.

— Hideux! Genaro! quelle supposition, Flora!
Hideux! lui, Genaro, l'Antinoüs de l'Estramadoure, le Narcisse de l'éventail! Oh! Flora,
Flora, l'Adonis machiavélique ne vous pardonnera
jamais cette supposition, et viendra bientôt en personne vous prouver qu'il n'a rien perdu de sa grâce
et de sa beauté.

— A quoi bon ces palabres, Marcial? dit Fabian,
ne peux-tu dire en deux mots que la figure de
Genaro n'a rien de commun avec la lune, ni à son
plein, ni à son déclin.

— Je n'en crois rien, dit Flora.

— Même quand je l'affirme? répliqua Fabian.

— L'évêque l'assurerait-il lui-même. Je suis
comme saint Thomas, je veux voir, pour croire.

Toute cette folle conversation de Flora, qui n'a-
vait d'autre but que de ramener Genaro à la tertulla, lui fut rapportée par ses amis, et, comme il
ne demandait qu'un prétexte pour retourner chez la
marquise, il s'y rendit le lendemain au soir. Mais,
persistant dans sa tactique, il se contenta de saluer
Reine, et s'éloigna après avoir échangé quelques
plaisanteries avec Flora sur l'infirmité dont elle l'a-
vait gratifié.

— S'il s'était agi de se justifier de quelque malice, disait Marcial à Reine, cette bonne pièce de

Genaro ne se serait pas tant pressé de venir; mais, sa *beauté* était en cause, il est accouru. Qu'as-tu, cousine? tu es distraite, on ne peut t'arracher une parole.

— J'ai une humeur de ministre des finances...

— A qui tout le monde demande audience?

— Et qui ne veut en donner à personne.

— Viens ici, Genaro, disait Fabian, viens convaincre Reine que ton absence ne tenait pas à une mésaventure physique.

— Ainsi donc Reine le croyait aussi? Je ne croyais pas lui avoir donné jusqu'ici aussi mauvaise opinion de ma personne.

— Qui sait? répliqua sèchement la jeune fille.

Par un de ces hasards toujours favorables aux amants, quelqu'un appela Marcial, et Genaro prit sa place à côté de Reine. Tous deux firent d'héroïques efforts pour paraître calmes.

— Avez-vous pensé à me faire une réponse? demanda Genaro si bas qu'à peine Reine entendit-elle la question.

— Ne vous l'ai-je pas remise? répliqua-t-elle.

— Ce n'était pas une réponse, Reine, c'était un premier jet de dépit. Je n'ai jamais pris cette boutade pour une réponse.

— Ou la boutade était une réponse, ou la réponse était une boutade, il n'y a pas autre chose; d'ailleurs je ne veux pas qu'on me fasse la loi, et je ne la subirai de personne, entendez-vous?

— Reine! Reine! par vanité, par orgueil, vous ferez notre malheur à tous deux. Eh quoi! les flat-

13

teurs seuls auront-ils le don de vous plaire? N'aimez-vous que les gens qui subissent vos dédains, et ne sauriez-vous apprécier un homme qui cédera à l'amour, oui; à l'orgueil, jamais!

— Mais enfin, si je ne vous aime pas? répondit Reine d'une voix tremblante.

— Et pourquoi ne m'aimeriez-vous pas, Reine?

— Parce que je ne veux pas vous aimer, et que, moi aussi, j'ai ma volonté!

— Ainsi donc, si vous ne m'aimez pas, c'est que vous ne le voulez pas?

— N'est-ce donc pas assez, et cela vous semble-t-il si peu de chose?

— Beaucoup au contraire. Il n'y a rien à faire contre une raison qui n'en est pas une.

— Vraiment! vous le prenez sur ce ton-là?

— Je ferai comme l'ange devant le paradis : j'attendrai que vous m'en ouvriez la porte.

— Singulier ange! vous êtes plutôt le diable, qui feriez un enfer de ce paradis!

— Vous ne pensez pas ce que vous dites, Reine; permettez-moi une comparaison : comme une vigne qui n'a jamais été taillée, vous étendez vos vigoureux rameaux; mais il leur faut un puissant soutien pour ne pas se briser. Ce soutien, c'est à vous de le choisir et d'apprécier sa résistance.

Puis après un moment de silence :

— Reine, Reine, ajouta-t-il, pourquoi lutter contre le courant qui nous entraîne, s'il doit nous conduire au bonheur?

Reine ne répondit pas.

— Décidez de notre sort, Reine. Bientôt j'aurai
pris tous mes degrés à l'université ; je partirai ensuite pour Madrid, et si vous me refusez ce soir,
c'est la dernière fois que je vous vois !

A ce moment revint Marçial.

— Tu gardes ma place? dit-il à Genaro. Si tu es
un Machiavel en herbe, tu es un Pylade... en fleurs.

— Reviendrai-je demain? dit Genaro à Reine en
se levant.

— Non! répondit brusquement celle-ci comme
frappée subitement d'un fâcheux souvenir. Non!
vous aurez à faire un bien meilleur emploi de votre
temps. N'êtes-vous pas le substitut de Marcial
dans ses rendez-vous amoureux?

Pourquoi le souvenir de ce que venait de lui raconter Flora inspirait-il à Reine plus de jalousie que
l'amour supposé de Genaro pour Lagrimas? En
théorie, on prétend que la jalousie est d'autant plus
profonde que l'objet qui l'inspire est plus digne
d'un véritable attachement ; en pratique, il n'en est
pas ainsi : la jalousie, comme toutes les passions,
appartient à une sphère terrestre, où elle éprouve
le besoin de lutter contre des passions comme elle
agitées et passagères. Dans le ciel, ce séjour de l'a-
mour idéal et de la perfection, il y a des hiérarchies :
il y a des anges qui approchent de Dieu plus près
que les autres; il y a lutte d'abnégation, il n'y a
pas de jalousie.

Aux paroles de Reine, Genaro s'était levé d'un
air radieux, et revint bientôt amenant par le bras
D. Domingo de Osorio.

Cet élégant jeune homme, avec sa chevelure noire et bien frisée, et sa démarche noble et gracieuse, formait un parfait contraste avec ce majestueux vieillard, portant ses années et ses honorables cheveux blancs comme un soldat porte ses cicatrices, comme un vin généreux porte le cachet de sa qualité, comme le chêne porte ses abondants rameaux.

— Don Domingo, dit Genaro en interpellant ce premier, n'est-il pas vrai qu'hier, à midi et demi, vous avez eu la bonté de me conduire, comme vous me l'aviez offert, visiter la précieuse galerie de tableaux de votre ami le chanoine ***? Reine ne veut pas le croire.

— C'est l'exacte vérité, répondit D. Domingo.... Et pourquoi Reine refuse-t-elle d'y croire?

— Parce qu'elle prétend que je n'ai pas assez de patience pour rester pendant deux heures en contemplation devant des tableaux.

— La chère enfant se trompe assurément, et je puis certifier que tu es fort connaisseur en peinture, et la preuve, ajouta-t-il en souriant, c'est qu'il est resté fort longtemps en admiration devant une Judith, qu'il prétendait te ressembler, Reine.

Pendant que D. Domingo s'exprimait ainsi, la figure de Reine s'était éclaircie et était devenue radieuse.

— Reviendrai-je demain? lui dit Genaro en jetant sur elle un anxieux regard.

Reine affecta de ne pas avoir entendu.

— Quoique tu en dises, Genaro, ajouta D. Domingo, cette Judith n'est pas de Villavicencia.

— Alors, elle est donc de Moralès? répondit Genaro, et se tournant vers Reine : La peinture vous plaît-elle?

— Elle ne me déplaît pas, répondit celle-ci d'un ton distrait.

— Et depuis quand, mon enfant? demanda Domingo; ne t'ai-je pas entendu cent fois dire que toutes ces figures de portraits te semblaient des âmes en peine?

— Peut-être Reine aime-t-elle les âmes en peine? fit observer Genaro.

— Où avez-vous pris cela? s'écria celle-ci.

— Je le pense, parce que vous refusez de me faire sortir du purgatoire. Reine, lui dit Genaro à l'oreille, reviendrai-je demain?

— Cette Judith est, à n'en pas douter, de Alonzo Cano, disait Domingo.

— Elle est évidemment de l'école de Murillo; c'est son coloris. Je retournerai la voir.

Puis, se tournant vers Reine :

— Reviendrai-je demain?

— Comme bon vous semblera.

— Je n'ai pas l'habitude de forcer les portes.

— Ni moi de les ouvrir.

— Sais-tu, Genaro, ce qu'un Anglais offrait de ce tableau? dit Domingo.

— De quel tableau? demanda Marcial qui s'approchait du groupe.

— D'une Judith qui est dans la collection de ***,

et qui ressemble à Reine... Il en donnait mille livres sterling.

— Si cette Judith ressemble à Reine, s'écria Marcial, toutes les livres sterling de l'Angleterre ne suffiraient pas pour la payer ! Si cette fière Judith, ajouta-t-il en se rapprochant de Reine, est ton image, la tête qu'elle tient à la main doit ressembler à la mienne.

— La tête d'Holopherne ! exclama Flora en poussant un joyeux éclat de rire ; quelle étrange prétention, Marcial !

— Qui vous a dit que le général des Assyriens ne fût pas un beau garçon ? répliqua Marcial.

— Reviendrai-je demain ? continuait à demander Genaro à Reine.

— Dieu ! que vous êtes fatigant et entêté, répondait celle-ci.

— T'en viens-tu, Genaro, dit Marcial ; l'aiguille a fait le tour du cadran, et les douze coups de minuit viennent de sonner.

— Vous ressemblez à ce vieillard qu'on appelle le Temps, lui dit Flora en riant ; vous portez les heures dans la main.

— Dans la main, non, ma charmante Flora, mais dans la tête, et elles s'écoulent toujours trop vite auprès de vous. Bonsoir, et que la nuit vous soit aussi légère que le jour. Bonne nuit, Reine ; heureux le moustique qui viendra troubler ton sommeil !

— J'ai un moustiquaire, cousin.

— Cela ne suffit pas, Reine, murmura Genaro à

son oreille ; il vous faudrait un émouchoir pour chasser l'essaim qui bourdonne autour de vous... Comment sera la porte demain ?

— Entr'ouverte, dit Flora... Il n'y a rien de plus insupportable qu'un homme têtu..., si ce n'est une femme entêtée.

Reine mit son mouchoir devant sa bouche pour dissimuler un sourire, et Genaro s'écria joyeusement en lui-même : « Victoire ! »

XXI

PROJETS DE MARIAGE

Il est facile de le deviner ; ce n'était pas sans raisons que Genaro chantait victoire. Avec l'abandon de quelqu'un qui a épuisé toutes ses forces dans la lutte, Reine céda enfin au sentiment qui la dominait. Cette passion, si violente chez une femme incapable de la dissimuler, si puissante chez un homme qui en était fier, ne fut bientôt plus un secret pour personne.

La marquise s'en aperçut des premières, et fit à sa fille les réflexions que lui suggérait sa tendresse maternelle. Mais en vain lui démontra-t-elle les avantages d'une union avec le marquis de Navia, en vain fit-elle briller à ses yeux les qualités de Marcial et son brillant avenir ; tout vint échouer devant la volonté fermement prononcée de Reine. Usant de ses pouvoirs de mère et de tutrice, la marquise défendit à sa fille de parler à Genaro, et celui-ci, blessé dans son orgueil, reprit son ancienne tactique, et au premier désagrément qu'il essuya de la marquise, il cessa de venir chez elle.

Les amours de Reine et de Genaro faisaient l'objet de toutes les conversations; tout le monde les connaissait, à l'exception de Marcial, tellement infatué de sa propre personne, qu'il ne voyait même pas ce qui crevait les yeux des autres. Aussi continuait-il impassiblement à faire la cour à sa cousine.

Fabian, fort attaché à Marcial, souffrait de cet aveuglement, et se résolut enfin à tâcher de lui dessiller les yeux. Mais s'il y avait au monde une entreprise difficile, c'était certainement celle de persuader au présomptueux jeune homme qu'un autre pût lui être préféré. D'ailleurs, nous l'avons déjà dit, dans la loyauté de son cœur, il ne pouvait même supposer à Genaro l'idée de le supplanter auprès de Reine.

Un matin donc que Genaro était sorti, et que Marcial et Fabian se trouvaient réunis dans la salle à manger, ce dernier saisit cette occasion pour sa difficile entreprise.

— Que voulez-vous pour déjeuner, señores ? demanda la servante galicienne, châtaigne villageoise encore enveloppée dans son écorce rugueuse et dans son jupon de laine bicolore.

— Je ne prendrai que du chocolat, répondit Fabian.

— Et vous, señorito *Passial ?*

— Apporte-moi deux ou trois produits de l'oiseau domestique, avec quelques tranches de jambon, dit Marcial.

La servante ne bougea pas, et regarda Marcial d'un air hébété.

— Écoute ceci, lui dit-il, voyant qu'elle ne remuait pas : « Un éloquent prédicateur prêchant pour la première fois, se perdit dans les nuages et demeura court. A la vue de cette face étonnée, comme la tienne en ce moment, de cette bouche béante, comme celle que tu ouvres en me regardant, un auditeur cria à haute voix : Eh ! bien, qu'attendez-vous pour continuer? » Fais ton profit de mon conte.

La servante avait ouvert ses grandes oreilles, mais elle n'en bougeait pas plus.

— Señor, dit-elle enfin, je ne comprends rien à vos paroles.

— Eh ! bien, écoute donc, détestable fricoteuse ; sais-tu ce que c'est qu'un oiseau ?

— Jésus ! si je le sais... Un oiseau, un animal si gentil !

— Un oiseau, dans le sens culinaire que j'attache à ce nom, est un animal domestique... une poule, enfin; comprends-tu?

— Une poule! exclama la maritorne, une poule, un oiseau?

— Oui, un oiseau de basse-cour. Et sais-tu, honte du beau sexe, ce que c'est qu'un œuf?

— Pardienne! comment ne le saurais-je pas?

13.

J'allais en dénicher tous les matins à la campagne.

— Un œuf, ô la plus inepte des créatures humaines, n'est-il pas un produit de la poule ? la poule ne pond-elle pas ?

— Oui, señor, quand elle n'est pas couveuse.

— Fort bien. Donc, le produit d'une poule, qui n'est pas une couveuse comme toi, est bien un œuf, n'est-ce pas ? Si donc je t'ai dit de m'apporter les produits de l'oiseau domestique, j'ai demandé des œufs. Ne reste pas là à me regarder avec tes yeux de congre mort, et mets en mouvement ces deux chaloupes canonnières que tu appelles tes jambes... Allons, leste ! mon estomac se plaint d'être aussi creux que ta cervelle et aussi vide que ton crâne !

— La servante finit par comprendre qu'il s'agissait d'apporter des œufs et s'en fut en murmurant : De quel endroit peut donc bien être le séñor Passial, qu'il parle si drôlement ?

— Ecoute, dit Fabian à Marcial quand ils furent seuls, je t'aime sincèrement, car, avec tous tes défauts, tu es un bon et honnête garçon, et tu as le cœur le plus loyal que je connaisse.

— Tu peux te flatter, ma paisible rivière, d'être payé de retour. Je t'apprécie, je te distingue, je t'aime, et je te le dis de tout cœur; mais j'ai été peiné tout à l'heure de t'entendre dire que « tu m'aimais malgré mes défauts, il fallait dire malgré mes vices. Pour toi, Melendez futur, et pour Genaro, ce Machiavel en herbe, je passerais au travers du feu comme une salamandre, et au travers des ondes comme une baleine !

— Eh bien, donc, Marcial, en qualité de véritable ami, je ne voudrais pas te voir jouer un rôle ridicule.

— Qu'est-ce que tu entends par un rôle ridicule? exclama Marcial ; crois-tu la chose possible, innocent que tu es?

— Nous sommes tous en ce monde exposés à jouer, un jour ou l'autre, un rôle ridicule ; tu n'en es pas plus exempt que moi.

— Moi ! allons, paisible rivière, tes ondes cristallines et tes idées sont un peu troublées ce matin. Parlons d'autre chose, ou sinon je croirai que ton courant suit aujourd'hui une mauvaise pente. Voyons, j'ai reçu de l'argent, veux-tu mille réaux à ne jamais rendre, entre amis?

— Merci, mon fils, merci. Mais il ne s'agit pas de cela, il s'agit de te faire ouvrir les yeux, Marcial, de te montrer que tu joues un triste rôle et je ne veux pas que cela continue.

— O père Dauro, au lieu d'une eau limpide, serait-ce le jus de la treille qui murmure dans ton paisible canal? Et à propos de treille..., Maritorne ! Maritorne !

La servante n'arrivait pas, Marcial battit le rappel sur son verre, comme on fait dans les cabarets, et à cet appel, elle accourut.

— Emule du colimaçon, tu te croises les bras et tu te chauffes le ventre au soleil, au lieu de venir occuper à la table ton emploi de Ganimède! lui dit Marcial. Pourquoi ne viens-tu pas quand on t'appelle ? La nature ne t'a donc douée de ces deux lon-

gues oreilles que pour que tu y suspendes ces boucles d'un or honteusement faux? Ne m'as-tu pas
entendu, grosse cruche ?

— Certainement que j'ai entendu, señor. Ah! qui
n'entendrait pas votre voix, semblable au roulement
de tambour. Mais, comme je ne me nomme pas
Maritorne, je pensais que vous appeliez peut-être la
petite voisine d'en face pour lui demander des nouvelles des fleurs que vous m'aviez chargée de lui
porter.

— Silence, Mercure imprudent. Si tu as les
oreilles bouchées, tu as la langue trop longue...
Allons, marche, paresseuse, et apporte-moi une bouteille du précieux nectar de Bacchus, non pas de celui
qui croît sur ces coteaux, une bouteille de San-
Lucar...

La servante demeura immobile.

— Eh bien! tu es encore là, statu quo féminin? Pourquoi ne vas-tu pas chercher le nectar de
Bacchus?

— Jésus! señor, pour l'amour de la sainte
Vierge, parlez espagnol, je ne vous comprends pas.

— Ne connais-tu donc pas Bacchus, villageoise
incivilisée ?

— Non, señor; je ne suis pas obligée de connaître tout le monde...

— Apporte-moi du vin de San-Lucar, dit Marcial
à la servante.

— Enfin, murmura celle-ci en sortant.

— Ne pas connaître la Mythologie, dit Marcial, la
chose la plus vulgaire, la plus commune, la plus

usuelle ! Il a bien raison de dire, ce grand échalas
de Tiburcio Civico, mon ami : Nous sommes
arriérés!

— Marcial, reprit Fabian, il faut que je te le dise,
quand bien même tu ne voudrais pas l'entendre :
Reine et Genaro s'aiment et sont d'accord ensemble ;
tout le monde le sait, tout le monde le voit, et l'on
s'étonne de ton aveuglement à ne pas t'en apercevoir ;
on blâme ton entêtement à persister dans des prétentions qui sont visiblement repoussées.

Marcial se mit à rire.

— Vous avez voulu me faire croire aussi, répondit-il, que Reine avait distingué Tiburcio, qu'elle
l'avait appelé Antony. Eh bien, elle m'a donné à ce
sujet la plus complète satisfaction, et l'a traité de
niais et d'imbécile. Je regrette qu'elle ait ainsi qualifié un ami, mais c'est sa faute. Pourquoi allait-il
sur mes brisés ?

— Tu ne compareras pas, j'espère, à ce grotesque
et hideux Tiburcio notre ami Genaro, la quintessence des courtisans d'Hébé, comme tu l'as toi-même
baptisé.

— Il est vrai que l'un plane aussi haut dans les
airs que l'autre rampe servilement sur la terre ;
mais, sans les comparer, je puis bien dire que ni
l'un ni l'autre, ni même toi, ô la plus paisible des
rivières, vous n'êtes pas de taille à lutter contre
Marcial et à prétendre usurper la place du fils de
mon père.

— Pour être si sûr de ton fait, Reine t'aurait-
elle, par hasard, avoué qu'elle t'aimait ?

— Pas précisément. Mais voyons, Fabian, la main sur la conscience, pourrait-elle ne pas m'aimer ?

— Te prends-tu donc pour un quadruple (1), Marcial ?

— Pour plus de quatre-vingts quadruples, père Dauro.

— Eh bien, mon fils, Genaro en vaut plus de cent, car il est le préféré.

— Le préféré ! Allons, ma paisible rivière, au lieu de refléter aujourd'hui un ciel pur et serein, tes ondes reflètent de sombres nuages. Réfléchis donc un peu, aveugle que tu es : Genaro est assez beau garçon, je ne le nie pas, mais sa figure de monnaie ségovienne peut-elle être comparée à la mienne, véritable type d'une monnaie romaine ? Sa taille peut-elle lutter contre la mienne, qui a toute la majesté d'une statue équestre ?

— Tu veux dire d'une statue colossale.

— Silence, paisible rivière ! Gèle-toi comme l'Elbe quand je parle. Je poursuis : Genaro n'est pas sot, c'est une justice à lui rendre, mais il n'est pas appelé comme moi à briller dans les assemblées ; il lui manque l'art de s'exprimer éloquemment, l'organe pour se faire entendre, l'aplomb pour se faire écouter. Il est de bonne famille, je ne le nie pas, mais de famille pauvre, et il n'est que cadet, tandis que moi...

(1) Pièce d or valant 84 fr. 80, et qui est le signe représentatif le plus considérable de la monnaie espagnole.

— Grâce, grâce, Marcial, je sais par cœur ton arbre généalogique et l'état de la fortune dont tu dois hériter. Je me propose, un de ces jours, de composer un drame que j'intitulerai : *Marcial ou Jean avec terres, mais sans novia.*

— Voudrais-tu, continua Marcial sans l'écouter, comparer le *frêle* corps de Genaro, comme tu dis, dans ta rage d'espagnoliser les mots français, avec l'élévation de ma stature, la vigueur de mes muscles, la noblesse de mes formes, qui sont un type de celles d'un gladiateur accompli, la reproduction de celles d'un de ces *Alcibiades* qui se font voir dans les cirques ?

— Alcides, rectifia Fabian.

— Alcibiades, affirma Marcial, le beau, le brillant disciple de Socrate ; c'est le type que je me suis toujours proposé comme modèle. Mon premier soin, quand je retournerai dans ma ville natale, sera de couper la queue à mon chien. Alcibiade était voluptueux, philosophe et guerrier, je ferai une variante au programme : je serai voluptueux, philosophe et politique ; il était galant à Athènes, sobre à Sparte, je serai, moi, galant à Séville, sobre à Badajoz.

— Modère-toi, Marcial, et ne t'exalte pas ainsi au souvenir d'Alcibiade. En admettant tous les avantages physiques et moraux qui te placent au-dessus de Genaro, cela ne prouve rien, sinon que Reine a mauvais goût, qu'elle a fait un mauvais choix, qu'elle réfléchit peu à ses actions et qu'elle n'est pas intéressée ; mais il n'en est pas moins certain qu'il ne te reste plus qu'à chanter avec Espromeda :

« Les illusions perdues sont les feuilles arrachées
« de l'arbre du cœur. »

— Je ne chanterai pas comme Espromeda, je ne
me lamenterai pas comme Jérémie. Toi et les autres,
vous n'êtes que des visionnaires. Reine ! me préférer ce petit Genaro ! Elle me le dirait de sa propre
bouche que je ne le croirais pas.

— Je savais bien, répliqua Fabian, que tu ne serais pas facile à convaincre, et je ne l'ai pas entre
pris sans avoir de quoi appuyer mes paroles. Je ne
croirais pas Reine elle-même, me disais-tu tout à
l'heure. Que penserais-tu d'une lettre écrite de sa
propre main ?

— Une lettre écrite de sa propre main ! dit Marcial en baissant un peu le ton.

— Un hasard m'en a rendu maître. Genaro a oublié ce billet dans un livre qu'il m'a prêté.

Marcial arracha le billet des mains de Fabian et
lut :

« O Genaro, reviens, reviens, si tu ne veux pas
« me mettre au désespoir ! Reviens, je t'en supplie
« à genoux ! Supporte, par amour pour moi, la
« mauvaise humeur de ma mère ; tu connais mon
« ascendant sur elle ; je saurais bien l'appaiser.
« Mais, dût ma mère ne pas céder, ne perds pas
« confiance, comme tu m'en menaces ; je serai à toi,
« je deviendrai ta femme et ton esclave. Viens, ce
« soir, avec le *gros* Marcial, et, pendant qu'il ira
« saluer ma mère, tu pourras mettre ta réponse dans
« les cahiers de musique. »

Quand il eut achevé cette lecture, Marcial, au

lieu de reposer sur la table le verre plein qu'il tenait à la main, en fit une libation aux Euménides.

— Perfide ami ! s'écria-t-il enfin, renard subtil, maligne bête, trompeuse femme, plus aigre-douce qu'une orange amère ! Je vois maintenant pourquoi elle appuyait si fort sur ce mot de *cousin* quand elle parlait de moi. C'est une trahison, une infamie, une perfidie, un abus de confiance de la part de ce Genaro, et de la part de Reine, c'est la marque du goût le plus dépravé ! Et cette lettre ! quelle honteuse palinodie de la part de cette Reine, si fière, si dédaigneuse et si hautaine ! Conçois-tu rien à cela, Fabian ?

— Je n'en suis pas étonné, répliqua Fabian, ainsi doivent finir ces femmes si fières de leur beauté. Règle générale, Marcial, quand une femme abjure la dignité, elle est capable de tous les excès. Jamais sa douce et modeste Lagrimas n'eût écrit une semblable lettre. Non, une femme aimante sait souffrir, mourir même, mais elle ne se dégrade jamais ; et cette lettre, Marcial, écrite par une femme telle que Reine, est une véritable dégradation.

— Oui, cette lettre est dégradante, exclama Marcial ; si elle m'avait été adressée, passe encore ! mais à ce sournois, à ce perfide renard, c'est une infamie, une marque de honteuse folie. Le prestige s'est effacé, Fabian, la reine est descendue du trône, la déesse de l'Olympe, la sainte de l'autel !

— Enfin te voilà convaincu, dit Fabian, ce n'est pas sans peine ; pourquoi ne m'avoir pas cru plus tôt ?

je te l'avais bien dit depuis longtemps, Marcial, que
Reine ne t'aimait pas.

— Etait-ce une raison pour le croire? Aurais-tu
par hasard un brevet d'infaillibilité ou un diplôme
de science universelle? Jamais je n'aurais cru que
semblable chose fût possible.

— Ne connais-tu donc pas ce vers français :

Le vrai peut quelquefois n'être pas vraisemblable.

— Trêve, je te prie, à tes sottes citations exotiques.
O femmes, femmes! abîmes de caprices, types d'ex-
travagances, chaos de contradictions, couleuvres,
scorpions, caméléons, basilics, vous êtes le mensonge et la ruse incarnés !

— Voyons, voyons, Marcial, calme-toi et raison-
nons. Quel droit as-tu d'accuser Reine? T'avait-
elle donné le droit de concevoir quelque espérance?

— Crois-tu donc, exclama Marcial, que j'ai vécu
jusqu'à présent sans espérance, comme les damnés
du Dante?

— Tu te les seras forgées toi-même, car je suis sûr
que Reine ne les a jamais encouragées. Crois-tu
qu'elle t'aurait jamais écrit une lettre comme celle
que tu viens de lire?

— Non, mais cela n'était pas nécessaire; jamais
ma tante ne m'a fait mauvaise mine, excepté cependant le jour où j'ai conduit Tiburcio chez elle.

— Tu croyais donc tes affaires plus avancées auprès de ta cousine?

— Qu'y aurait-il d'étonnant? Il me semble que

mes prétentions n'étaient pas déplacées ! mais être
ainsi trompé par l'amour et par l'amitié ! Non, non,
je n'en resterai pas là, je me vengerai, la vengeance
est le plaisir des dieux, comme dit saint Augustin.

— Jésus ! Marcial, cette citation dépasse toutes
les autres ; s'il y avait encore une inquisition tu ris-
querais fort d'endosser le San-Benito.

— Bien, bien, Hippocrate l'a dit aussi, dans ses
Aphorismes ; mais n'importe l'auteur, je mettrai le
précepte en pratique et je me vengerai avec délices !

—Du calme, Marcial, du calme; que feras-tu pour
te venger ?

— Je retirerai d'abord, à elle mon amour, à lui
mon amitié, à tous deux mon estime. Mais, dis-moi,
Fabian, je croyais que Lagrimas aimait ce déloyal
ami ?

— Oui, mais il prétend n'avoir jamais laissé prendre hypothèque sur son cœur.

— Le beau bijou, vraiment ! quel filtre, quel ta-
lisman, quel sortilége, possède donc ce frêle roseau,
le plus frêle parmi les frêles, après Tiburcio cependant, pour se faire aimer de la sorte ? Otello inspira
de l'amour à Desdemone, en lui racontant ses hauts
faits, Genaro serait-il arrivé au même but auprès
de Reine en lui narrant ses méfaits ?

— Genaro, répliqua Fabian, ne manque ni d'esprit, ni de talent. Il est gracieux de sa personne,
piquant dans sa conversation, il possède enfin ce
je ne sais quoi que Balzac a ainsi défini : « un
« composé d'esprit, de bon goût et du désir de
plaire. »

— Son *je ne sais quoi*, je sais bien ce que c'est, moi, ce sont ses ruses, ses paroles mielleuses, ses mines caffardes, et surtout son hypocrisie.

— J'ai agi envers toi en bon camarade, en véritable ami, lui dit alors Fabian; ce que je te demande maintenant, c'est de ne pas me compromettre auprès de Genaro. Je serais fâché qu'il vît dans ma conduite autre chose que le désir de t'épargner au ridicule.

A ce moment entra Genaro.

— Crois-tu, lui cria Marcial dès qu'il l'aperçut, que j'aille ce soir chez ma tante?

— Je le suppose. répondit Genaro.

— Eh bien, tu commets une erreur, une grave erreur, une lourde erreur, répliqua Marcial en s'efforçant de sourire.

— Une erreur? dit Genaro sans sortir de son calme. Je t'avoue que je n'entends pas, je ne comprends pas, je ne me rends pas compte, j'y perds mon latin (*style Marcial*).

— Toi qui sais tout, qui vois tout, qui entends tout, qui devines tout (prétentions *Genariennes*), tu ne sais peut-être pas une chose qu'il t'importe de savoir?

— Et cette chose? demanda Genaro.

— Cette chose est que, moi, Marcial, moi-même en personne, le *gros Marcial*, comme m'appelle certaine dame, l'ex-ami du petit Genaro, je n'ai pas été créé et mis au monde pour servir d'écran à personne.

— Non, dit ironiquement Genaro.

— Non ! ni de paravent non plus.

— A la bonne heure, j'en fais mon compliment au vent.

— Ni de plastron, et encore moins de pantin, pour aller saluer les mamans.

— A qui diable en as-tu en me débitant toutes ces balivernes avec une emphase, une prosopopée, un sérieux dignes d'une meilleure cause? demanda Genaro.

— Si je te dis ces choses, c'est afin que tu les saches, répondit Marcial avec les notes les plus graves de sa grosse voix, et il quitta l'appartement d'un pas majestueux.

— Qu'est-ce qui lui a donc pris? demanda Genaro à Fabian. Il est sérieux comme un âne qu'on étrille. Quelle mouche la piqué?

— Je crains que ce ne soit la mouche de la jalousie et du dépit amoureux.

— Aïe... aïe... riposta Genaro en se grattant l'oreille, cette piqûre est fort dangereuse.

— Genaro! Genaro! tu n'as pas joué franc jeu; pourquoi l'as-tu maintenu dans son erreur?

— C'est parbleu bien lui qui a voulu s'y maintenir, répliqua Genaro; quand on se forge des chimères, on risque de s'attirer des misères; d'ailleurs, mon fils, en ce bas monde, chacun pour soi et Dieu pour tous.

— Peux-tu bien oublier ainsi la pauvre Lagrimas, cette perle que tu n'as pas su apprécier?

— Lagrimas! c'est du fruit défendu pour moi, Fabian, elle est sous la garde d'un cerbère, qui ne

la perd pas de vue, car elle représente *un capital.*

XXII

UNE VENGEANCE DE MARCIAL

La brusque façon dont Marcial avait pris congé
de ses amis le matin, semblait indiquer que, comme
Achille, il allait se retirer pendant quelque temps sous
sa tente ; ils furent donc fort étonnés de le voir rentrer à l'heure du dîner, et s'habiller ensuite pour se
rendre comme d'ordinaire à la tertulla de la marquise ; tous trois se mirent en route : Marcial marchait le premier en chantonnant :

> Si le roi m'avait donné, etc.

— La montagne est en travail, dit Genaro à
Fabian.

— Oui, oui, répondit celui-ci, le volcan fume ;
dans quelques deux mille ans on découvrira sous la
cendre les restes de Reine et de Genaro ; je vous pro-
méts d'être votre Pline !

Quand ils furent arrivés chez la marquise, Marcial
s'arrêta à la porte du salon, et, au lieu de passer le
premier suivant sa coutume, il s'effaça et força ses
amis à passer devant lui. Pendant qu'ils allaient saluer la maîtresse de la maison, Marcial, usant de la

liberté que lui donnait son titre de parent, s'approcha du piano, s'empara des cahiers de musique qui le couvraient, et fut les déposer sur une chaise vide, placée dans l'embrasure d'une porte-fenêtre, non loin d'un groupe où Reine figurait avec ses amies.

— Où vas-tu donc, Marcial, chargé de cette musique ? vas-tu chanter un solo ? lui dit Reine.

Marcial ne répondit pas, et, après avoir déposé soigneusement sur la chaise les cahiers de musique, il se dirigea vers sa tante pour la saluer.

Reine profita de ce moment et appelant un domestique, elle lui ordonna de remettre les cahiers sur le piano, mais Marcial qui ne les avait pas perdu de vue, s'élança comme un lion sur sa proie, remit les cahiers sur la chaise et s'assit dessus ; ainsi placé, et dominant tout le monde de sa haute taille, il avait l'air d'un prédicateur dans sa chaire.

Mais au bout d'un moment la position lui sembla intolérable ; d'abord, elle le privait de se mêler aux groupes et de prendre part à la conversation générale, puis il grillait d'envie d'avoir une explication avec sa cousine, enfin il était fort mal à son aise sur cette chaise encombrée de musique.

— Écoute ici, dit-il à un domestique qui passait portant des flambeaux pour une table de trésillo, va-t'en de ma part appeler D. Fabian.

Fabian accourut à l'appel.

— Es-tu mon ami ? lui demanda Marcial d'un ton solennel.

— A la vie, à la mort ! répondit Fabian.

— Veux-tu me donner une preuve de cette amitié

dans une des circonstances les plus graves où je me
sois trouvé de ma vie ?

— Commande, j'obéirai.

— Tu sais, ami parfait, ce qui s'est passé ce
matin : grâce à toi, j'ai pu connaître la perfidie de
Reine, la trahison de Genaro et les noirs complots
qu'ils ont formés contre ma personne.

— Je te l'ai déjà dit ce matin, Marcial, tu n'as pas
le droit de te plaindre.

— J'ai au moins le droit, répliqua celui-ci d'une
voix de plus en plus grave, de déranger leurs plans,
comme ils ont dérangé les miens... On veut la
guerre, on aura la guerre.

« *S'il faut du sang, il y aura du sang de versé.* »

— Au nom de Dieu ! Marcial, laisse là ces souvenirs de nos discordes civiles.

— Soit ! ô ma paisible rivière ; il n'y aura pas
de sang de versé, mais je me vengerai !

— De quelle manière? demanda Fabian qui tremblait de se voir compromis dans une ridicule querelle;
je te préviens que je ne veux participer en rien à une
vengeance sans motifs et que je n'approuve pas.

— Rassure-toi, il n'y aura personne de compromis.

— Eh bien, que veux-tu que je fasse ?

— Je veux tout simplement, répondit Marcial de sa
voix de bourdon, que tu me remplaces sur cette
chaise.

— A cette singulière demande, Fabian leva les
épaules et s'en fut.

— Ingrate rivière, lui cria Marcial, qui dans ce

moment oublia « le paisible. » J'aurais pris ta place, moi, si tu me l'avais demandé, même entre les cornes d'un taureau !

Heureusement pour Marcial, la porte du salon s'ouvrit à ce moment, et l'on vit apparaître sur le seuil la longue et triste figure de Tiburcio.

— Civico, exclama Marcial en l'appelant, c'est le ciel qui vous envoie... Êtes-vous mon ami ?

— L'amitié est aussi profondément enracinée dans mon cœur que la conviction dans mon esprit, répondit le citoyen de Villamar.

— Voulez-vous me donner une preuve de cette amitié ?

— C'est le plus cher de mes désirs.

— Quelle qu'elle soit, vous ne me la refuserez pas, vous n'imiterez pas Fabian, ce paisible Léthé, infidèle à ses promesses.

— L'homme ne doit rien refuser à l'homme.

— J'approuve l'axiome, et je l'étends à la femme. Ainsi vous êtes prêt ?...

— A tout.

— Eh bien, mettez-vous à ma place, dit Marcial en hissant sur les cahiers de musique Tiburcio, qui, dans cette position, représentait au masculin le tableau vivant de la Didon abandonnée.

— Il paraît que tu as cédé la présidence, cousin ? dit Reine à Marcial en le voyant se planter les bras croisés devant elle.

— Ne fais pas tant sonner le mot *cousin*, ingrate que tu es, je ne le suis peut-être pas autant que tu veux bien le croire.

14

— Je souhaiterais, pour mon compte, qu'il n'y eût aucune parenté entre nous; tu ne te croirais pas permis de prendre ces airs d'importance et ce ton déplacé qui me déplaisent souverainement; je t'en préviens.

— Jamais je n'aurais pu le croire! exclama Marcial sans répondre.

— Croire... quoi? demanda Reine.

— Jamais je ne l'aurais pensé!

— Quelle chose?

— Jamais je ne l'aurais imaginé!

— Quelle merveille? quel phénomène?

— Que tu ne m'aimais pas! quand plus de vingt mille fois, je t'ai répété que je t'aimais.

— Tu aurais pu t'épargner dix-neuf mille neuf cent quatre-vingt-dix-neuf répétitions. Ne t'ai-je pas, dès la première fois, conseillé d'aller chanter ta chanson ailleurs; si tu as voulu persister, à qui la faute?

— Mais enfin pourquoi ne veux-tu pas m'aimer, ingrate cousine?

— Écoute, Marcial, je dirai comme la chanson :

« Ce pourquoi je ne t'aime pas, je n'en sais rien,
« tout ce que je sais, c'est que je ne t'aime pas. »

— Sais-tu bien, beauté sans cervelle (1), comme dit le renard au buste, que ta mère eût été enchantée de me nommer son gendre?

(1)   Belle tête, dit-il, mais de cervelle, point!
LAFONTAINE, livre IV, fable XIV.

— Fat! tout l'honneur eût été pour toi, de pouvoir appeler ma mère ta belle-mère!

— Je ne dis pas non, l'un n'empêche pas l'autre; mais en vérité, capricieuse Reine, ton choix a lieu de m'étonner. As-tu bien pu préférer, à moi Marcial, cet efflanqué de Genaro, ce perfide renard?

— Qui t'a dit cela? s'écria Reine.

— Il suffit que je le sache.

— En cela tu es mal informé, comme en bien d'autres choses.

— Je sais très-bien, et de la meilleure source, répliqua Marcial d'un ton moqueur, que le cousin, le *gros* Marcial, devait servir ce soir de paravent à quelqu'un pour l'aider à cacher certain billet dans les cahiers de musique, mais ne trompe pas qui veut le gros Marcial, et tu as pu voir comment j'ai su déjouer vos plans; les cahiers de musique sont en sûreté et bien gardés, sinon sous clef, du moins sous un poids respectable. Ariettes, duos, chœurs et romances, ne seront pas complices de votre trahison.

— Nous connaissions déjà, dit Flora intervenant dans la conversation, votre antipathie contre la musique, mais nous ne pensions pas qu'elle allât jusqu'à lui déclarer la guerre. En vous voyant mettre *sous presse* tous ces pauvres cahiers, je pensais que vous vouliez peut-être en extraire une quintessence d'huile musicale, propre à adoucir les oreilles.

— La musique n'est pas assez discrète pour jouer le rôle de confidente, Flora, répondit Marcial, ce rôle convient mieux à la déesse des fleurs.

— Marcial, répliqua Flora sans avoir l'air de comprendre l'épigramme, je vous avertis que ce pauvre Tiburcio va absorber tant d'harmonie qu'il éclatera en un fougueux récitatif en l'honneur de *Monsou Cabet*, comme dit Fabian.

— Quoi que vous fassiez, et au grand déplaisir de certaine personne, il ne bougera pas de son poste, répliqua Marcial. Il faudra pour ce soir en prendre son parti et se contenter du *télégraphe* à défaut de l'*estafette*. La vengeance est le plaisir des dieux, comme dit Hippocrate ou Socrate, n'importe lequel.

— Marcial, répliqua Flora avec cette malice et cette ironie innées chez la femme andalouse, vous feriez aussi bien de proclamer une amnistie et de délivrer de cette cruelle *oppression* les ariettes, les duos et les walses, injustement accusés de complicité, de trahison et arbitrairement mis sous un état de siége... d'une nouvelle invention. Tenez, ajouta-t-elle en soulevant un coin de son mouchoir brodé, et en lui montrant le bout d'un billet, ceci peut vous convaincre que le pauvre Civico perd maintenant son temps et ses efforts à se maintenir en équilibre sur son trophée de musique, comme il les perd, en d'autres occasions, à vouloir détruire l'équilibre social, comme dit Fabian.

— Flora, Flora, votre conduite est indigne ! Devais-je m'attendre à cela de la part d'une amie? Et toi, ingrate, ajouta-t-il en se retournant vers sa cousine, je vois bien qu'il faut renoncer à ton amour, mais tu porteras la peine de ton péché, et tu te repentiras un jour d'avoir dédaigné, refusé, méprisé un parti tel que moi !

— Si une partie (1) de toi-même est si regrettable, que sera-ce donc de l'entier ?

— Moque-toi de moi à ton aise, je sais que tu m'as baptisé du nom de *gros* Marcial; il te faut des freluquets, à toi; mais sache bien, cousine, que jamais abondance de blé n'a été signe d'une mauvaise année. Refuser un parti tel que moi ! un parti aussi brillant... un homme qui peut devenir duc un jour.

— Mais qui ne deviendra jamais mon mari.

— Un homme... qui sera à la tête d'une si grosse fortune !

Et d'une voix plus grosse encore :

— De tant de moulins !

— A paroles.

— De tant de paturages !

— Et de si peu de cheveux !

— Je te retire mon amour, mon affection, ma tendresse, mon admiration et mes sympathies.

— Ainsi soit-il ! au bout de la litanie, mais le chagrin de cette privation ne me fera pas maigrir.

— Adieu donc, toi qui as poussé la sécheresse et l'ingratitude jusqu'au fabuleux, à l'incroyable, au phénoménal... Adieu !... pour jamais.

— Pour jamais !... Amen! dit Reine. Allons, va-

(1) Jeu de mots sur *partido*, qui veut dire à la fois parti et partie.

t'en maintenant relever de faction ce pauvre Tiburcio.

Marcial ne lui répondit pas et courut chercher son chapeau.

— Civico, s'écria Reine, aimez-vous la musique ?

— Oh ! oui, señora, mais la musique espagnole seulement ; en France la musique n'existe pas.

— C'est singulier, je croyais cependant qu'Aubert, Adam, Halevy, Herold, Felicien David... et tant d'autres existaient ou avaient existé, dit Fabian.

— Connais pas ! répondit Tiburcio de cet air méprisant qu'affectent les pseudo-éclairés.

— Et la musique italienne ? dit Reine.

— Il n'y a que le chant de supportable.

— Et la musique allemande ? exclama Flora, qui était très-bonne musicienne.

— On ne peut écouter que les walses de Strauss ; parlez-moi de la musique espagnole... voilà de la musique. Mon ami, le maëstro Arpegio, a composé un opéra qui est bien le chef-d'œuvre le plus complet...

— Arpegio ! jamais je n'ai entendu parler de ce nom-là, dit Reine.

— Que voulez-vous ? il est Espagnol... et cependant son opéra est une œuvre magistrale, et vous pouvez m'en croire, ajouta Tiburcio, en posant gravement un long doigt sur une longue oreille..., les autres ont des oreilles... moi... j'ai de l'oreille.

A ce moment, Marcial appela Tiburcio :

— Vous pouvez venir maintenant, lui dit-il, la vigilance est devenue inutile; allons sur la place jouir des beautés de la nature et parler politique, et laissons-là les femmes. Elles sont indignes, et plus qu'indignes d'occuper une attention virile. Je crois vraiment que, si je n'avais pas envie de devenir député, j'irais, de ce pas, m'ensevelir à la Trappe, pour ne plus voir une femme. Une femme! un composé du serpent, de la chatte et de la pie! Instinct, inclination, tout les pousse au mal! Faut-il choisir entre le bon et le mauvais, entre deux choses, entre deux hommes, soyez certain qu'elles choisiront le pire! Faut-il mentir, tromper, dissimuler, on les voit accourir. Non, il n'est pas possible que ces petits êtres malfaisants soient sortis de l'honorable côte de l'homme : cette côte, le diable l'avait changée contre une des siennes ! Et nous autres, imbéciles, nous restons là, bouche béante, en admiration devant elles, nous nous mettons en quatre pour leur faire plaisir, et qu'en retirons-nous? d'être traités comme des chiens. Pour mon compte, j'en ai assez, il est temps de mettre des bornes à leur tyrannie effrénée, à leurs caprices insensés, à leurs stupides entêtements. Dès aujourd'hui je vais m'occuper d'un projet de loi, que je présenterai aux cortès, pour réfréner les droits.....

— Les droits de qui? exclama Tiburcio exaspéré, indigné, horripilé, à cette seule idée de réfréner un droit, et se dressant comme un coq sur ses ergots au milieu de la place, où il apparut aux rayons de la lune, comme la personnification du *Droit* fait homme.

— ... Les droits des femmes ! cria Marcial ; je veux qu'on supprime le droit de refuser un homme pour mari, quand celui-ci apporte, dans le mariage, toutes les conditions matérielles, corporelles et spirituelles, qui constituent un parfait mari, c'est-à-dire la santé, la bonne mine, la naissance, la fortune, la capacité, enfin toutes les qualités d'un galant homme.

Quand Marcial eut bien exhalé sa colère, Tiburcio profitant d'un moment de silence :

— Je suis bien en peine, ami Marcial, lui dit-il ; ma mère, cette sainte virago, vient de m'écrire et m'enjoint de revenir dans le sale village où j'ai reçu le jour, et, pour m'obliger à aller, comme une vestale, m'enterrer tout vivant dans ce tombeau, elle me prend par la famine.

— C'est le manque d'argent qui vous force de partir ? répliqua Marcial. Venez demain chez moi, j'en ai de tout frais et je puis vous prêter seize onces.

— Mille remercîments pour cette preuve d'amitié ; je vous donnerai un reçu.

— Je ne prends pas de reçu de mes amis, répondit fièrement Marcial.

Effectivement, quelques jours auparavant, Tiburcio avait reçu de sa mère, la mémorable épître, dont nous allons donner le contenu.

Tiburcia à Tiburcio.

« Crois-tu donc, garçon, que mon oncle Bar-
« tolomé m'ait laissé de bons écus pour que tu les
« gaspilles en te passant toutes les fantaisies d'un
« marquis, pendant que nous autres, nous travail-
« lons, comme des mulets?... *C'est vrai!* il n'y a
« pas de raison. ainsi donc, fils du diable, je me
« réjouirai que cette lettre te trouve en bonne santé
« et que tu t'empresses, aussitôt reçue, de monter
« sur la mule de l'oncle Blas, le muletier, et de re-
« venir ici plus vite que ça. Si tu ne le fais pas,
« foi de Tiburcia, je m'en vais moi-même à Séville
« réclamer, auprès de la justice, de toi et de ton
« père, le remboursement des écus que m'avait
« laissés l'oncle Bartolomé, et que tu as dépensés en
« gants, en bonnets et autres fariboles. Tu aurais
« bien mieux fait d'apprendre à ferrer les mules...
« *C'est vrai!* »

Cette lettre, n'ayant pas produit l'effet qu'en attendait son auteur, vu la marée que le prêt de Marcial avait fait refluer dans la bourse de Tiburcio, sa
mère, qui ne manquait jamais à sa parole, se mit en
route, en dépit de ce que put faire et dire l'alcade
pour la retenir ; de dépit il en brisa sa baguette.

Trois jours après, une brillante cavalcade traversait les rues de Séville. Sur un mulet, d'une taille
gigantesque, et sur un bât fixé par de solides sangles,
trônait, sur des coussins mollement rembourrés, le

large centre de gravité de l'alcadesse de Villamar.
Fier de porter une aussi noble charge, le mulet relevait alternativement chaque oreille et faisait résonner les grelots suspendus à son cou. Montés sur
des petits mulets ou sur des ânes, quelques muletiers
remplissaient le rôle de satellites autour de cet
astre proéminent et l'entouraient de soins et d'attentions. Tiburcia, sur son mulet, paraissait aussi
fière qu'une reine sur son trône. La digne femme
arrivait de son village, dans tout l'éclat de modes
arriérées de dix ans : un mouchoir rouge ceignait
sa tête, et les deux bouts, noués ensemble, s'élevaient, en formidable rosace, sur la tempe gauche ;
à ses oreilles pendait une énorme paire de boucles en filigrane d'argent, une croix en même métal,
suspendue à un ruban de velours, se jouait sur ses
robustes appas ; de sa ceinture tombaient, à plis
égaux, des jupes, aux couleurs éclatantes, qui venaient humblement baiser, sans les cacher, les
énormes pieds de la noble alcadesse. Quant à ses
mains, ennemies, comme le sait le lecteur, de tout
ce qui portait le nom de gants, elles s'appuyaient,
dans toute leur nudité primitive, sur les extrémités
de la selle, comme la griffe du lion s'appuie sur le
globe des armes du royaume des Espagnes.

Ainsi montée sur son mulet et entourée de sa
cour, la reine de Villamar traversa le faubourg de
Triana et les rues de Séville, s'informant si les
tuyaux des cheminées n'étaient pas les tourelles de
l'Alcazar, si le café de *la Campana* n'était pas la
Bourse, et si Sainte-Anne n'était pas la cathédrale ;

à force de marcher, elle arriva enfin à la petite place de la Pava, où demeurait son fils.

Au bruit que faisait ce troupeau de bêtes, Tiburcio passa son long nez à travers l'étroite fenêtre de l'humide petite chambre qu'il habitait;... et nous laissons à l'intelligent lecteur le soin de deviner la stupéfaction du fils... quand il se trouva nez à nez avec sa mère.

— Qu'il pleuve ou non,... j'entre ici, dit Tiburcia, en s'introduisant belliqueusement dans la maison et en s'adressant à l'hôtesse...

— Plaise à Dieu et à votre grâce, je suis la mère de ce méchant garçon et je viens le sommer de tenir sa parole.

A cette brusque invasion de sa mère, Tiburcio, pris à l'improviste, ne sut d'abord que répondre : il se remit cependant, et, faisant contre fortune bon cœur, il céda à la nécessité et partit le lendemain matin avec elle.

XXIII

CORRESPONDANCES

Lagrimas à Reine.

15 août.

« Si je ne t'ai pas répondu plus tôt, ma bonne

« Reine, c'est pour deux raisons : d'abord, je suis si
« faible qu'une plume pèse autant à ma main qu'une
« épée à celle d'un enfant, puis je ne sais si, en
« t'écrivant, je te fais véritablement plaisir. Ne
« prends pas cela pour un reproche, Reine, le re-
« proche n'est qu'une exigence déguisée ;... tu
« m'aimes à ta manière, laisse-moi t'aimer à la
« mienne. La tristesse est-elle plus tendre que la
« joie ? la souffrance amollit-elle le cœur que la
« gaieté refroidit ? Je ne sais, mais pour mon
« compte, je donne tout ce que je puis donner et je
« me contente du peu que l'on veut bien me rendre.

17 août.

« Je t'écris à bâtons rompus, aussi ma lettre
« sera-t-elle incohérente, mais, toujours triste,...
« car je passe ma vie dans la tristesse... Il ne faut
« pas m'en vouloir, je ne sais pas dissimuler, mais,
« moins que toute autre chose, je ne saurais feindre
« une gaieté que je n'éprouve pas. Que n'ai-je un
« peu de celle de notre chère Flora ! »

18 août.

« Je n'ai pas grand chose à te dire, je ne vois et
« ne puis voir personne, car je ne sors pas de ma
« chambre. L'autre jour, la servante, qui n'est ce-
« pendant pas fort aimable, voyant que j'avais peine
« à respirer eut pitié de moi, et me proposa de m'ai-
« der à monter sur la terrasse de notre maison. Je
« ne pus arriver jusqu'en haut, mais je montai
« cependant assez haut pour jouir de la vue. Elle

« est magnifique, mais bien triste,... la mer! toujours
« la mer!... Les bâtiments à l'ancre dans la baie me
« semblaient des cercueils surmontés de leur croix!...
« Au loin, s'apercevaient de petits villages semés
« sur les bords de la mer et dont les blanches mai-
« sons faisaient l'effet de troupeaux de moutons des-
« cendant dans la plaine.

   « La mer était calme ce jour-là, le soleil la faisait
« briller comme un diamant brille au feu des lu-
« mières! Mais, Reine, ne va pas croire que quand
« la mer est calme, ce calme soit une tranquillité
« réelle... Non! c'est qu'elle dort, et malheur aux
« pauvres marins quand elle se réveillera! »

20 août.

   « Une chose magnifique à Cadix, c'est son phare;
« celui qui le premier a inventé le phare a dû être
« un homme qui avait été exposé aux fureurs des
« tempêtes. Un phare, Reine, c'est une étoile du
« ciel que la charité a fait descendre sur sa terre ;...
« quand je regarde ce phare, quand je vois son as-
« pect triste et sévère, je m'imagine que sa tristesse
« provient des naufrages qu'il a vus s'accomplir
« sans pouvoir les empêcher, car sa puissance se
« borne à prévenir du danger ; comme tout secours
« humain, son pouvoir est limité. Dieu seul est infini
« et tout puissant !

   « Si j'étais riche et que je pusse disposer de ma
« fortune, je voudrais l'employer tout entière à
« élever un phare ; à l'intérieur il y aurait une cha-

« pelle où les fidèles viendraient adresser leurs
« prières au Seigneur en faveur des infortunés ex-
« posés aux périls de la mer. »

22 août.

« Eprouves-tu à lire ma lettre autant de fatigue
« que j'en éprouve à l'écrire, ma Reine ? Une chose
« m'a fait peine dans la tienne, c'est que j'ai vu que
« tu continuais à te montrer malveillante pour *lui*,
« puisque tu l'as à peine nommé une seule fois,
« sachant bien cependant l'immense plaisir que tu me
« ferais en me parlant de *lui*. Dans cet éloignement,
« qui fait de ma vie un supplice, votre souvenir est
« ma seule consolation. S'il m'eût aimé comme je
« l'aime, n'aurait-il pas dû me faire dire au moins
« qu'il ne m'oubliait pas ?

« Le médecin prétend que le climat de Cadix est
« funeste à ma santé !... Mais il a beau le répéter à
« mon père, celui-ci feint de ne pas le comprendre ;
« quant à moi, tout m'est indifférent, il n'y a qu'une
« seule chose que je puisse désirer, et cette chose,
« ma Reine, c'est de *Vous* revoir ! »

25 août.

« L'équinoxe est enfin passé : après de terribles
« tempêtes, le calme est revenu, dans le ciel et
« sur la mer, mais non pas dans mon cœur. Oh !
« que j'ai souffert, Reine !

« Nous voici dans la canicule, et sans doute vous
« passez maintenant vos soirées dans le jardin, au
« milieu de ces fleurs parmi lesquelles tu trônes

« comme leur reine. Je crois te voir, ainsi que *tout*
« ton entourage, et je me plais souvent à fermer les
« yeux pour ne rien perdre de ce riant spectacle.
« Quel beau climat que celui de Séville! quant à
« Cadiz, les vents d'est ont remplacé les vents du
« nord ; ce sont nos tempêtes d'été qui, au lieu de
« torrents de pluie, répandent des torrents d'une
« poussière brûlante qui dessèche la terre. Ici, ma
« Reine, il n'y a jamais de calme, ni pour la nature,
« ni pour le cœur. J'en atteste mes larmes, qui
« arrosent ce papier, comme si elles voulaient signer
« à ma place. »

Cette lettre si tendre, si affectueuse, qui peignait
si bien l'âme de celle qui l'avait écrite, déplut à
Reine, qui la garda pour elle et ne la montra à personne. Au bout de quelques jours, elle répondit à
Lagrimas :

« Si vous avez à Cadiz des vents d'est et de la
« poussière, nous ne sommes pas plus favorisés à
« Séville. Ne te fais pas d'illusion, ma chère enfant,
« le paradis n'existe nulle part ici-bas. L'espérance
« dore l'avenir, le souvenir poétise le passé ; il n'y a
« que le présent qui manque d'avocat : si l'on veut
« vivre heureux, il faut voir les choses telles qu'elles
« sont. La raison doit avoir de l'empire sur un carac-
« tère doux et docile comme le tien, ma Lagrimas ;
« ne soupire donc plus après des choses qu'il ne
« t'est pas donné d'obtenir. Souviens-toi plutôt de
« ce refrain que chantait Flora : « Il vaut mieux
« oublier. » Sois certaine que l'oubli est un baume,
« le souvenir un ver rongeur.

« Si je me suis abstenue, si je m'abstiens encore, de
« te parler de certaine personne, c'est que je ne veux
« pas réveiller des idées que ton père désapprouve
« et que tu ferais mieux d'oublier. Ne te fais donc
« pas d'illusions impossibles à réaliser ; rétablis
« ta santé, et, pour y arriver, le meilleur moyen est de
« tranquilliser ton esprit. Pourquoi t'occuper sans
« cesse de cette mer, que tu trouves si terrible, et que
« d'autres trouvent si belle ? Elle entoure Cadiz de
« ses bras amis ; elle l'enrichit ; elle la fait participer à
« son activité ; elle caresse son front de sa brise
« amoureuse, la berce, pendant son sommeil, par le
« murmure de ses flots ; elle lui prodigue enfin les
« savoureux poissons renfermés dans son sein.
« La mer débarrasse les rivières de leur trop plein et
« préserve ainsi la terre des inondations. Comme
« une mère vigilante, elle berce les bâtiments entre
« ses bras ; elle leur montre la route et les conduit
« au port. Ne la regarde donc pas toujours, sous
« son mauvais côté ; la mer ne renferme-t-elle pas
« dans son sein les choses les plus précieuses ? Flora
« connaît le secret de ses richesses et me charge de
« te le confier : ce sont des perles, comme toi, des
« coraux comme elle, et de l'ambre comme moi.

« Je veux, pour te distraire, te dire ce qui se
« passe ici. Je suis brouillée à mort avec Marcial.
« Il s'est retiré de la maison de ma mère comme
« la mer se retire, dit-on, à la marée basse ; mais
« il n'a pas, comme celle-ci, laissé un souvenir
« sur la plage. Dans son indignation contre moi,
« qui ai eu le mauvais goût de refuser ses hom-

« mages, il m'a menacée d'effacer dans sa tête
« tout souvenir de ma personne. Comme il m'est
« parfaitement égal qu'il ait en tête un souvenir
« ou des poids chiches, sa menace ne m'a nulle-
« ment effrayée. Il a été reçu avocat et vient de
« partir pour son pays, où son retour sera, dit-on,
« célébré au son des cloches. Flora et Fabian, sem-
« blables à ces petits oiseaux d'Amérique qu'on
« appelle oiseaux-mouches, passent leur vie à se
« balancer au-dessus des fleurs.

« Quant à Civico, il a disparu du monde de
« Séville. L'étoile socialiste a filé et brille mainte-
« nant à Villamar. Ainsi que de raison, ce malin chat
« de Marcial a pleuré le départ du rat qui servait à
« son amusement. On dit que l'enlèvement de l'enfant
« prodigue a été opéré, en plein jour, par sa respec-
« table mère, qui, à ce qu'il paraît, est une commère
« qui ne plaisante pas. Fabian, qui l'a vue, assure
« qu'elle ressemble à la femelle du colosse de Rhodes,
« montée sur le cheval de Troie.

« Tiburcio est parti, toujours au dire de Fabian,
« avec un bagage complet d'ambitions déçues, d'illu-
« sions fanées et d'amères déceptions. Quelles folies,
« chère enfant, c'est Flora qui me dicte ; nous vou-
« drions te distraire.

« D. Domingo parle de toi aussi tendrement que
« si tu étais Charlotte S... Flora t'embrasse, en véri-
« table amie, ma mère en mère, et moi en sœur.

« REINE. »

P. S. « Rien pour ton père. »

Avant son départ, Marcial avait reçu de Tiburcio l'intéressante épître que nous nous faisons un plaisir de mettre sous les yeux du lecteur :

Tiburcio à Marcial.

« Cher ami, à la manière dont je végète dans
« mon affreux trou de Villamar, la philosophie seule
« peut me persuader que je ne suis pas un automate.
« L'homme qui sent ce qu'il vaut, et qui, comme
« moi, est condamné à l'inaction, ressemble à un tor-
« rent que l'on veut enchaîner, mais qui rompra ses
« digues et se fera passage; à un lion qui rongera les
« mailles du filet où il se trouve captif; à l'aigle
« qui brisera les barreaux de sa cage et s'élèvera
« dans les airs !

« Comme bien d'autres, je suis une victime de la
« société, mais mon parti est pris : ou j'occuperai,
« dans mon pays la place que m'assigne mon mérite,
« ou je n'en occuperai aucune. C'est au gouverne-
« ment à savoir distinguer les hommes et à les em-
« ployer suivant leurs capacités, ou si le gouverne-
« ment ne le fait pas, que ce soit le législateur ! Si
« je vous parle ainsi, c'est afin que vous pensiez à
« moi quand vous aurez été, comme je n'en doute
« pas, appelé aux cortès. Pour occuper les emplois,
« il faut des hommes de conscience et de tête. Et,
« à propos de tête, faites-moi donc le plaisir de m'en-
« voyer un chapeau républicain, ce sont les plus
« *fashionables* et les seuls que porte votre bien sin-
« cère ami, qui meurt ici du *spleen*. »

Lecteur des Batuecas, mon ami, tu ignores sans doute, et bien d'autres l'ignorent comme toi, bien qu'ils l'aient sans cesse à la bouche, la valeur de ce mot *fashionable* importé d'Angleterre en Espagne. Nos pseudo-éclairés accommodent ce mot à toute sauce, comme fit un montagnard de nos amis avec des huîtres qui lui avaient été envoyées de Cadiz, et qu'il fit cuire dans leurs coquilles et servir avec du riz comme des moules.

Pour t'éviter la mésaventure arrivée à un de nos amis qui, pendant trois jours entiers, chercha vainement le mot *pot-pourri* dans le dictionnaire de l'Académie, nous allons t'expliquer la valeur de ce mot : *fashionable.*

Fashionable procède de *fashion*, expression que le Français a traduite par bon ton, et que nous avons espagnolisé en en faisant *buen tono*. Dans notre langue, il n'y a pas, que nous sachions, d'expression équivalente à celle-ci, d'où les pseudos ont déduit que la chose n'existait pas et n'avait jamais existé en Espagne.

Nous autres gens candides et naïfs, nous croyons que si l'expression n'existe pas, c'est que le besoin ne s'en est jamais fait sentir ; nous croyons qu'en disant avec Lope et Calderon, *senora* et *caballero* on désignait suffisamment une femme ou un homme comme il faut; nous croyons enfin qu'ajouter quelque chose à ces titres serait un pléonasme. Il paraît que tout a changé aujourd'hui, et que, pour obtenir le renom de *senora* ou de *caballero*, il faut, de plus, avoir le titre de *fashionable !*

La *fashion*, telle qu'elle est comprise en Angleterre, où elle est née, est un composé de finesse, de
délicatesse et de distinction dans les personnes
et dans les choses. Sa seule règle est le bon goût ;
sa force réside dans sa sévère intolérance. Comme
une reine absolue, elle s'émancipe de tout pouvoir ;
c'est ainsi qu'elle admit parmi les siens le roi
Georges IV, et qu'elle en exclut son successeur
Guillaume.

Si nous admirons la *fashion* chez les Anglais,
c'est que nous admirons tout ce qui est délicat et distingué, tout ce qui tend à élever la nature humaine ;
nous devons cependant reconnaître que la *fashion*
est femme, et qu'elle n'est pas exempte des faiblesses de son sexe.

Maintenant, pour en revenir à notre comparaison,
appliquer ce mot délicat de *fashion*, réservé pour
les choses les plus élégantes, à un ignoble chapeau
républicain, n'est-ce pas commettre au spirituel la
même faute que notre montagnard avait commise
au matériel en faisant cuire dans sa coquille ce poisson délicat que l'on appelle une huître, et en l'ac-
commodant comme une grossière moule ?

XXIV

UN ANIMAL INCONNU

Un soir de la fin du mois de septembre, sur le rivage d'un bourg omis dans le dictionnaire de Madoz, on pouvait voir de nombreux groupes, regardant, bouche béante, un phénomène qui apparaissait au loin sur la mer.

Mais, avant tout, occupons-nous des personnages qui composaient ces groupes.

Au premier rang et sur un monticule d'un sable doux à marcher apparaissait l'alcade du lieu, et à ses côtés sa chaste moitié. Jamais le mot de moitié n'avait été mieux appliqué au mariage, considéré sous son côté physique, car ils s'étaient tous deux nourris de tant de saines idées et de tant d'aliments identiques, ils avaient si bien engraissé de concert, que, vus par derrière, ils représentaient, au naturel, une grosse sphère terrestre appuyée sur quatre colonnes. L'alcadesse portait le costume que nous avons déjà décrit quand nous l'avons montrée faisant son entrée triomphale à Séville, à cette exception près que les bouts du mouchoir qui ceignait sa tête, au lieu de s'élever en rosace, flottaient au gré du vent comme de légères banderolles.

A côté de l'alcade se tenait le médecin du village, et, tout près de sa femme, s'élevait, toujours droite comme un I, la grande taille de notre ami D. Mo-

15.

desto Guerrero (1), si absorbé dans la contemplation du phénomène, qu'il ne voyait pas autre chose.
Nous dirons en passant que ces trois vigilants gar-
diens de l'ordre, de la santé et de la sécurité de
l'heureux Villamar, exerçaient de véritables siné-
cures. Ce n'est pas sans raison que la défunte et excellente tante Maria assurait de son vivant que si
Villamar jouissait d'une tranquillité et d'un bonheur
parfaits, c'est qu'il se trouvait placé perpendiculai-
rement au-dessous du trône de la très-sainte Tri-
nité.

Derrière ce groupe se promenait à grands pas
l'illustre Tiburcio, les sourcils froncés comme un
Manfred, et sur la bouche le sourire amer de Méphi-
stophélès. Etre méconnu, incompris, triste et malheureux exilé sur la terre de son pays.

Sur des rochers avançant sur le sable leurs têtes
dénudées, quelques jeunes filles sautaient de roche
en roche pour se rapprocher de l'objet qui excitait
la curiosité générale.

— Que tous les saints soient loués, et le pain
blanc et le soleil du bon Dieu! s'écria la plus leste,
qui, sautant comme une chèvre, s'était avancée le
plus loin. Sainte Vierge des miracles! en voilà un
véritable. Accourez et voyez; il n'a ni pattes ni
ailes pour se mettre en mouvement, et cependant il
marche!

— Dis donc, Paula, cette arche de Noé t'apporte-

(1) D. Modesto Guerrero, la tante Maria, Momo, etc., sont des
personnages de *La Gaviota*, premier roman publié par l'auteur.

rait-elle quelque héritage des Indes, que tu cours si vite au-devant d'elle? lui dit une jeune fille qui la suivait immédiatement, et qui, ayant fait un faux pas, avait rétrogradé vers la plage. Maudit soit le bateau qui a l'air d'une bouée et qui fume comme un four à chaux !

— T'y embarquerais-tu bien sur cette grosse chaloupe? demanda une autre.

— Pas même pour aller au ciel !

— Moi bien , pourvu qu'elle me conduisît aux courses d'el Puerto.

A quelque distance, près de l'embouchure de la petite rivière, se trouvait un autre groupe nombreux d'hommes et de femmes, et au milieu brillait, par sa laideur, notre ancienne connaissance Momo. Quelques gens de mer, ainsi désigne-t-on les équipages des bateaux, étaient couchés sur les rochers, affectant la plus profonde indifférence pour l'objet qui attirait l'attention générale.

— Que le bon Dieu me soit en aide ! disait une femme; il court, sans voiles ni rames, plus vite que le vent.

— Et cette noire bande de fumée qui sort de ce gros tuyau et s'avance dans les airs, n'a-t-elle pas l'air d'une banderolle infernale? disait une autre.

— Hé ! Juan José, demanda une vieille à un des marins, comment appelles-tu ce navire?

— Un vapeur.

— Pourquoi a-t-on construit ce ponton qui marche tout seul?

— Pour faire une niche au vent et ôter le pain de la bouche aux voiliers.

— En as-tu vu beaucoup dans ces mers, Juan José?

— Jésus! plus de dix mille!

— Explique-moi donc alors comment il fait pour marcher et tourner à volonté, sans voiles ni rames, quand il n'est que du bois comme tous les autres navires?

— Quant à cela, dit la première qui avait parlé, on ne peut l'attribuer qu'à un miracle de Dieu ou à une ruse du diable!

— Ni l'un ni l'autre, répliqua le marin. Le navire marche à l'aide d'une machine.

— Comment, d'une machine! s'écria la vieille. Ecoute, Juan José, si, parce que tu as couru le le monde, parce que tu vas à Cadiz porter nos concombres et nos melons, tu te figures que tu nous feras ajouter foi à tes contes, tu te trompes, mon fils, nous ne sommes pas encore si sottes!

— Pourquoi m'interrogez-vous, si vous ne voulez pas me croire, Marie bon-bec? Croyez-le ou ne le croyez pas, je vous le répète, le navire marche à l'aide d'une machine,

— Momo, dit une des femmes, toi qui as été là où est le roi, le Palais-Royal et la vierge d'Atocha, as-tu vu quelque chose de semblable à cela?

— Voyez la belle question! répondit Momo avec sa grossièreté habituelle; passe-t-on la mer pour aller à Madrid comme pour aller à Cadiz?

— On m'a assuré, répliqua Juan José, qu'il y a des vapeurs sur terre comme sur mer.

— Un bateau qui marche sur terre ! s'écria Momo en poussant un formidable éclat de rire.

— Je ne dis pas cela, imbécile ! je parle de voitures qui marchent sans chevaux ni mules, comme le navire marche sans vent ni rames.

— Tu fais le plaisant et tu veux t'amuser à nos dépens, parce que tu as été sur mer, répliqua Momo, mais sache que j'ai été à Madrid et que, tout imbécile que tu veuilles bien me croire, je ne tomberais pas dans tes filets, compère Sardine !

— Quant à moi, dit la femme, rien ne me paraît plus impossible, depuis que j'ai vu ce que je viens de voir ! Un navire marche bien sans vent ni voiles, pourquoi une voiture ne marcherait-elle pas sans chevaux ?

— Plût à Dieu qu'il en fût ainsi, répliqua un laboureur, et que le moyen pût être appliqué à ma charrue ; j'ai perdu un de mes bœufs et je ne puis le remplacer.

— Il est sûr et certain qu'il faut voir cela pour le croire, disait de son côté la Tiburcia, en écarquillant ses gros yeux. Perfecto ! Perfecto ! quel démon est-ce là ?

— C'est le progrès, femme, le progrès, répondait l'alcade qui ne trouvait que ce mot pour dénommer le phénomène.

— Je croirais plutôt que c'est le diable ! C'est vrai ! Ah ! comme il court ! comme il court ! il a le diable au corps.

— Béni soit Dieu qui opère de tels miracles par la main des hommes! disait le commandant; depuis l'invention de la poudre, on n'a rien trouvé de plus merveilleux.

— Et cette belle invention est due à un Espagnol, formula sentencieusement Civico junior dans toute la pureté de sa prononciation madrilène.

— Une belle invention tant que vous voudrez, répliqua sa mère; mais je ne voudrais pas, pour cent piastres, mettre le pied dans ce chaudron. Que vont dire les Français et les Anglais, Tiburcio, quand ils verront ce *progrès*, comme dit ton père?

— Cette invention est déjà très-vieille, répliqua dédaigneusement le fils mal élevé; les vapeurs sillonnaient les mers bien avant ma naissance.

— Vraiment! et je n'en avais jamais vu. Laisser le pauvre peuple dans cette ignorance! Ah! don Modesto, il faut convenir que les gouvernements sont bien coupables!

— Je ne partage pas votre avis, señora, répondit le commandant, et je ne reproche qu'une chose aux gouvernements qui nous ont régis jusqu'à présent, c'est de laisser tomber en ruines les forteresses de la patrie.

À ce moment, on entendit un bruit infernal qui semblait à la fois le rugissement d'un tigre, le sifflement d'un serpent, les hurlements d'une bande de damnés, c'était le navire qui laissait échapper la vapeur.

— Sainte-Vierge ! s'écria Tiburcia, ce progrès fait un bruit d'enfer.

— Ne craignez rien, señora, répliqua don Juan de Dios, c'est la machine qui s'arrête, le navire va jeter l'ancre.

Effectivement le vapeur, dirigé par un habile pilote, était entré dans la petite anse où il jeta l'ancre sur un bon fond de cailloutis. Le capitaine et quelques passagers sautèrent ensuite dans la chaloupe pour venir à terre.

En tête de ces passagers marchait un riche négociant de Cadix, qui s'était rendu acquéreur de l'ancien couvent, contigu au village. Accompagné de quelques amis, experts en semblable matière, il venait examiner les moyens de tirer parti de ce magnifique édifice. Il avait frété, pour opérer ce voyage, un des nombreux vapeurs qui sillonnent la baie de Cadix.

Cet homme, qui achetait des couvents, qui usurpait à prix d'argent les temples élevés au Seigneur par la piété de nos ancêtres ; ce nabab qui frétait des vapeurs ; ce haut personnage, portant au milieu de ses flatteurs la tête aussi haute que s'il eût dû ces hommages à autre chose qu'à ses écus ; ce millionnaire, enfin, n'était autre que notre ancienne connaissance D. Roque de la Piédra, dont Dieu vous garde !

L'alcade, qui savait son monde, s'empressa d'accourir au devant de ces hôtes inespérés, et se mit à leurs ordres. Attendu que l'heureux Villamar n'avait à sa disposition, ni auberge, ni café, ni casino, ni lycée, ni hôtel, pas même un cabaret ; l'alcade qui, à sa qualité de *parfait* citoyen, joignait celle d'homme *parfaitement* poli, s'empressa d'offrir l'hospitalité aux étrangers quand ils reviendraient du couvent, et chargea Momo de leur servir de guide. Il voulut même les accompagner un bout de chemin, puis il se hâta de rentrer au logis pour veiller aux soins de la réception.

Mais à peine eût-il eu fait part de son projet à son épouse, que celle-ci refusa net de s'y prêter. Un moment l'alcade eut à craindre de voir son autorité compromise ; mais bientôt, de ce ton dont il promulguait les lois, il intima à l'insoumise épouse l'ordre de jouer, auprès de ses poules, le rôle du barbare Hérode. « Foi de Perfecto Civico, ajouta-t-il, si tu refuses de m'obéir, je renvoie Tiburcio à Ma-« drid ! A cette menace, la colère de Tiburcia s'éteignit comme un brasier sur lequel on verse un seau d'eau. Saisissant un redoutable couteau de cuisine, et parodiant le rôle de l'intrépide Judith, elle s'achemina vers sa basse-cour.

Des cendres du brasier s'échappaient cependant encore quelques jets de flammes. Au diable le *progrès !* murmurait-elle, dont on n'avait pas plus besoin ici que des chiens à la messe.

Tiburcio fumait, étendu sur son lit, et se disait, la mort dans l'âme :

— Que vont penser ces citadins de ce village incivilisé, de mon dindon de père et de mon oie de mère ? Il y a de quoi en mourir de honte.

La visite que ces hommes d'argent rendaient au

couvent ne ressembla en rien à celle que lui avait
rendue, avec le frère Gabriel, le brave Stein, le
chirurgien allemand. Oh! non... non... les nouveaux visiteurs ne regardaient que la couverture de
ce livre magnifique , sans s'apercevoir qu'il lui
manquait ses plus belles pages; ils admiraient le
bois de rose, les sculptures et les bronzes de ce magnifique instrument, sans songer qu'il était privé de
ses cordes, et conséquemment de son et d'harmonie ; au reste, cette harmonie ne leur faisait pas
faute, ils n'eussent pas su l'apprécier !

Assis sur les marches somptueuses du maître-
autel, les pharisiens discutaient les moyens les plus
prompts pour dénaturer cette œuvre prodigieuse de
la piété de nos ancêtres, et lui arracher la seule chose
qui lui restât: l'austère majesté de la solitude, la
profonde mélancolie de l'abandon.

O mon Dieu ! si quelqu'un ose nous reprocher d'é-
lever notre faible voix pour prononcer vos propres
paroles : « rendez à Dieu ce qui est à Dieu et à César
ce qui est à César, » nous acceptons volontiers le reproche, il n'arrêtera pas sur nos lèvres l'élan de
notre cœur qui nous fait écrier : « De quel droit
avez-vous détruit ce que d'autres avaient édifié? De
quel droit diriez-vous aux sentiments des fidèles,
comme Dieu l'a dit aux flots de la mer : « vous n'irez
pas plus loin? » Si la génération présente se croit
permis de condamner, dans ses œuvres, les générations passées, un jour viendra où, avec d'autant plus
de raison, la génération future condamnera la génération qui a fait ces ruines ! Il faut donc hardiment

porter le fer dans cette gangrène avant qu'elle n'ait fait plus de progrès... Si le sage peut errer quelquefois, il y a toujours de la noblesse à reconnaître son erreur ; mais revenons à *nos vendeurs du temple*.

L'un proposait de convertir le couvent en une fabrique de papier : le manque d'eau fit abandonner ce projet. Un autre voulait y établir une tannerie. Momo, consulté, répondit par cet argument sans réplique : « Il faudra donc alors apporter les peaux de Cadix, car il ne se trouve pas dans le pays d'autre bétail que des chevreaux pendant l'été et des cochons pendant l'hiver. » Enfin, D. Roque émit l'avis qu'il y aurait peut-être avantage à mettre bas l'édifice et à vendre les matériaux. — Il n'y aurait qu'une difficulté, fit observer Momo, c'est qu'il ne se trouverait dans le pays personne pour les acheter.

On se sépara donc sans rien décider, et avant de regagner le village, D. Roque déposa majestueusement dans la main de Momo deux réaux que celui-ci eut bonne envie de lui jeter au nez.

— Voyez-vous ce diable incarné avec sa face de carême et ses airs d'embarras, murmurait-il, le monde n'a pas l'air assez grand pour contenir son importance, et il accouche... de deux misérables réaux ! Au diable ! si désormais alcade ou autre me fait me déranger pour autrui ! A-t-on jamais vu pareil ladre ! que la peste l'étouffe et que le diable l'emporte !

Les spéculateurs continuèrent les débats en route, et la destination du couvent fut enfin arrêtée : nous la ferons connaître plus tard.

Ils passèrent devant la petite chapelle de Bon-Secours et devant le cimetière, sans que le souvenir de Dieu et l'image de la mort pussent distraire un instant l'attention de ces hommes d'argent. Ces âmes étaient si sèches, si vides, si mortes enfin à tout saint respect, que pas une de ces têtes creuses ne pensa même à se découvrir devant ce que le monde a de plus sacré et de plus respectable;... c'étaient des *hommes positifs!*

Peut-être ne connaît-on pas dans tes montagnes, ô cher lecteur des Batuécas, le sens de cette moderne expression, je veux te l'apprendre. Le *positivisme* est l'expression du cynisme le plus révoltant; c'est le drapeau qu'arbore carrément la matière au-dessus de l'esprit; c'est le chapeau d'un *Gesler* insolent qui veut forcer les enfants de la montagne à le saluer avec respect; c'est la mâchoire d'âne dont le xixᵉ siècle veut assommer les sentiments élevés et les grandes choses, qui restent encore debout des temps de l'enthousiasme et de la foi.

L'alcade, qui était non seulement un *parfait* citoyen, mais un citoyen bien élevé, comme nous l'avons déjà dit, s'en fut à la rencontre des étrangers et les pria courtoisement d'accepter à déjeuner chez lui. D. Roque ne se fit pas beaucoup prier, non pas à cause du déjeuner, car le sien l'attendait à bord du vapeur, mais parce qu'il désirait obtenir de l'alcade quelques renseignements qui lui étaient nécessaires. D'ailleurs, en sa qualité de millionnaire, D. Roque, dans ses relations avec les autres hommes, croyait toujours accorder une faveur quand

il leur faisait l'honneur d'en accepter une de leur
part.

« L'idole à laquelle on fait un sacrifice
« Accepte l'offrande et raille le sacrificateur. »

(RIOJA.)

XXV

AFFAIRES DE FAMILLE

D. Roque qui, pendant le déjeuner, avait beaucoup questionné l'alcade, en était arrivé à demeurer
clairement convaincu que D. Perfecto Civico n'était
rien moins que son cousin germain. Poussé par la
curiosité de vérifier l'origine de ce nom de Civico,
qui était aussi celui de sa mère, D. Roque avait
voulu tirer la chose au clair, et des renseignements
fournis par D. Perfecto, il résultait que la mère de
celui-ci était la propre sœur du père de D. Roque.
Quant à D. Perfecto, parti fort jeune de son village
et n'y étant jamais rentré, il ignorait totalement ce
que pouvaient être devenues les sœurs de son père.

En homme prudent, et qui pèse les avantages et
les inconvénients de toute chose, D. Roque ne laissa
rien deviner à Civico de la découverte qu'il venait
de faire. Si, dans son orgueil et son égoïsme, il trouvait des raisons pour garder le silence, d'autres
motifs pouvaient cependant le porter à révéler la
parentée ; dans les têtes bien organisées et habituées

aux affaires, l'hésitation n'est jamais longue, aussi
D. Roque eut promptement pris un parti, et nous
verrons bientôt comment il sut mettre à profit le
secret qu'il venait de découvrir.

Après le déjeuner, D. Roque proposa à l'alcade
une promenade sur la plage.

— Savez-vous bien, lui dit-il quand ils furent
assez éloignés pour que personne ne pût entendre
leur conversation, que vous et moi ne sommes pas
moins que cousins germains ?

— Je m'en réjouis fort, répondit l'alcade agréablement surpris, et de quelle manière ?

— Ma mère, répondit D. Roque, était une Civico
comme vous, pas aussi *parfaite* (1) cependant, car
elle s'appelait Petrola... N'en avez-vous jamais entendu parler à votre père ?

— En effet, je me rappelle, répliqua l'alcade,
j'ai une idée confuse. Petrola,... oui,... oui,... je me
souviens... Peste ! notre famille est en voie de progrès ! Vous voyez que je suis un peu plus avancé que
mon père; j'ai servi mon pays, j'ai épousé une femme
de famille noble et riche; mon fils, que vous avez pu
entendre s'exprimer si bien à table, est encore plus
avancé que moi : il a fait de brillantes études à Séville, je l'ai envoyé ensuite à Madrid, où il a joué un
assez beau rôle : il était un des rédacteurs principaux du journal *la Veille du Jour de la Justice*. Il
était reçu à Séville dans les meilleures maisons,
entre autres dans celle de la marquise de Alocaz, et

(1) Jeu de mots sur *perfecto*, parfait.

il faisait les délices de ses tertullias ; il est intimement lié avec D. Marcial, l'héritier d'une des plus puissantes familles de l'Estramadoure.

— Vous m'avez déjà conté tout cela, et votre fils m'en a rebattu les oreilles, répondit grossièrement D. Roque ; qu'est-ce que tout cela prouve ? En a-t-il un réal de plus dans sa poche ?

— Non ; mais...

— Non,... eh bien, mon ami, il a perdu son temps comme un imbécile. Vous qui n'avez étudié que l'art du vétérinaire, vous en savez plus long que votre fils ; car vous avez su gagner de l'argent, et c'est la seule chose utile à savoir en ce monde, tout le reste n'est rien, absolument rien. Vous avez fait d'ailleurs preuve d'un grand jugement, en épousant cette grosse Galicienne qui vous a apporté une bonne dot et qui m'a l'air d'une excellente femme, robuste et bien portante, sachant veiller sur sa maison et sur ses enfants. Moi, mon ami, je n'ai pas eu ce bonheur, je me suis marié à la Havane avec une femme maladive et minaudière, qui n'avait de bon que l'argent qu'elle m'apportait et qui a passé sa vie à geindre et à gâter sa fille : elle est morte pendant la traversée et m'a laissé la charge d'un enfant en bas âge... Maintenant qu'allez-vous faire de votre bavard de fils, qui n'est bon, à mon avis, ni à frire, ni à rôtir ?

— J'en ferai un défenseur de la liberté,... un tribun...

— Un tribun ! qu'est-ce que c'est que ce métier-là ?

— Un tribun... est un défenseur des droits du peuple.

— Par la vie de tous les saints, cousin, j'aurais bonne envie de vous tourner les épaules. N'y a-t-il pas déjà assez de cette vermine sans y ajouter ce bon à rien ? Ouvrez donc les yeux, aveugle que vous êtes, et voyez le cas que le peuple fait de ces tribuns... Essayez un peu de voir si personne de votre village lui donnera un maravédis, afin de le voir monter à la tribune pour son compte... Comédie,... pure comédie,... cousin ; et, d'ailleurs, qu'a-t-il rapporté de Madrid ?

— On lui a promis...

— Oui, oui, monts et merveilles, quand son parti sera au pouvoir... Connu... et il y croit, l'imbécile ! Allons, je vois bien que vous vivez à Villamar, aussi ignorants que si vous viviez dans la lune, et que vous ne vous doutez pas des choses d'ici-bas. Mais laissons là ces fadaises et venons au fait ; le temps presse, et j'ai hâte de retourner à Cadix, à bord de ce vapeur que j'ai frété à l'heure et qui me coûte les yeux de la tête. D'ailleurs, en fait d'affaires, il faut procéder vite et clairement ; voici donc mes propositions :

Vous abandonnerez, pour votre fils, ces idées saugrenues de tribune et de députation ; il renoncera à écrivailler dans les gazettes et à se farcir de ces fadaises qui remplissent les têtes de vent et laissent les bourses à sec ; et, à cette condition, je le mettrai à la tête d'une fabrique que je vais établir dans le couvent que j'ai acheté près d'ici.

D. Perfecto, sur lequel les raisonnements de son cousin le *millionnaire* n'avaient pas manqué de faire une certaine impression, se montra fort satisfait de cette offre, qui lui plaisait d'autant plus que réellement il était fort embarrassé de son vaurien de fils, qui avait déjà à moitié ruiné sa famille. Mais il triomphait surtout à la perspective de réduire sa femme au silence et de faire rentrer dans le néant cette phrase importune, fatigante, insupportable, dont elle le poursuivait nuit et jour : « Avoir gaspillé mes écus pour faire de mon fils un propre à rien ! Ce n'est pas pour cela que mon oncle Bartolomé me les avait laissés... *C'est vrai !* »

— Ce n'est pas tout, poursuivit D. Roque, je voudrais que ma fortune ne sortît pas de ma famille et ne tombât pas entre les mains de quelque petit maître de Cadix ou de quelque tête à l'évent de Séville, qui la guettent de l'œil. Mais ce n'est pas pour eux que le four chauffe ; je n'ai pas amassé mon argent pour ces chiens altérés qui tirent la langue après un écu, pour ces freluquets qui savent bien courir après les piastres, mais qui ne savent pas les gagner !

D. Roque se montait tellement lui-même contre les *novios* imaginaires de sa fille, que, d'injures en injures, il finit par les traiter de gibier de potence.

— Il est sûr et certain que vous devez prendre vos précautions pour ne pas vous laisser dépouiller, dit candidement l'alcade, qui crut qu'une bande de voleurs était aux trousses du millionnaire.

— J'ai une fille en âge d'être mariée, poursuivit

celui-ci, et si cette grande perche, que vous appelez votre fils, se comporte bien, nous pourrons les unir ensemble.

A ces paroles, Perfecto ouvrit démesurément les yeux et poussa un cri de joie, non pas qu'il fût intéressé, — chez lui l'orgueil était plus fort que l'amour de l'argent, — mais enfin, l'avenir qui s'ouvrait d'une manière si imprévue devant son fils, réalisait et au delà tous les songes dorés que le père avait pu faire pour son bonheur.

— Doucement, doucement, poursuivit D. Roque, je n'ai pas terminé ; je vais maintenant vous poser mes conditions, sans lesquelles il n'y a rien de dit.

— Quelles qu'elles soient, répliqua l'alcade, elles sont acceptées d'avance.

— Vous saurez donc, poursuivit D. Roque, que ma femme m'a apporté en dot cent mille piastres.

— Cent mille piastres ! exclama l'alcade stupéfait.

— Il revient en outre à ma fille cent autres mille piastres pour sa part dans la communauté, ajouta précipitamment D. Roque, comme si ces paroles lui eussent brûlé le gosier.

— Deux cent mille piastres ! s'écria l'alcade de plus en plus abasourdi.

— Si votre pauvre diable de fils veut épouser ma fille, poursuivit le rusé millionnaire, il faut qu'il accepte, comme faisant partie de la dot, le couvent et ses dépendances, et qu'il déclare dans le contrat

16

avoir reçu pour argent comptant la somme que le couvent m'a coûté en papier.

— C'est entendu, répondit l'alcade qui, sous l'impression de l'heureuse aubaine qui se présentait pour son fils, ne faisait nulle attention à l'infâme escroquerie que D. Roque voulait commettre à son égard.

— Je m'engage, poursuivit le bon père, à faire toutes les avances nécessaires pour convertir en fabrique cette ridicule et inutile masse de pierres qui était autrefois un couvent, sous la condition, bien entendu, que, lors du mariage, je prélèverai mes déboursés sur la dot.

— Vous ferez comme vous l'entendrez, répondit l'alcade de plus en plus enchanté.

— Après ces dépenses, et quand j'aurai soldé les frais de la noce, qui pourraient vous gêner, — car vous ne me faites pas l'effet de rouler sur l'or et sur l'argent, — s'il reste encore quelque chose à ma fille, votre fils s'obligera à le laisser entre mes mains, à 3 pour 100 d'intérêts, sans pouvoir le retirer avant ma mort. Ce que j'en fais, c'est par prudence, et pour que cet argent ne puisse être gaspillé.

— D'accord, répondit D. Perfecto.

— Au reste, il n'y aura pas grand'chose, car le couvent et ses dépendances m'ont coûté plus d'un million... en papier.

— C'est un excellent marché, cher cousin.

— Le marché sera encore meilleur pour nos enfants que pour moi, répondit le nabab ; je ne veux rien gagner dessus ; je ne veux que le bonheur de ma fille. Votre fils signera le contrat, les reçus, et approuvera les comptes de tutelle, ainsi que nous venons d'en convenir.

— Mon fils signera les yeux fermés tout ce que vous lui présenterez.

— Que tout ceci, cousin Perfecto, reste pour le moment un secret entre nous deux, ajouta D. Roque en terminant.

— Jésus !... et pourquoi? exclama l'alcade, qui grillait de communiquer la chose à son acariâtre moitié, en lui faisant triomphalement palper deux choses : l'une que, sans sa gracieuse hospitalité, son hôte n'eût pas reconnu en lui son légitime et authentique cousin-germain ; l'autre, que si les écus de l'oncle Bartolomé n'eussent pas été employés à donner une brillante éducation au fils de la maison, D. Roque n'eût pas été séduit par ses qualités physiques et morales, et n'eût pas songé à le choisir pour gendre.

— Pourquoi m'imposez-vous le silence? demanda-t-il de nouveau au futur beau-père.

— Parce que je le veux ainsi, répondit celui-ci, et si vous ne me jurez de garder le secret, il n'y a rien de dit.

— Bien, bien, on se taira, répondit Perfecto.

— Ma fille est un peu malade, plutôt d'imagination que d'autre chose ; une de ses manies est d'avoir pris Cadix en grippe et de désirer retourner à Séville. La véritable cause, c'est qu'il y a dans cette dernière ville un certain fils de Job, muni de longues griffes qu'il voudrait bien insérer dans ma bourse, le drôle aurait bonne envie de me jouer un tour de son métier, mais à d'autres, dénicheur de merles ! Je vais bien les attraper tous ; la petite veut quitter Cadix, et les médecins prétendent qu'un changement d'air sera favorable à sa santé. Eh bien, je l'amènerai chez vous ; quand elle verra qu'il n'y a pas moyen de [retourner à Séville, elle bannira de sa tête ses folles billevesées, et ne tardera pas à se rétablir. Mais si elle se doutait qu'en l'amenant ici, il y a sous jeu un projet de mariage, ce serait des soupirs, des convulsions, des évanouissements, enfin tout le tralala dont elle a hérité de sa mère. Avec cela que votre fils est malheureusement plus laid que le diable, mais petit à petit elle s'accoutumera peut-être à sa face patibulaire. Il est horrible, c'est vrai, mais enfin, faute de grives, on mange des merles, et d'ailleurs il n'y a pas ici d'autre *novio* pour lui faire concurrence. L'habitude entre pour beaucoup dans l'amour ; à force de le voir, ma fille s'attachera à lui.

Quant aux soins à donner à l'enfant, ce médecin qui déjeunait avec nous ce matin et que vous appelez, je crois, D. Juan de Dios, pourra facilement s'en charger ; pour si peu qu'en sache ce médecin de village, il en saura toujours autant que les autres. Tel que vous me voyez, j'ai dépensé l'impossible à Cadix en visites de médecin et en frais d'apothicaires, et rien n'a pu guérir l'enfant. Il est vrai de dire que, pour guérir, il faut vouloir guérir, et il y a des femmes qui ne le veulent pas, qui se plaisent à se médicamenter, pour avoir une face plus longue

qu'une nuit de Noël. Enfin, l'enfant aime la campagne, et je crois qu'elle sera bien ici. Bien entendu
que je vous payerai pension pour elle,

— Y pensez-vous, cousin? s'écria Perfecto, qui,
comme nous l'avons dit, n'était pas intéressé.

— Les bons comptes font les bons amis, mon
cher cousin, il ne s'agit pas de vous imposer une
charge qui vous serait onéreuse, répondit l'aimable
richard. La dépense ne sera pas grande,. car l'enfant mange comme un oiseau; mais accepter une
hospitalité gratuite, non pas, et, sinon, rien de fait.
Señor alcade, D. Roque de la Piedra n'accepte de faveur de personne, retenez bien cela, et dites à ce grais-
seur d'emplâtres que, s'il prend bien soin de la petite,
je lui payerai ses visites à une *piécette* chacune.

— D. Juan de Dios, fit observer l'alcade, ne regarde pas au plus ou moins d'argent pour soigner
ses malades.

— Caramba! il faut donc venir dans ce village
pour découvrir le phénix des médecins, exclama D.
Roque.

C'est un trait caractérisque, soit dit en passant,
chez les gens grossiers et mal élevés, de saisir
toutes les occasions pour lancer des ruades aux
médecins.

— Soyez donc sans inquiétude, dit l'alcade; dès
à présent je considère l'enfant comme ma propre
fille, rien ne lui manquera, et...

—Dès à présent aussi, ajouta D. Roque, vous
pouvez acheter et réparer, pour les jeunes gens

16.

quelque bonne maison, s'il s'en trouve une à bon marché. Employez pour les réparations les matériaux' du couvent ; servez-vous des dalles de l'église pour paver la cour, et des plaques de faïence pour les fourneaux de la cuisine. Ah ! j'oubliais. Il faut un petit bout de jardin, l'enfant aime beaucoup les fleurs.

— Jésus ! elle aura un jardin tout entier, répondit l'alcade en riant ; le terrain n'est pas cher ici. Mais, vraiment, vous êtes un bon père, cousin, vous pensez à tout !

Les cousins se séparèrent fort contents l'un de .'autre, D. Roque, tout fier des éloges qu'il venait de recevoir et qu'il croyait réellement mériter et charmé de se débarrasser de sa fille, presque sans bourse délier ; l'alcade, non moins content du mariage inespéré qui se présentait pour son fils.

Rentrés à la maison, D. Roque révéla lui-même à Tiburcia le lien de parenté qui l'unissait à son mari, et lui divulgua aussi la destination qu'il comptait donner au couvent. Cette glorieuse parenté ne causa pas le même plaisir à la femme qu'au mari. La Galicienne, qui, comme nous le savons, voyait un peu plus loin que son nez et se souciait fort peu des oripeaux, vit tout d'abord que dans ces sortes de relations, l'honneur coûte cher, d'habitude, à celui qui le reçoit, et que le profit est le plus souvent nul. Dans cette intime parenté, elle ne vit donc qu'un impôt extraordinaire levé, au profit du parent hébergé, sur sa basse-cour et son garde-manger... Cette considération la fit presque pencher du côté des

idées de son fils, touchant les liens de famille, et
après le départ de D. Roque :

— Cousin ! cousin ! dit-elle à son mari, tu en
trouveras beaucoup de cousins comme celui-là, si tu
veux leur remplir le ventre... quand ils viendront
au couvent... Mon oncle Bartolomé ne m'a pas laissé
ses écus pour les faire manger par tes cousins...
C'est vrai !

Le bruit de la destination que le propriétaire
comptait donner au couvent se répandit promptement
dans le village et arriva bientôt aux oreilles de l'honorable commandant du fort de San-Cristobal. Cette
nouvelle le terrifia, et le chagrin qu'il en avait éprouvé
se lisait sur son visage lorsqu'il entra chez son
hôtesse.

Rosa Mistica, légèrement indisposée, était encore
au lit. A la vue de son locataire, dont la figure était
encore, s'il est possible, plus longue qu'à l'ordinaire,
les yeux éteints et son unique mèche de cheveux
tombant en saule pleureur, elle se mit vivement sur
son séant en ayant soin de croiser sur sa poitrine
une camisole d'une entière blancheur.

— Grand Dieu ! qu'y a-t-il, D. Modesto, s'écria-
t-elle, et quelle mauvaise nouvelle apportez-vous ?

— Il s'agit du couvent, Rosita...

— Eh bien ! qu'en va faire ce profane usurpateur ?
Va-t-il faire venir un aumônier ?

— Hélas ! non !... répondit le commandant, en
poussant un profond soupir...

— Mais parlez... parlez donc, vous me tenez sur

les épines... que vont-ils faire de cette sainte demeure ?

— Une fabrique ! Rosita, répondit Modesto d'une
voix à peine intelligible...

— Une fabrique ! Jésus ! ils vont faire une fabrique
de la maison du Seigneur ! une fabrique... et de
quoi ?

— De phosphore... répliqua Modesto d'une voix
étouffée.

Rosita jeta un cri plaintif, se laissa retomber sur
son oreiller, la fièvre redoubla, et ce qui n'était d'a-
bord qu'une indisposition devint subitement une
maladie.

XXVI

RÊVE D'UN MILLIONNAIRE

Après avoir amené sa fille à Villamar et l'avoir
installée dans la maison de son cousin, pour y rétablir sa santé et avec l'agréable perspective de lui
faire épouser l'intéressant Tiburcio, D. Roque pensa
qu'il avait largement rempli ses obligations pater-
nelles. Libre de soucis à cet égard, le millionnaire que
son million et demi de piastres plaçait au premier
rang parmi les *notabilités* de l'aristocratie financière,
jugea que le moment était arrivé de satisfaire un
désir qui le poursuivait depuis longtemps.

A ce mot *notabilité*, nous te voyons dresser les

oreilles, ô cher lecteur des Batuecas, et t'étonner d'un mot qui n'a pas encore pénétré dans tes montagnes. Nous croyons donc nécessaire, pour ton instruction, de t'édifier à ce sujet.

Notabilité est un mot composé de beaucoup de lettres, mais qui n'a pas beaucoup de sens ; il équivaut à un titre honorifique, à une dignité sans émoluments ; c'est une qualification creuse dont peut vous honorer la politesse d'un voisin ou d'un ami.

Quant à l'*aristocratie financière*, c'est une invention toute moderne. Tu avais probablement naïvement cru jusqu'ici que l'aristocratie consistait dans la noblesse de race ; désabuse-toi, nous avons changé tout cela. Aujourd'hui, l'aristocratie a été coupée par morceaux, et chacun s'en est attribué un tronçon ; les gens d'esprit ont pris la tête, les politiques ont pris les mains, les gens d'argent ont pris les pieds... Enfin, il n'est resté que le tronc à ses premiers possesseurs.

Il y a donc plusieurs aristocraties... Il y a d'abord, et d'un... je *compte*, cher lecteur, et je ne te fais pas un *conte* fantastique à la manière d'Hoffmann... il y a donc d'abord l'aristocratie de race, qu'on appelle le *sang bleu*... Ce sang a beaucoup dégénéré, et cette aristocratie, qui n'a conservé que le tronc, ne peut ni marcher ni agir ; mais elle est restée en possession du cœur... et elle *sent*.

Vient ensuite l'aristocratie du talent, *et de deux...* Celle-ci est maîtresse de la tête... elle pense, elle raisonne... elle est chauve.

L'aristocratie de la politique, en possession des mains, *et de trois...* De la droite, elle tient l'épée; de la gauche, la plume, et à l'aide de ces deux instruments irrésistibles, elle fait marcher tout le monde à son gré.

Enfin, l'aristocratie de l'argent, *et de quatre...* Celle-ci s'est adjugé les pieds; elle marche d'un pas ferme et pesant, appuie sur le talon, et écrase tout ce qui se trouve sur son passage.

D'après la peinture que nous venons de t'en faire, tu peux voir, ô candide lecteur des Batuecas, que l'aristocratie est, de nos jours, une parure qui n'est pas exclusivement composée de perles fines ni de diamants d'une eau bien pure.

Revenons maintenant au désir de notre millionnaire.

Le désir qui tourmentait D. Roque était celui de frotter ses écus à l'*écu* de la noblesse, et de *fusionner*, avec les vieux parchemins, ses jeunes lettres de change. Cette satisfaction, il l'avait refusée à sa fille, et, dans son égoïsme, il voulait se l'accorder à lui-même.

D. Roque n'avait pu fréquenter dans l'intimité la belle marquise de Alocaz, sans qu'elle lui inspirât, nous ne dirons pas de l'amour, — ce serait profaner ce mot que de l'appliquer aux sentiments d'un tel homme, qui n'avait de sa vie jeté de tendres regards que sur les piastres fortes, — mais enfin il n'avait pu résister à cette profonde séduction que produit la beauté, surtout chez un homme qui n'est pas blasé sur la matière. A cette séduction, joignez-en une

autre non moins puissante, celle de l'amour-propre
et de la vanité, dont il était abondamment pourvu ;
puis cette satisfaction de pouvoir dire, en parlant
d'une femme aussi noble et aussi distinguée que la
marquise : « C'est ma femme ! » Il en aurait eu plein
la bouche, comme lorsqu'en parlant de sa fortune il
disait : « Mes millions ! » Enfin, il cédait à cette
influence magnétique, à cet aimant irrésistible qui
attire un être inférieur vers un être supérieur, influence qu'on voudrait en vain combattre, supériorité
qu'on nie de bouche et qu'on subit de fait.

Malgré sa confiance dans le pouvoir de l'argent, et
cette présomptueuse persuasion qu'un homme à la
tête d'un million et demi de piastres pouvait se présenter en *César*, sans crainte de rencontrer de cruelles
déceptions, notre Nabab éprouvait cependant quelque chose qu'il ne pouvait définir, et qui bourdonnait
à ses oreilles comme une mouche importune. Ce sentiment de défiance n'était certes pas fils de cette délicatesse inséparable d'un véritable amour, de cette
délicatesse qui rend un roi timide, même devant
une bergère... Non... c'était la conscience, que le
bruit des écus ne pouvait faire taire, et qui, de sa
voix grave, murmurait à l'oreille du millionnaire
qu'entre la basse infériorité et la supériorité la plus
élevée, il y avait un obstacle insurmontable.

En homme sage et prudent, D. Roque avait mis
en réserve certaine pièce d'artillerie qui devait faire
brèche dans la place assiégée, si elle ne se rendait
pas à la première sommation.

— La marquise, s'était-il dit à lui-même, peu

faire des difficultés... Les femmes sont si fantas-
ques... Il faut nous réserver un moyen de forcer sa
volonté !

Et, dans ce but, il avait inséré dans le contrat de
prêt une clause portant que le traité serait résiliable,
chaque année, à la volonté d'un des deux intéressés;
cette clause, qui mettait la marquise à sa discrétion,
avait passé sans qu'elle y fît la moindre attention.

— Soyez le bienvenu, D. Roque, disait la marquise au millionnaire en le voyant un matin entrer
dans son appartement; depuis quand êtes-vous arrivé? Et Lagrimas! comment va la pauvre enfant?

— Oh ! beaucoup mieux à présent, répondit le
Nabab; le climat de Cadix ne lui convenait pas, je
l'ai conduite à la campagne, et elle va maintenant à
merveille. Elle s'y trouve bien, elle a des distractions... il s'est rencontré là un de ses cousins... et
ma foi... je crois que nous ne tarderons pas à manger des bonbons de la noce.

— Je m'en réjouis fort, et cela fera grand plaisir
à Reine, surtout si ce mariage convient à Lagrimas
aussi bien qu'à vous-même. C'est un ange, que cette
chère enfant! mais elle est si délicate, qu'il faut la
traiter avec bien des précautions, D. Roque.

— Ainsi ferons-nous, vous pouvez en être certaine... Mais vous, marquise, comment va cette
chère santé? Chaque jour plus belle... vous êtes
vraiment une œuvre de Romain !...

La marquise ne put s'empêcher de sourire de cet

étrange compliment, et surtout de l'air satisfait de lui-même qu'avait D. Roque en le débitant. Ce sourire moqueur et dédaigneux fut interprété de toute autre façon par le nabab, à qui il sembla un gracieux : Entrez... répondu à un petit coup frappé à la porte.

Jamais D. Roque n'avait été amoureux ; encore moins était-il capable de parler le langage élevé et délicat de l'amour pur et véritable. L'amour n'existe pas pour les gens qui ne le regardent que comme un passe-temps... et malheureusement c'est l'usage aujourd'hui. D'un verbe réciproque, on a fait un verbe actif ! C'est encore un bienfait... du progrès !

Jamais le millionnaire n'avait abordé les jardins de Cupidon ; il était aussi neuf qu'inhabile en matière de véritable amour... et pour débuter, il ne sut qu'invoquer son seul Dieu... l'argent.

— J'ai fait ma balance avant de quitter Cadix, dit-il tout à coup, et, comme pour poser de suite la question sous son véritable point de vue : Savez-vous ce que je possède aujourd'hui, marquise ?

A cette brusque question, la marquise éprouva un sentiment de dégoût qu'elle dissimula cependant, et affectant de sourire :

— Comment voulez-vous que je le sache, D. Roque ? répondit-elle.

— Trente petits millions ! ni plus ni moins.

La marquise, qui n'entendait rien aux affaires, avait tremblé à ce mot de balance. Le terme de son contrat avec D. Roque devait échoir sous peu de jours, et elle ne se trouvait pas en mesure de rem-

17

bourser la somme qu'il lui avait prêtée. Aussi res-
pira-t-elle, et dit-elle au millionnaire d'un petit air
protecteur fait pour l'encourager :

— Je vous en fais mon sincère compliment.

— Croyez-vous, marquise, s'écria D. Roque résolu à enfoncer la porte avant d'avoir frappé,
croyez-vous que je puisse être un *novio* présentable?

— Comment donc? mais fort présentable! répondit la marquise en riant et sans croire la question sérieuse.

— Et croyez-vous que je puisse trouver une *novia?* poursuivit-il avec un petit rire satisfait.

— Jésus! répondit la marquise, tant que vous en
voudrez!

— Je n'en veux qu'une seule... mais celle-là en
vaut plusieurs autres ensemble... *un bocata de car-
dinale!* — le drôle parlait italien. — Roque de la
Piedra, marquise, peut et doit viser haut... L'objet
qui règnera sur mon cœur doit être la plus belle
parmi les belles, la plus parfaite parmi les parfaites.
Elle vous ressemblera enfin, marquise... vous qui
valez votre pesant d'or !

Telle fut la surprise ou plutôt la stupéfaction de la
marquise à ces paroles, qu'elle demeura immobile,
les yeux démesurément ouverts. Cette femme, qui
avait d'ordinaire la repartie si prompte et si vive,
resta muette devant cette incroyable conclusion.

— Hé... hé... qu'en pensez-vous? ajouta D. Roque, enchanté de l'effet qu'il croyait avoir produit...
vous n'aviez pas lu ça dans vos livres, hein ?

Tous les sentiments de dignité, d'orgueil, de délicatesse et de colère, contenus dans l'âme de la marquise, firent éruption comme un volcan et se traduisirent sur sa figure, qui s'éclaira de rouges lueurs, comme un brasier ardent.

— Je me suis exposée à cette infamie, murmura-t-elle entre ses dents, serrées convulsivement.

D. Roque n'avait ni assez de délicatesse pour attribuer à la pudeur d'une femme, surprise par une déclaration ainsi faite à brûle-pourpoint, le carmin qui couvrait les joues de la marquise, ni assez de tact pour deviner ou même pour soupçonner l'indignation qu'avait dû produire une semblable déclaration chez un être d'une nature aussi élevée. Aussi, dans son aveugle présomption, attribua-t-il ce trouble à une agréable surprise, et ajouta-t-il en se rengorgeant :

— Cette personne est tout cela... et bien plus encore !

A la rougeur qui avait envahi le visage de la marquise, succéda tout à coup une pâleur livide qui lui donna l'aspect d'une de ces statues placées sur les monuments funèbres.

— Vous ne répondez pas ? dit D. Roque... et voyant la marquise se redresser, sans rien dire... Je comprends, on veut faire des façons... on veut garder son quant à soi ; mais patience... ces belles lèvres seront bientôt forcées de s'ouvrir pour prononcer le oui charmant, après lequel soupire un homme éperdument amoureux...

— Ou le non... répliqua d'un ton calme la marquise, enfin revenue de sa première émotion.

—Comment? non..., dit D. Roque en fronçant les sourcils sur ses gros yeux ébahis.

La marquise ne répondit pas.

— Comment... non? répéta le Crésus ; et pourquoi non ?

— Le non suffit... le pourquoi serait inutile, répliqua la marquise.

— Et moi je l'exige, dit D. Roque du ton de la plus grossière insolence.

— Exigez votre argent, répondit la marquise, c'est la seule chose que vous ayez le droit d'exiger.

—Et c'est certainement ce que je ferai, répliqua le richard d'un ton de colère concentrée.

— C'est bien, dit la marquise en faisant, d'un air calme, un geste d'assentiment.

D. Roque prit son chapeau, mais il n'était pas arrivé à la porte, que l'intérêt de l'homme d'argent, un moment éclipsé par le dépit du prétendant rebuté, reprit le dessus avec toute la violence du naturel et de l'habitude. D. Roque redevint le vieil homme ; il considéra que ce qu'il n'avait voulu présenter à la marquise que comme un épouvantail, c'est-à-dire la résiliation de son contrat, deviendrait une réalité, si sa débitrice prenait la chose au sérieux ; il réfléchit que l'affaire était fort bonne pour lui et qu'aux mêmes conditions la marquise trouverait facilement de l'argent pour le rembourser.

Non-seulement D. Roque avait solidement et avantageusement placé son argent dans cette affaire, mais encore, par des motifs qu'on devinera peut-être, et qui se rattachaient à la mort, *ab intestat*, de son compère Jérémias, le crésus ne voulait pas qu'il fût question en rien de ces trente mille piastres, prêtées à la marquise. Le sentiment de l'amour-propre froissé dut donc céder aux intérêts de l'argent, et D. Roque, subitement transformé, revint s'asseoir, en disant d'un petit ton protecteur à la marquise :

— Allons... allons... belle dame, ne nous fâchons pas... Vous me refusez... et je veux vous rendre le bien pour le mal. Je n'ai pas oublié que vous avez bien voulu accueillir ma fille dans votre maison ; qu'il ne soit donc plus question de rien et gardez mon argent.

— Je vous rends grâce de la faveur, mais je ne l'accepte pas, répondit la marquise d'un ton ferme et grave.

— Et pourquoi, Señora ? demanda D. Roque, dont les yeux lançaient de nouveau des éclairs de colère.

— Señor D. Roque, répliqua fièrement la marquise, je ne suis pas accoutumée à rendre compte des motifs de mes actions.

— Je vous en supplie, marquise, ne me faites pas cet affront, insista l'avare en s'inclinant humblement, non devant la belle et noble figure de cette imposante grande dame, mais devant la crainte d'un préjudice à ses intérêts.

— Assez, Señor D. Roque, répliqua la marquise. Je regrette d'être obligée de vous dire que j'ai un rendez-vous auquel je ne puis manquer.

D. Roque comprit qu'il n'y avait plus rien à faire
et sortit furieux.

XXVII

A VILLAMAR

Lettres de Lagrimas à Reine.

Villamar, 15 septembre 1848.

Mon père m'a amenée ici, chère Reine, pour y
rétablir ma santé, qui allait de mal en pis à Cadiz.
Je me trouve un peu mieux depuis mon arrivée, et
j'essaierai d'écrire quelques lignes chaque jour,
quand je serai en état de le faire, pour te prouver
que, chaque jour, je pense à toi. Tu me dis dans ta
dernière, que tu voudrais me faire rire ; sans avoir la
même intention, car je ne puis être gaie loin de vous,
je vais te rappeler un souvenir plaisant, en te disant
que Tiburcio Civico, ce même Tiburcio dont vous
vous êtes tant divertis, habite Villamar, et est mon
cousin. C'est chez son père, alcade du village et
maréchal vétérinaire, que je suis descendue.

Mon oncle, comme tu peux bien le penser, d'a-
près le métier qu'il exerce, n'est pas un homme
fort distingué, et ma tante, grosse Galicienne, de
bonne mine, est encore plus commune que lui ; mais

tous les deux sont d'excellentes gens, qui m'ont
si bien accueillie, si bien soignée, si bien dorlotée,
que, depuis mon départ de Séville, je ne me suis
jamais mieux trouvée. Ils font tout ce qu'ils peuvent
pour m'égayer et me distraire..., mais comment
pourrait-on s'égayer et se distraire quand on est
loin de ceux qu'on aime! tu me répondras sans
doute, chère amie, ce que tu me dis dans ta dernière
lettre : que l'oubli « est un baume, le souvenir un
ver rongeur. La santé est aussi un baume, la maladie un ver rongeur...; mais il n'est pas plus en
notre pouvoir de recouvrer la santé que de bannir
le souvenir. Interroge-le, *lui*, et tu verras s'il ne dit
pas comme moi. Si tu parles ainsi, ma Reine, c'est
que tu ne sais pas encore ce que c'est que d'aimer !

17 septembre.

Hier j'ai fait une longue promenade à âne; tout
le monde s'était mis après moi pour me faire sortir.
On m'a conduite sur une hauteur où, dans une petite
chapelle , se trouve un fort beau Christ chargé de
sa croix. Avec quelle ferveur, ô ma Reine, j'ai prié,
prosternée à ses pieds, pour ma mère, pour toi et
pour *lui !* Votre pensée m'avait absorbée à ce point,
qu'en me relevant, je m'aperçus que je n'avais pas
prié pour moi-même. Je le regrettai, car j'aurais
voulu demander à ce Dieu qui fait des miracles, de
me donner, selon sa volonté, ou la vie ou la mort.
Dans l'état où je suis, je ne vis ni ne meurs; car ce
n'est pas vivre que de souffrir comme je le fais, phy-

siquement par les maux que j'endure, moralement par les chagrins de l'absence. Quoi qu'on en dise, la mort est bien effrayante, ma Reine, et quand on pense qu'on sera déposé dans la terre et qu'on restera là abandonné de tout le monde, on ne peut s'empêcher de frémir, et cependant, le cimetière de Villamar est riant et paisible, on dirait que des justes seuls reposent dans son enceinte : la terre couvre les morts comme d'un tapis de fleurs. Cette idée, que la nature fait pousser les fleurs sur les tombeaux m'est tout à fait sympathique : c'est à elle seule que ce soin appartient de répandre la consolation dans les cœurs.

Mon cousin Tiburcio me fait vraiment pitié ; il ne peut se consoler d'avoir quitté Madrid et Séville, et d'être forcé de résider à Villamar, qu'il appelle un détestable trou. Mais ses parents ne sont pas de cet avis, et ont regardé comme une bonne fortune, la proposition que leur a faite mon père de confier à leur fils la gérance d'une fabrique qui va être établie dans un couvent voisin de ce village. Tiburcio est exaspéré ; il prétend que ce poste n'est pas à la hauteur de son mérite, et qu'il se déshonorerait en l'acceptant, comme si le travail pouvait jamais déshonorer personne. L'orgueil et la vanité ont tourné la tête de mon pauvre cousin, qui, du reste, me paraît un assez bon garçon.

19 septembre.

Il y a ici un médecin qui me soigne très-bien, et un

vieil officier qui m'accompagne dans toutes mes
promenades. Nous avons dirigé hier nos pas vers
un fort dont il était commandant, mais qui s'est
écroulé. Les ruines me plaisent, quand on ne les
profane pas, et qu'on leur laisse la liberté de se
reposer à leur gré, et de cacher sous le lierre leur
dernière épitaphe. Nous avons assisté à un magnifique coucher de soleil dans la mer : ce spectacle
m'a toujours attristé, car il me représente un grand
naufrage, et quand je vois les derniers rayons dis-
paraître dans les flots, je crois entendre un long et
douloureux cri de détresse.

20 septembre.

Villamar est un charmant village, et n'a cependant pas la prétention de l'être. Des maisons se-
mées çà et là sans symétrie aucune, se groupent
tout autour de l'église ; on dirait un troupeau de fidèles agenouillés autour d'une croix. Tout auprès
se trouve le magnifique couvent que mon père a
acheté. Ne te semble-t-il pas étrange qu'on puisse
acheter un couvent comme on achète une vare de
drap? Je n'ai pas voulu aller le visiter; je crain-
drais, en y entrant, d'éprouver un sentiment trop
pénible. Un silence profond règne sous ces voûtes
que faisaient résonner autrefois les hymnes et les
prières au Seigneur. Quel chagrin de voir vide,
froid, abandonné, cet autel où brillait la majesté
divine! Je préfère aller au couvent de Santa Ana ;
là, les chants des religieuses, le parfum des fleurs

17.

et de l'encens, la douce voix de l'orgue, tout con-
sole le cœur, tout porte à une fervente piété. Eh
bien, croirais-tu que Tiburcio me raille à ce sujet,
en prétendant que si l'on va à l'église, ce ne peut
être que par curiosité ou par fanatisme, et comme
je lui exprimais mon étonnement d'une semblable
hérésie, il m'a dit qu'il me montrerait cela imprimé
dans des livres. Je crains vraiment que ce garçon,
qui passe sa vie à ne rien faire, ne finisse par devenir fou.

23 septembre.

Nous sommes allés, il y a quelques jours, sur la
plage ; la marée était haute et les flots venaient se
briser avec fracas contre les rochers qui me faisaient
l'effet d'un bataillon de soldats que la terre oppose
aux attaques de la mer. Dans leur sombre mutisme,
ces rochers sans cesse exposés à la fureur des flots, me
font vraiment pitié. Quelquefois les vagues s'élèvent frémissantes, comme pour les défier, d'autres
fois elles se couchent paresseusement à leurs pieds,
qu'elles semblent vouloir baiser.

Les petites filles de ma tante me rapportèrent des
coquillages de toutes sortes et, entre autres, de petites étoiles de mer. En as-tu vu quelquefois ? Elles
sont charmantes. Mon oncle dit que c'est une plante,
D. Juan de Dios prétend que c'est un polype, mais
dans leur pieux langage, les enfants disent que ce
sont des étoiles tombées du ciel, qui s'attachent au
fond de la mer, et ils chantent :

« La petite étoile de mer, semée sur le sable, est
« tombée du ciel et est morte de chagrin. »

Et pour mon compte je suis de l'avis des enfants.

26 septembre.

Je trouvai un ossement que la mer avait rejeté
comme une épave. Je me figurai que ce pouvait
être un des os de ma pauvre mère, et cette idée me
fit tant de mal qu'on fut obligé de me remporter
à la maison, et que, depuis ce moment, j'ai été plus
malade qu'à l'ordinaire. J'ai demandé qu'on mît en
terre sainte cette chère relique, et on l'a en enterrée
sur la plage. La plage est une terre sainte, puisqu'elle reçoit les cadavres des pauvres naufragés
qui viennent y échouer en implorant une sépul-
ture.

Depuis cette dernière sortie, je vais de mal en pis,
ma Reine, et je garde la chambre. Ma bonne tante
me tient compagnie, autant que le lui permettent
ses occupations. Elle me raconte les chagrins que
lui cause son fils Tiburcio, et le moindre n'a pas été
celui de lui voir abandonner une charmante et excellente jeune fille qu'il devait épouser. Ils étaient
destinés l'un à l'autre depuis leur enfance, et il l'a
quittée ! Comprends-tu cela, Reine ? Comprends-tu
que le cœur puisse se dépouiller d'une affection
comme un arbre se dépouille d'un fruit trop mûr ?
Je croyais, moi, que l'affection était un arbre qui
jetait chaque jour dans le cœur de plus profondes
racines. La pauvre jeune fille est entrée novice dans

un couvent ; et si tu entendais avec quel mépris Tiburcio traite les religieuses et les couvents ! Je commence à croire que ce garçon n'a pas seulement une mauvaise tête et de mauvais principes, mais qu'il a mauvais cœur.

Comme je suis incapable de m'occuper de rien, je passe mon temps à la fenêtre à regarder passer les gracieux nuages qui flottent silencieusement sur nos têtes, et que les hommes ne regardent seulement pas, tant ils sont occupés de ce qui se passe sur la terre. Ces nuages me font l'effet d'anges qui étendent leurs ailes d'argent sur le ciel azuré. Quand je les vois arriver en courant, s'arrêter sur ma tête, puis se remettre en marche, je me figure les entendre me dire ces paroles que tu me répétais si souvent quand j'étais enfant : « Viens donc ! pourquoi ne viens-tu pas ? » Tout rappelle les personnes aimées, Reine ; dans l'absence, le cœur est une montre à répétition qui ne s'arrête jamais. Quand les nuages s'envolent en fumée du côté de Séville, je voudrais pouvoir les couvrir de fleurs, qu'ils répandraient sur toi, et chacune d'elles te porterait, de ma part, un baiser sur le front... Mais à ces nuages blancs et gracieux, succèdent les noirs nuages, précurseurs des tempêtes ;... ils passent comme une bande de noires corneilles qui qui vont bien loin, bien loin, chercher un autre ciel, et semblent tristes, parce qu'ils s'éloignent ! L'absence, ô ma Reine, l'absence, qui paraît un mal si léger, cause un chagrin si grand, si profond, que je crois vraiment que le mot adieu est le plus triste de tous les mots.

27 septembre.

Les tempêtes sont arrivées, ô ma Reine ! Déjà le vent a fait entendre sa puissante voix ,... cette voix qui gémit et qui menace, et déjà je me tourmente et je m'agite dans ma fièvre brûlante. Que demande le vent, Reine? que lui a fait la terre, pour qu'il la châtie de la sorte? Que veut-il dire dans son ef· frayant langage, car il dit quelque chose? Peut-être est-ce l'âme de quelque autre globe terrestre qui est mort et qui demande au nôtre des prières? Pourquoi souffle-t-il de préférence pendant la nuit? Quand je l'entends, reine, mes souffrances redoublent, mon âme est alors comme la barque que la tempête agite sur les flots de la mer, et ne va pas croire que je pense au bonheur de me trouver à l'abri? Non ! non ! je pense aux malheureux navigateurs qui se trouvent en danger ! Je voudrais, Reine, que dans les mauvais temps, tout le monde se réunît pour prier, et Dieu s'attendrirait sans doute, et il dirait : « ce sont tous mes enfants, ils sont tous frères, puisqu'ils prient les uns pour les autres ! O mon Dieu ! mon Dieu ! envoyez la rosée aux plantes et la charité aux cœurs,... donnez-nous notre pain quo- tidien et pardonnez-nous comme nous pardonnons !

28 septembre.

En relisant ce que je t'ai écrit hier, sous l'impres- sion de la tempête, j'avoue que tu as le droit de me gronder, et la joyeuse Flora celui de se moquer de

moi. Il me semble l'entendre, comme autrefois, s'é-
crier : qu'il appartient aux harpes éoliennes, et non
aux jolies filles, de vibrer tristement sous le souffle
du vent ; que ce n'est que dans les litanies que le
nom de mystique s'applique à la rose ; que dans ce
siècle, enfin, et dans le monde, on ne doit ni s'habiller en nonne, ni ceindre son front de la couronne
d'épines... Dis-lui, à cette riante et joyeuse Flora,
que j'ai dans le cœur une épine qui s'y enfonce chaque jour plus profondément, et finira par le percer ;
et cette épine, c'est le chagrin de vivre séparée de
vous tous !

30 septembre.

Il a beaucoup plu ces jours derniers, et cette bien-
faisante pluie est due aux prières qui ont été adressées au ciel. Que Dieu est bon, Reine ! Mais aussi
quelle ferveur, quelle reconnaissance dans les cœurs
des pieux habitants de Villamar ! Le cœur seul de
Tiburcio reste aussi sec que l'était la terre avant
cette bienheureuse pluie. N'est-il pas étonnant,
Reine, de voir qu'à une époque où les miracles de-
viennent d'autant plus rares que la foi diminue davantage, la bonté de Dieu ne se lasse pas d'exaucer
les prières qui lui sont adressées pour implorer de
l'eau ? Sais-tu pourquoi, Reine ? C'est que nous de-
mandons à Dieu de nous envoyer ce que lui-même
nous a enseigné à demander, *notre pain quotidien !*

Le temps est devenu meilleur. Les nuages se sont
élevés et poursuivent paisiblement leur route sans

arroser la terre. Heureux qui peut les imiter! Mais
aujourd'hui, Reine, je suis sous le coup d'une horrible oppression. J'avais remarqué que les petites
filles de ma tante, qui, lors de mon arrivée ici, ne
quittaient presque jamais mes côtés, ne venaient
plus maintenant dans ma chambre, et j'attribuais
cette désertion à l'inconstance naturelle à leur âge.
Mais hier, qui était vendredi, la plus petite m'apporta une branche de romarin qui fleurit tous les
vendredis (1). « Je te l'apporte, parce que je sais
que tu l'aimes, me dit-elle, et en cachette de ma
mère, car elle nous a défendu de nous approcher de
toi... » Et elle s'enfuit.

Ma maladie serait-elle par hasard contagieuse,
Reine? Serait-il dangereux de s'approcher de moi?
Serais-je un cadavre au milieu des vivants? O Reine,
cette idée est terrible, et cependant la chose doit
être vraie, puisqu'on me fuit comme une pestifé-
rée.

30 septembre, au soir.

J'ai pleuré longtemps, et j'ai pu pleurer sans que
personne s'informât du motif de mes larmes; car
mes parents ont à veiller à leurs affaires et ne peuvent rester auprès de moi. O Reine, que la vie est
triste, et cependant que l'idée de la mort est terrible! J'éprouve de cruelles douleurs dans la poitrine,

---

(1) C'est encore, avec son cachet primitif, une de ces croyances
si religieuses, si naïves et si parfumées du peuple espagnol. On
aurait beau être poëte, on ne saurait inventer des choses si simples.

dans la tête, et je ne puis que répéter avec ma pauvre mère :

« Je m'étends sur ta croix, les clous aux pieds et
aux mains, et je m'incline pour que tu viennes à
mon secours, ô doux Jésus, mon rédempteur. »

Lettre de Flora à Lagrimas.

Ma bien-aimée Lagrimas, Reine est un peu indisposée et me prie de t'écrire en son nom ; je le fais
d'autant plus volontiers, qu'il y a fort longtemps que
je voulais t'écrire au mien ; car je t'aime, et c'est un
plaisir que de causer avec les gens qu'on aime... Et
puis j'ai bien des choses à te dire ; j'espère que mes
confidences te seront de quelque utilité, et c'est ce
qui m'a fait surmonter mon horreur à prendre la
plume. Je donnerais pour une aiguille toutes les plumes du monde, et toutes les épées, y compris celle
de François Ier, pour un éventail. Si jamais je puis
mettre la main sur une baguette magique qui me
donne ce pouvoir, la paix éternelle sera assurée au
monde.

Venons au fait : Fabian est parti ; il est entré
dans la vie active, comme dit Genaro ; dans la vie
positive, comme dirait Marcial. Cet enfant d'Apollon
est passé au service de Thémis, comme il le dit lui-
même, et il assure que cette transition est bien vulgaire en quittant le service de Flore. En un mot, il a
échangé la couronne de lauriers contre le bonnet de
docteur, et la lyre contre les balances de la justice,
ce qui, entre nous, lui donne un certain air de garçon

de boutique. Puisse-t-il, en pesant la justice, faire meilleur poids que ceux-ci !

Nous nous sommes séparés comme deux bons camarades qui ont joué ensemble pendant les jours de congé, et qui quittent la partie, sans trop verser de larmes, pour rentrer en classe. Je ne te fatiguerai donc pas d'une élégie... non, non... L'élégie est un saule-pleureur qui ne me déplaît pas au bord d'une rivière, mais qui ne convient pas du tout à ma plume, incapable de tracer un point d'exclamation, cet étendard de la sensiblerie. Je n'aime pas les *larmes*, bien que Fabian les appelle les *perles du cœur*, parce que, dans mon cœur, je n'admets que des diamants et des émeraudes, et je ne fais une exception que pour toi seule, Lagrimas !

Trois graves événements ont eu lieu à des distances fort rapprochées : Fabian est parti, ce rossignol de ma jeunesse ; j'ai accompli mes dix-huit printemps, et il nous est arrivé un mien cousin, au troisième ou quatrième degré, qui trouve cette parenté trop éloignée et voudrait en resserrer les nœuds un peu plus étroitement ; ma mère favorise ce désir, et elle m'a déclaré d'un ton affreusement prosaïque que, vu et attendu que j'avais atteint le nombre respectable de la douzaine et demie d'années, il était temps de laisser là les chansons et de songer à quelque chose de plus sérieux. Mon pourvoyeur ordinaire de chansons ayant renoncé à son commerce, et ne pouvant plus me pourvoir que de jugements et de sentences, je n'ai pas jugé trop déplacée la *sentence* de ma mère... La sagesse, Lagrimas, se trouve dans la bouche des vieillards comme dans les grappes mûres on trouve les éléments du bon vin. Les grappes vertes ne produisent que du verjus, tout au plus bon à nous rafraîchir la bouche pendant les brûlantes soirées de l'été. Quand on n'est encore qu'une jeune fille sans expérience, il ne faut pas suivre l'amour, à l'imitation des jockeys dans ces courses appelées en France, à ce que dit Fabian, courses de haies, et qui consistent à atteindre le but, en ligne droite, en sautant les barrières, en traversant les rivières, en franchissant tous les obstacles. Cette manière de courir décompose le visage, ôte à la femme sa grâce naturelle, sa fraîcheur juvénile, et n'a d'autre résultat que de lui donner les allures d'une virago.

Le cœur d'une jeune fille, s'il ne doit pas être esclave, doit cependant être soumis. Un mari se fie plus à un cœur docile qu'à un cœur émancipé; car une femme qui a brisé un premier frein peut bien en briser un second. Ce qui plaisait à l'amant, le mari le blâme dans son for intérieur. Quand le passé n'est pas une garantie pour l'avenir, la femme perd une grande partie de son prestige et beaucoup de ses droits au respect et à la confiance de son mari. Si je parle ainsi, ma douce enfant, c'est que nos deux positions ont certaine analogie entre elles, et qu'en te communiquant mes réflexions, je veux t'engager à suivre mon exemple. Non pas que je doute que tu ne te comportes en bonne et honnête fille, comme je l'ai fait, mais parce que je désire que tu prennes joyeusement et courageusement ton parti.

Si l'on fait un sacrifice avec les airs d'une victime sacrifiée, il perd tout son mérite moral, comme un cadeau perd de sa valeur s'il est fait de mauvaise grâce. Aussi le jour où j'ai consenti à devenir la femme de mon cousin, je me suis attachée à lui comme au devoir, comme à l'espérance, comme au bonheur, et tout me fait croire qu'il fera le mien.

Les parents couronnent la pénible tâche de l'éducation des enfants, en leur procurant un établissement digne d'eux et en assurant leur sort à venir. N'y aurait-il pas la plus noire ingratitude à leur enlever cette récompense de leurs soins et de leurs peines en disposant de nous-même sans leur consentement? Crois-le bien d'ailleurs, Lagrimas, Dieu récompense toujours une bonne action ; il sème de fleurs le sentier le plus aride. Si tu voyais combien je jouis du bonheur de mes parents, bonheur qui ne provient pas tout entier de leur tendresse pour moi, car, mon enfant, leur gendre futur a tout ce qu'il faut pour flatter leur amour-propre ; non-seulement c'est un cavalier accompli, mais c'est un des partis des plus brillants. Saint Antoine, que ma pauvre mère invoquait dans ses prières pour me procurer un bon mari, a décidément détrôné dans son cœur tous les autres saints du paradis.

Sois heureuse et contente comme moi, ma chère enfant, c'est le plus ardent de mes désirs. Fabian, en m'appliquant les paroles de certain auteur français, disait « Que chacune de mes pensées était un « sourire. » Imite-moi, douce amie, et ne nous

laisse pas dans la triste idée que chacune des tiennes
est une larme comme ton nom.

A toi de cœur.

FLORA.

Réponse à Flora.

Très-chère Flora, j'ai reçu ta lettre comme
l'humble fleur du vallon reçoit la rosée que Dieu lui
envoie. Que tu es bonne de m'aimer et d'avoir pensé
à moi, toi qui es si bien entourée, toi qui as tant de
gens à aimer !

Heureuse, mille fois heureuse Flora, des mains
amies ont tracé ta route et en ont écarté les épines.
Comme les nuages au printemps, dans l'éther azuré,
tes jours flottent agités par une douce brise ; mais il
est d'autres nuages qui flottent à l'aventure, seuls et
abandonnés, trop éloignés des étoiles pour invoquer
leur secours, pas assez rapprochés de la terre pour
solliciter ses conseils. Tu me conseilles de t'imiter
et de n'avoir que de riantes pensées... Flora, dis donc
à la mer de briller quand elle ne réflète pas le
soleil !

Tes jours, Flora, s'écoulent sans souffrance, tes
nuits sont paisibles ; mes jours, sans en excepter un
seul, ne sont qu'une souffrance continuelle ; mes
nuits, si je ne dors pas, sont remplies d'amertume ;
si je dors, elles sont agitées par d'affreux cauche-
mars. O Flora, tu ignores ce que c'est que le cauchemar ! C'est une effrayante angoisse de l'esprit
contre laquelle on n'a pu jusqu'à présent trouver de

remède. Te souviens-tu de la définition qu'en a faite un poëte anglais (1), et que Fabian nous traduisait? Je ne l'ai pas oubliée, moi :

« J'eus un songe; et il n'est pas au pouvoir de « l'homme de décrire ce songe... Jamais l'œil ne « put voir, jamais l'oreille ne put entendre, jamais « les mains ne purent toucher, jamais les sens ne « purent percevoir, jamais les paroles ne purent « exprimer ce que c'était que ce songe. »

Le cauchemar, quand il ressemble à ceux qui m'oppressent, est un avant-coureur des souffrances réservées aux damnés ! On a beau vouloir se raisonner, que peut la raison contre les battements du cœur, contre la sueur qui baigne le front, contre la frayeur que cause le cauchemar? Rien ne peut calmer cette horrible agitation; ni le silence de la nuit, ni la certitude qu'elle ne provient que d'une cause fantastique... Eh bien ! ma Flora, si la raison ne peut rien contre ces fantômes que crée l'imagination, quel pouvoir aurait-elle sur les impressions de la réalité? Chacun sent à sa manière et suivant l'instinct que Dieu a placé dans son cœur ; les eaux, les lumières et les cœurs voudraient en vain résister au courant qui les entraîne. Pour certains cœurs, ce courant est un sourire; pour d'autres, c'est la tristesse. Aux uns, Dieu a dit : Réjouissez-vous; aux autres : Souffrez ; et à tous : Venez à moi.

Sois heureuse, ô ma Flora, sois heureuse autant que mérite de l'être une femme que le Tout-Puis-

_____
(1) Shakspeare.

sant a créée pour prouver aux mortels combien la
vertu est facile, combien elle embellit, combien elle
rend aimables ceux qui la pratiquent, ceux qui répandent le parfum de leurs fleurs sur tout ce qui les
entoure. Mais à toi seulement, parmi les femmes,
comme à l'oranger, parmi les arbres, il a été donné
de porter à la fois et des fleurs pures et parfumées et
des fruits savoureux et dorés.

LAGRIMAS.

XXVIII

CODE DE L'HONNEUR

Après la scène qui s'était passée entre le millionnaire et la marquise, et dont personne n'avait eu
connaissance, on put remarquer chez celle-ci une
grande préoccupation. Des courtiers, des avocats,
des notaires se succédaient chez elle ; mais la marquise gardait le silence, et, chose triste à dire, sa
fille, absorbée par sa passion, ne pensait pas à autre
chose. Dans son égoïsme d'enfant gâté, tout ce qui
ne se rattachait pas à son idole n'était rien pour elle.
Dieu a sans doute mis dans le cœur d'une vierge un
aimant irrésistible pour lui donner le courage de
sortir du giron maternel ; mais il est des limites qui
ne devraient jamais être dépassées ; quel que soit
le sentiment qui la domine, il ne devrait jamais lui
faire oublier ce qu'elle doit à sa mère, et, dans son

propre intérêt, elle ne devrait jamais oublier que le voile sur le visage, la retenue dans les actions, sont un charme qui ajoute une piquante séduction à l'élégance et à la délicatesse.

Tout entière à son amour, Reine ne devina rien et n'interrogea pas sa mère.

Puisqu'elle ne me dit rien, se contenta-t-elle de se dire à elle-même, c'est qu'elle ne veut pas que je sache ce qui se traite ici. L'interroger, serait peut-être la contrarier. Que de gens transigent ainsi avec leurs devoirs et se croient à l'abri de tout reproche !

La veille du jour où expirait le contrat du prêt fait par D. Roque, la marquise avait demandé un entretien particulier à son ami D. Domingo Osorio.

Quand celui-ci entra chez la marquise, il la trouva assise et écrivant à son bureau.

— Marquise, dit-il en s'approchant, la République dévore ses enfants : les rouges commencent à rire jaune ! Henri V est à Marseille. Tout ce qu'il y a de cloches en France est en branle, tout ce qu'il y a de canons fait des salves en son honneur. Cela ne pouvait manquer d'arriver ! Après le chaos la lumière, l'ordre après le désordre. Plus la fièvre est violente, moins elle dure longtemps... Il est entré à Vigo, ajouta-t-il à voix basse, un bâtiment russe chargé de vingt mille fusils et de 200,000 roubles..

— Don Domingo, dit la marquise sans paraître avoir entendu les nouvelles politiques que venait de débiter le vieillard, j'ai désiré vous voir pour vous

communiquer deux choses : l'une est le mariage de
ma fille...

— De Reine? et avec qui?... avec le marquis de
Navia ?

— Non ; elle épouse Genaro.

— Genaro !

— Oui. Ce mariage détruit, il est vrai, tous mes
projets pour elle ; mais elle est folle de Genaro et
ne veut pas entendre parler d'un autre. J'ai fait tout
ce qui était en mon pouvoir pour m'opposer à cette
union, comme il convenait à une bonne mère qui,
dans le mariage de sa fille, ne doit pas céder à un
caprice, mais ne voir que son bonheur à venir, son
rang dans le monde et le bien-être des enfants qu'elle
peut avoir. J'ai agi en tutrice qui considère le mariage avec toute la gravité d'un acte d'où dépend la
destinée d'une famille entière. J'aurais voulu que
ma fille trouvât en se mariant des avantages équi-
valant à ceux qu'elle apportait. Persuasion, autorité,
douceur, rigueur, j'ai tout employé, tout a été inutile, tout est venu échouer contre sa volonté de fer.
Ah ! Domingo, je suis bien punie de ma faiblesse !
Si dès son enfance j'avais élevé ma fille dans ces sentiments d'obéissance que les mères devraient, avant
tout, inculquer à leurs enfants, j'aurais coupé dans
leur racine ces germes de rébellion future. Enfin j'ai
rempli mon devoir en faisant à ma fille toutes les
représentations que je croyais devoir lui faire; il
faut se résigner maintenant, et d'ailleurs, à part
son manque de fortune, Genaro est un véritable
gentilhomme, de naissance et de manières ; sa con-

duite est exemplaire, il est doué de capacités peu communes, et sera, je pense, un administrateur fort entendu de la fortune de sa femme.

— J'avais rêvé pour Reine un parti plus brillant, répliqua D. Domingo visiblement contrarié; mais enfin puisqu'elle le veut ainsi, il faut bien en prendre son parti. Cette Reine est une reine absolue.

— Absolue en effet en pensées et en actions, dit la marquise en souriant.

— Je n'aime pas l'absolutisme en pensées, marquise, je n'en fais cas qu'en actions, pourvu que le pouvoir soit entre des mains fortes et puissantes, capables de l'exercer à l'avantage de tous.

— Venons maintenant à l'autre affaire dont je voulais vous entretenir, poursuivit la marquise; c'est demain qu'expire le délai d'un an stipulé au contrat que j'ai fait avec D. Roque.

— Je le sais, répliqua Domingo, et comme Reine n'est pas encore mariée, et que, selon toute probabilité, le mari qu'elle va prendre ne résiliera pas le contrat, vous l'avez sans doute renouvelé?

— Non, et je ne le renouvellerai pas.

— Comment! Mais que ferez-vous alors?

— Je rembourserai D. Roque.

— Le rembourser! et de quelle manière? Lui abandonneriez-vous le gage de l'hypothèque?

— Le manant le voudrait bien, mais il n'aura pas ce plaisir.

— Alors, comment ferez-vous pour le rembourser? Où trouverez-vous l'argent nécessaire pour sortir d'embarras?

18

— Le voici! dit la marquise en tirant de son se-
crétaire des lettres de change payables à vue.

D. Domingo les prit, et après les avoir exami-
nées :

— En voici une, dit-il, de 400,000 réaux, signée
du riche fabricant F..., c'est lui qui vous paye votre
rente viagère; comment se fait-il?

— Je l'ai aliénée, répondit la marquise.

— Jésus! Jésus! quelle folie! quelle extravagance! exclama D. Domingo d'un ton désespéré en
levant les mains au ciel; une rente de 30,000 réaux,
et sur la tête d'une femme qui n'a pas quarante ans!
Jésus! vous vous êtes ruinée en aveugle! Le contrat
était hypothéqué sur le majorat de votre fille; vous
n'étiez pas responsable; à quoi bon se sacrifier sans
nécessité?

— Don Domingo, la fortune de ma fille et la
mienne ne font qu'une.

— Une fois mariée, son mari ne pensera peut-être
pas ainsi; il peut ne reconnaître ni la dette, ni le
sacrifice.

— Genaro est incapable d'un semblable procédé;
mais admettons que cela arrive, il me reste mon
douaire qui me suffit pour mes vieux jours.

D. Domingo prit l'autre lettre de change, de
200,000 douros, souscrite par le joaillier B...

— Marquise! marquise! exclama-t-il, comment,
vous avez vendu vos magnifiques diamants! ces
joyaux de famille évalués à plus d'un million, et
que votre bisaïeule avait rapportés de Lima, et pour
200,000 misérables douros!

— Je n'ai pas tout vendu, cher ami ; j'ai réservé pour Reine une parure complète.

— Mon Dieu ! mon Dieu ! disait D. Domingo hors de lui et parcourant l'appartement à grands pas ; quelle déconfiture ! quelle ruine ! Pourquoi ne m'avoir pas prévenu ? Si ce Roque exigeait le remboursement de sa créance, il n'aurait pas manqué de gens qui, aux conditions tyranniques imposées par cet homme, vous eussent prêté la somme nécessaire.

— Assez !... assez !... répliqua la marquise toute émue, oh ! assez !... je ne veux plus de dettes ; les dettes, comme le feu, consument lentement la paix de la vie ; elles rabaissent la plus haute supériorité au niveau de la médiocrité la plus infime ; elles engendrent le mépris de la part du vulgaire, l'outrage de la part du riche. Et elles ont raison d'être orgueilleuses. Un noble qui s'endette perd ses droits à porter la tête haute : c'est un galérien qui traîne sa chaîne au pied. Le premier noble qui s'endetta, à part les dettes contractées pour le roi et pour la patrie, fit tomber le premier créneau du château-fort élevé par la noblesse à son emblème. Pour se maintenir dans toute sa gloire, la noblesse doit donner à main ouverte sans jamais rien recevoir. Celui qui peut payer et ne paye pas, même au prix des plus cruels sacrifices, transige avec l'honneur, et laisse volontairement à ses descendants une plaie toujours saignante. Les dettes sont la lèpre des maisons nobles et la flétrissure de leur blason. L'expérience m'a cruellement démontré ces vérités, Domingo ; les dettes ont rempli ma vie d'amertume ; elles m'ont

fait faire ce que je n'aurais dû jamais faire, c'est-à-
dire admettre chez moi des gens indignes d'y paraître; elles m'ont valu la première insulte que j'aie
reçue de ma vie! Oh! oui, la leçon a été bonne!
Ma fille n'en passera pas par où en est passé sa
mère, et je lui remettrai sa fortune parfaitement
liquide.

— Marquise, dit D. Domingo en voyant la violente agitation de son amie, marquise, vous êtes sous
l'impression d'un noble sentiment, développé sans
doute par quelque récente cause que j'ignore. Il y a
du vrai au fond de ce que vous venez de dire; mais
vous exagérez un peu les choses; un prêt est quelquefois un service rendu, un bienfait pour l'emprun-
teur.

— Je nie le fait, répliqua la marquise avec une
chaleur toujours croissante ; je nie le fait, à quelques
rares exceptions près. Je voudrais, D. Domingo, qu'il
y eût un code de l'honneur, où nos enfants appren-
draient que la dette est une honte et que l'usurier
n'est qu'un infâme vampire, dont le contact ne doit
pas inspirer moins d'horreur que celui du bourreau.
Je voudrais que l'on enseignât, dans ce code, à honorer le *noble* pauvre, qui ne demande rien, à l'égal du
riche plébéien en état de donner. En les plaçant tous
deux sur la ligne de leur valeur respective, on obtien-
drait cette égalité, si bien prônée, et que poursuivent
en vain l'orgueil et la vanité; car si l'homme qui ne
demande rien est *riche,* le *riche,* qui sait donner à
propos, est véritablement *noble.*

Ainsi, Domingo, il y aurait progrès..., dans une

route tracée par l'Evangile, cette source unique et première de tout progrès moral.

XXIX

CATASTROPHE

Pendant que D. Roque exécutait son voyage et poussait sa pointe amoureuse avec le peu de succès que nous venons de voir; pendant que Reine et Genaro s'abandonnaient à leur aveugle amour; pendant que la marquise faisait à sa tranquillité le sacrifice de sa fortune, Lagrimas, seule, souffrante, sans nouvelles des personnes qu'elle aimait, puisque Reine n'avait pas répondu à la longue lettre qu'elle lui avait adressée, Lagrimas dépérissait de jour en jour...; mais jamais une plainte ne s'exhalait de sa bouche. Calme, douce, et muette... elle inclinait la tête pour mourir, comme la fleur arrosée par les eaux de la mer.

Quant à Tiburcio, vainement ses parents avaient-ils voulu lui persuader de se mettre à la tête de la fabrique que D. Roque établissait au couvent : le jeune entêté s'y refusait obstinément, objectant pour tout argument, qu'il n'était pas né pour être fabricant..., et il prononçait ce mot *fabricant*, d'un ton de dédain tel que nous ne saurions l'imiter : il méprisait, l'insensé, cette classe de la société, qui fait l'honneur des gouvernements ; ces hommes qui

18.

donnent du pain à tant de pauvres gens et dont la puissance, quand elle est dans des mains justes et bienfaisantes, rappelle, dans notre siècle d'égoïsme et de vertigineuse indépendance, la domination paternelle qu'exerçaient les patriarches dans leurs tribus.

Désespéré de ne pouvoir parvenir à convaincre son fils, D. Perfecto croyant le moyen infaillible, se résolut à violer le secret qu'il avait juré à D. Roque, et communiqua à Tiburcio le projet de son oncle de le marier avec sa cousine. Mais figurez-vous l'étonnement et le désespoir du pauvre père, quand, à la peinture de ce brillant avenir, dont la fabrique n'était que l'aurore, il vit son fils accueillir cette confidence avec un profond dédain, et déclarer positivement, de cet air superbe qui lui était familier : « Que « jamais il n'épouserait cette pauvre fille infirme, « fanatique et à moitié folle, quand même le mariage « ne lui imposerait pas l'obligation d'être fabricant « et de végéter dans un misérable trou de village. »

Le père voulut insister, mais le fils répondit d'une manière si acerbe, si méprisante, si insultante, si ironique, que le pauvre alcade s'aperçut, mais un peu tard, de la faute qu'il avait commise en n'écoutant pas les conseils excellents, quoique un peu grossièrement exprimés, de sa femme. En voyant que, pour fruit de tous ses sacrifices, il ne recueillait que le déboire d'avoir fait de son fils un être rebelle à toute domination, incapable de rien faire, le pauvre père pleurait des larmes de sang.

Voyant que Reine ne répondait pas à sa lettre, Lagrimas lui écrivit de nouveau :

Lagrimas à Reine.

Tu ne m'écris pas, ma Reine, je ne sais plus rien, ni de toi ni de personne. Si tu savais pourtant combien je me trouve seule et isolée !... Mais plus je suis seule, plus je me sens près de Dieu ; et je comprends maintenant la vie des solitaires de la Thébaïde. S'il y a une solitude pour le cœur, il n'y en a pas pour l'âme.

Depuis ma dernière lettre de terribles événements se sont passés dans notre paisible village, et je prends la plume pour t'en faire part. Il est dit, ô ma Reine ! que je boirai le calice jusqu'à la lie.

Je ne sais comment je parviendrai à t'écrire, car, à ces lignes mal tracées, tu reconnaîtras l'agitation fébrile de mon pouls.

Ma chambre, qui donne sur la rue, est séparée de celle de mes parents, par une simple cloison en bois. Ce matin je les entendais discuter, et la voix de Tiburcio s'élevait plus haut que les autres. Soit qu'on me crût absente et descendue à la basse-cour, comme je le fais quelquefois, soit que mon ouïe soit devenue plus fine avec la maladie, rien de ce qui se disait n'échappait à mon oreille. J'allais me lever et quitter la chambre, quand j'entendis ces terribles paroles prononcées par Tiburcio : « Je vous l'ai déjà « dit et je vous le répète : Quoi que vous en disiez, « quoi qu'en dise votre cousin D. Roque, l'homme « doit viser plus haut qu'à la richesse. Je ne veux « pas être riche, s'il me faut être condamné à végé-

« ter dans cet obscur village, si je dois me rabaisser
« au rôle d'un obscur fabricant, s'il me faut enfin
« épouser une imbécile fanatique...

« —Tais-toi... tais-toi...,» lui disaient ses parents.
Mais il poursuivit, sans les écouter :... « Une pau-
« vre fille, infirme, poitrinaire et à moitié folle ! »

Après ces mots, il sortit précipitamment de la
chambre et de la maison.

— Reine, Reine ! *infirme ! poitrinaire ! folle !*
O mon Dieu ! mon Dieu !

15 octobre.

..... Je n'ai pu continuer ma lettre l'autre jour;
on me trouva évanouie sur ma chaise, et l'on me
porta dans mon lit, dont je viens à peine de sortir.
Pendant ce court espace de temps, il est arrivé un
malheur terrible à cette pauvre famille. Mon oncle
avait envoyé Tiburcio à Cadiz pour conférer avec
mon père sur les travaux qui s'exécutent au couvent
et rapporter de l'argent. Tiburcio a touché les fonds
et a disparu avec eux.

Comment te peindre l'affliction de cet honnête
couple qui veut rembourser mon père, mais que ce
sacrifice achèvera de ruiner? Cela fend le cœur de les
voir et de les entendre. Mon père devrait refuser ce
sacrifice, mais il ne le fera pas; mon père a sur
l'argent les idées les plus étranges.

La mère de Tiburcio croit qu'il est parti pour la
Californie; son père pense qu'il est allé rejoindre,
en Icarie, ce Cabet dont il parlait tant, et qui ser-

vait de but aux plaisanteries de Flora et de Fabian ; mais, en réalité, personne ne sait où il est.

Je vais écrire à mon père pour le supplier de ne pas ruiner ces malheureuses gens, qui, en définitive, sont ses plus proches parents. Dieu sait comment il accueillera ma lettre, et il est plus que probable qu'il n'y aura pas égard ; mais enfin c'est un devoir et je le remplirai. La compassion inactive est un corps sans âme. Dût-on échouer dans ses tentatives, il faut essayer de soulager son prochain. C'est une satisfaction pour notre ange gardien, qui, comme disait la mère Bon-Secours, compte nos pas et nos démarches.

LAGRIMAS.

Lettre de Lagrimas à D. Roque.

Mon père et seigneur, je n'ai jamais réclamé de vous aucune faveur ; vos bontés m'en ont dispensé, puisque vous avez toujours pris soin de moi en bon père. J'espère donc que vous ne me refuserez pas la première que je sollicite. Au nom de Dieu, ne souffrez pas que mes pauvres parents se ruinent pour vous rembourser l'argent que mon cousin a emporté et qu'il vous rendra un jour ou l'autre, j'en suis persuadée. Ayez pitié de cette pauvre famille dont la désolation me fend le cœur. Trouverez-vous jamais un meilleur placement pour votre argent que celui de faire le bien ?

On m'a dit, je ne sais si c'est vrai, que j'ai hérité quelque chose de ma mère. Prenez la somme qui

vous est due sur la portion qui me revient, si tant
est qu'il me revienne quelque chose, et je serai
toute ma vie reconnaissante de cette faveur plus
que de toute autre que vous pourriez faire à votre
fille aimante et soumise, qui, en déposant entre vos
mains cette humble supplique de son cœur, se dit
avec respect

Votre tendre fille,

LAGRIMAS.

Réponse de D. Roque à Lagrimas.

Quand les femmes, en général, et les morveuses,
en particulier, veulent parler d'affaires, elles font du
sentiment et ne disent que des bêtises. Ainsi, parce
que cet alcade présomptueux a fait de son fils un
vaurien, il faudrait que j'en payasse la folle-enchère :
j'en serais pour mes deux mille piastres et il se rirait
de moi. Allons donc ! Sache-bien, toi qui ne sais
rien, qu'un débiteur ne paye jamais de bonne grâce.
Si c'était une raison pour ne pas rentrer dans son
argent, nous serions frais ! Me paye-t-il à moi, ce
petit alcade montagnard, les frais de drogues et de
médecins que tu me coûtes ? Pourquoi donc payerais-
je les friponneries de son vaurien de fils ?

Ainsi, on t'a dit que tu avais hérité de ta mère, et
l'enfant veut disposer de son bien ! On aurait dû
te dire aussi que jusqu'à ta majorité tu ne peux
disposer d'un cuarto, à plus forte raison de deux
mille piastres. J'aurai soin de veiller sur toi et de
t'empêcher de faire des folies. Je ne puis attribuer

cette idée saugrenue qu'à un des accès, vrais ou simulés, dont tu fatigues notre patience. Tiens-toi prête à partir sous peu de jours ; je viendrai te chercher.

XXX

PAUVRE LAGRIMAS

Le jour même où Lagrimas faisait partir sa lettre pour Reine, elle recevait celle-ci :

Reine à Lagrimas.

Ma chère Lagrimas, bien que ma mère soit à jamais brouillée avec ton père et ne veuille plus entendre parler de lui, je t'aime tant que je ne puis m'empêcher de t'écrire. Il faut que ton père ait eu de bien grands torts à son égard ; je crois, sans en être certaine, que la rupture a été causée par des affaires d'intérêt, et cela ne m'étonnerait pas. Ton père, qui veut jouer l'Alexandre le Grand, mériterait plutôt par son avarice la dénomination d'Alexandre le Petit.

J'ai bien ri, en effet, en apprenant le désespoir du beau Tiburcio, ton parent, à l'idée de devenir fabricant ; et cependant rien ne pouvait mieux convenir qu'une fabrique de phosphore à un homme qui peut trouver en lui-même les premiers éléments de sa fabrication. Lui, le phosphore fait homme, était destiné à propager la matière ; mais il faudra bien veiller sur sa chère personne de peur qu'elle ne prenne un jour feu comme sa marchandise.

Je porte à ta connaissance que Marcial vient d'être nommé député; il va pouvoir enfin faire briller, au congrès, les flammes de son éloquence. A sérieusement parler, il serait à désirer qu'il n'y eût que des députés comme lui ; il apportera aux cortès une connaissance exacte des besoins de sa province, de bonnes idées et une indépendance sans esprit d'opposition arrêtée contre les hommes et contre les choses. En un mot, son ambition se bornera à prononcer des discours, et il ne fera de tort qu'à lui-même. En résumé, à part sa jactance et son outrecuidance, c'est un honnête garçon.

Fabian a été envoyé, comme assesseur, dans une mauvaise bourgade ; il est dégoûté et parle d'abandonner la carrière de la justice pour se rendre à Madrid et s'y faire homme de lettres. Mais Genaro, qui l'apprécie et le croit destiné à un brillant avenir, l'engage à persévérer et à ne pas quitter une carrière sûre et honorable pour une carrière glissante et fort éventuelle.

Flora a été demandée en mariage par un de ses cousins, le comte de Villafria, jeune homme distingué, bien de sa personne et fort riche. En apprenant cette nouvelle, Fabian a écrit à Genaro, qui avait baptisé Flora et lui du surnom « des deux colibris : »

« Que l'un des oiseaux-mouches avait trouvé le « calice d'un lis pour s'y reposer ; mais que l'autre, « seul et prisonnier dans une triste cage, passait sa

« vie à user un bec qui aurait désiré ne pas faire autre
« chose que chanter, à grimper tristement après des
« barreaux qu'il voudrait pouvoir rompre. » Tu reconnaîtras Fabian, Thémis n'a pas encore étouffé
Apollon.

Tu seras sans doute fort surprise quand je te dirai
que je vais me marier. Mais ton père nous ayant dit
que nous mangerions bientôt des bonbons de ta noce
et Flora prêchant aussi d'exemple, je n'ai pas voulu
qu'il fût dit que je serais la seule du trio qui coiffât
sainte Catherine. Mais ce qui te surprendra encore
bien davantage, c'est que le *novio*, l'objet aimé, est ce
Genaro, envers lequel je me comportais si mal à ton
avis. Puisqu'il te perd, ce sera pour lui une compen-
sation et pour moi une confirmation du proverbe :
« Il ne faut pas dire : Fontaine, je ne boirai pas
de ton eau. »

Genaro n'a pas de fortune : ma mère a cependant
consenti à notre mariage, car tout le monde ne peut
avoir pour ses filles des vues aussi élevées que le
millionnaire D. Roque. Je voudrais, cependant, savoir quel est ce novio dont parlait ton père, et j'espère
que tu me donneras des détails le plus tôt possible.

Genaro t'aime toujours, comme moi, sincèrement
et comme une bonne sœur. Nous espérons bien que,
quand tu seras libre de tes actions, tu viendras nous
faire une visite : tu peux être sûre de nous faire, à
tous deux, le plus sensible plaisir. Adieu, soigne-toi
bien, et sois aussi heureuse que le désire ta meilleure amie.

REINE.

Après avoir lu cette lettre, Lagrimas poussa un profond soupir, ferma les yeux et tomba dans une de ces défaillances qui revenaient, chaque jour, plus fréquentes.

Quand elle revint à la connaissance, elle se trouva dans son lit, entourée de D. Juan de Dios, de l'alcade et de sa femme : tous trois paraissaient très-émus.

La pauvre enfant poussa un léger gémissement, en sentant les brûlures cuisantes que lui causaient, aux pieds et aux jambes, les sinapismes violents qu'on y avait appliqués.

— Encore un nouveau supplice, docteur, dit-elle en s'efforçant de sourire.

— C'est pour ton bien, mon enfant, répliqua sa tante qui l'avait prise en grande affection.

— Je le sais, répondit l'enfant, je vous en remercie; puis elle referma les yeux.

Tiburcia prit sa main et la trouva froide.

— Mon Dieu! s'écria-t-elle alarmée, voyez-donc, docteur, elle s'en va !

— Et plus vite que je ne l'aurais cru, répondit le médecin, je croyais qu'elle irait jusqu'à la chute des feuilles; mais la fleur les précédera, il faudrait l'administrer.

— Jésus! Jésus! la pauvre enfant, exclama Tiburcia baignée de larmes.

— Comment? elle serait aussi mal! s'écria l'alcade qui regardait Lagrimas, comme l'ange d'intercession entre lui et celui qui pouvait consommer sa ruine.

— Il n'y a pas de temps à perdre, reprit le médecin, elle est tellement faible qu'elle peut passer d'un moment à l'autre.

Tiburcia se hâta de sortir pour aller chercher le curé, et l'alcade pour expédier un exprès à D. Roque, qui se trouvait à Séville.

Quand Tiburcia fut revenue :

— Il faut, dit le médecin, annoncer à la malade la visite du curé, pour que sa vue ne produise par sur elle une dangereuse émotion : dans son état de faiblesse, tout est à redouter.

— Je m'en charge, répondit la bonne femme, ne craignez rien, docteur.

Le médecin sortit, en promettant de revenir bientôt.

Un peu après, Lagrimas fit un mouvement.

— Dors-tu? demanda la tante.

— Quelquefois je crois que oui, et d'autres, je crois que non, répondit l'enfant d'une voix faible. Il y a des réalités qui me paraissent des songes, et des songes qui me paraissent des réalités; je ne puis définir ni les uns, ni les autres.

— C'est le délire qui commence, se dit en elle-même Tiburcia effrayée; D. Juan de Dios l'avait bien prédit. Mon enfant, ajouta-t-elle à voix haute, nous sommes tous mortels !

— C'est vrai, répondit la malade épuisée par la fièvre; être mort,... c'est bien doux, mais mourir, c'est terrible !

— Il faut toujours penser à la mort, afin qu'elle ne nous surprenne pas comme des hérétiques, mais qu'elle nous trouve préparés comme de bons chrétiens.

— Oui ! oui ! on la voit venir dans le désert de la mer,... elle vient avec le vent qui gémit avec la mer, qui demande sa proie... Oh ! c'est effrayant ! les éléments n'ont pas pitié du malheureux, impuissant contre leur fureur et qui ne peut implorer contre eux que le secours de la miséricorde divine !

— Quand on est prévenu, poursuivit la bonne femme, quand on s'est préparé, on ne peut faire qu'une bonne mort.

— Une bonne mort, murmura la malade en paroles entrecoupées, est la plus grande faveur que Dieu puisse nous accorder.

— Et pour faire une bonne mort, poursuivit Tiburcia, il faut se mettre en état de grâce, il faut se confesser.

— A bord... il n'y a pas de confesseur, disait l'enfant, mais, dans ce cas, Dieu est notre confesseur. Qu'il soit béni !

— Quand on n'est pas à bord, on a la consolation d'en appeler un, veux-tu que je fasse venir le curé ? demanda la bonne femme.

— Eh quoi ! vais-je donc mourir ? exclama la jeune fille, sortant brusquement de son état d'atonie et ouvrant de part en part ses grands yeux noirs, pendant qu'un tremblement nerveux soulevait son débile corps sous les draps de son lit.

— Non, non, j'espère que non, répliqua Tiburcia tout émue, mais, comme je te le disais tout-à-l'heure, nous sommes tous mortels.

— Vais-je donc mourir, señor curé? demanda anxieusement la jeune fille au prêtre qui venait d'entrer. Jésus! n'y a-t-il donc plus de remède? Où est D. Juan de Dios?

Tiburcia quitta la chambre en ne pouvant retenir ses sanglots.

Que se passa-t-il entre la moribonde et le curé? que lui dit-il et quel pouvoir surhumain exerça-t-il sur son cœur? Tout chrétien s'en rendra facilement compte. Aussi quand Tiburcia rentra dans la chambre, elle trouva sa nièce calme et plus expansive que jamais; la vie qui se retirait des extrémités du corps semblait refluer tout entière vers le cœur.

Lagrimas remercia tout le monde des soins qu'on lui avait donnés. Elle demanda pardon, si par hasard elle avait offensé quelqu'un, puis, détachant de son cou une chaîne d'or à laquelle était suspendu le portrait de sa mère, elle la donna à sa tante. Elle se fit ensuite apporter une petite cassette renfermant quelques bijoux, en retira un collier avec un médaillon entouré de perles, qui contenait son propre portrait, quand elle était enfant, et, le joignant à celui de sa mère, elle les regarda tous deux longtemps, pendant que ses lèvres murmuraient une prière et que de ses yeux coulaient de grosses larmes; puis, demandant un mouchoir mouillé, elle le passa sur les deux portraits, jusqu'à ce qu'il ne restât plus de traces de couleurs. Pas une plainte ne partit de ce cœur si aimant, abandonné par ceux qui auraient dû la chérir, car dans ce cœur il n'y avait aucun fiel! Elle n'éprouvait aucun ressentiment contre

Reine, ni contre Genaro ; elle ne souhaitait que leur bonheur.

Ainsi, ce doux ange caressait la flèche qui transperçait son cœur... bien différent de ces gens qui croient empoisonnés les traits passagers dont leur épiderme est à peine entamée.

La vie se retirait peu à peu. Lagrimas demanda un encrier, et eut encore la force de tracer ces lignes en caractères à moitié effacés :

« J'ai reçu ta lettre, Reine, et je t'écris ces quelques mots avant de mourir, pour vous souhaiter à tous deux un bonheur parfait. Fabian appelait les larmes « les perles du cœur. » Je t'envoie ce collier de perles pour qu'elles me rappellent quelquefois à ton souvenir... Adieu ! Sur un lit de mort, ce mot adieu est une douce parole !

— Je désire, dit-elle quand elle eut achevé d'écrire, que mon père envoie ce souvenir à mon amie Reine de Alocaz.

— Ton père ne tardera pas à arriver, dit Tiburcia.

— Mon père ne viendra pas, objecta l'enfant ; il est très-occupé et il est bien loin !

Elle fut administrée le soir en présence de toute la population de Villamar, qui assista, agenouillée, à cette union sur terre d'un ange avec Dieu. Après cette touchante cérémonie, Lagrimas sembla éprouver du soulagement, et la nuit fut moins agitée que les précédentes. Quelquefois on l'entendait murmurer, comme dans un songe, des paroles incohérentes et sans suite, parmi lesquelles revenaient le plus souvent celles-ci : Me voici, ma mère, me voici !

Quand un accès de toux ou une douleur plus violente la réveillait, elle murmurait tout bas :

« Je baise les clous de ta croix et je m'y incline, pour que tu viennes à mon secours, ô Jésus, mon doux Rédempteur ! »

Le lendemain D. Roque arriva à bord du vapeur.

— Ma fille ! s'écria-t-il en entrant brusquement dans la chambre, est-elle donc si malade ! Je ne veux pas que tu meures, mon enfant, non, je ne le veux pas ! Je ferai venir, s'il le faut, le premier médecin de la reine, et je lui ferai un pont d'or pour l'amener ; mais tu ne mourras pas !

— Laissez-moi mourir, mon père, et ne me regrettez pas, dit Lagrimas d'un ton de douce résignation ; Dieu, qui est si bon, m'appelle à lui et veut faire cesser mes souffrances. Je suis fatiguée, et la mort c'est le repos.

— Que je ne te regrette pas ! Et pourquoi ne te regretterais-je pas ? Je suis ton héritier, il est vrai, mais je suis un bon père, je t'aime et je n'ai que toi à aimer sur la terre.

— Je vous voyais rarement, mon père, et je pensais... Mais enfin, puisque ma mort vous afflige, je voudrais pouvoir ne pas mourir !

— Ecoute, mon enfant, dit D. Roque qui, pour la première fois de sa vie, sentait son cœur ému, autant toutefois que, dans sa nature de polype, ce cœur pouvait éprouver une émotion, écoute, mon enfant, rétablis-toi, et je ferai tout ce que tu voudras : je te conduirai à Séville, que tu aimes tant.

— Il est trop tard, mon père !

— N'ai-je pas fait tout ce que je pouvais faire pour te soulager ? Ne t'ai-je pas amenée ici pour jouir de l'air pur de la campagne ? N'avais-tu pas confiance en ce D. Juan de Dios ?

— Il a été bien bon, père, et m'a bien soignée ; mais je suis si débile, j'ai tant souffert depuis que j'existe, et surtout depuis la catastrophe qui m'a privé de ma mère.

— Docteur, s'écria tout à coup D. Roque, il faut que vous me la guérissiez, il le faut ; je ne puis voir mourir ainsi la seule héritière de mon immense fortune ! A quoi servent donc votre science et vos livres, si vous ne pouvez la guérir ? N'épargnez ni les frais ni la dépense, je ne regarderai à rien.

— Père, dit l'enfant à voix basse, que peut l'argent contre la volonté de Dieu ?

— L'argent peut tout, mon enfant, et je ne te laisserai pas mourir. Allons, docteur, parlez, agissez ; que faut-il faire ?

— La consoler et ne pas l'agiter, répondit le médecin à voix basse ; il n'y a plus de remède, il ne lui reste plus que quelques heures à vivre.

— Désires-tu quelque chose ? dit D. Roque en s'approchant de la moribonde ; parle, demande ce que tu voudras, et, s'il est nécessaire, la vapeur ira le chercher à Cadiz.

— J'ai une faveur à vous demander, murmura la pauvre enfant.

— Parle, mon enfant, dit D. Roque réellement ému.

— Je voudrais envoyer ce collier de perles en souvenir à Reine qui va se marier.

D. Roque ne put contenir un petit mouvement d'impatience causé à la fois et par son avarice et par sa haine contre la marquise.

— Si vous ne le voulez pas, murmura Lagrimas.

— Si, si, mon enfant; je veux tout ce que tu voudras.

— Que Dieu vous récompense, père ! Je voudrais, poursuivit-elle après avoir repris sa respiration, je voudrais que vous vendissiez les boucles d'oreilles en diamants qui me viennent de ma mère, pour en donner le montant à la pauvre négresse qui m'a élevée.

— Cela sera fait, dit D. Roque dissimulant mal un nouveau mouvement d'impatience.

— Si cela vous contrariait pourtant...

— Non, non. Après ?

— Vendez aussi l'anneau que vous avez donné à ma mère en l'épousant, et de son prix faites dire, par de pauvres prêtres, des messes pour le repos de l'âme de votre fille.

— Quant à cela, non, dit D. Roque, qui n'acceptait qu'à grande peine ce rôle de générosité. Cette bague, c'est moi qui l'avais donnée, elle doit revenir à son maître. Mais sois sans inquiétude, si j'ai le malheur de te perdre, je te ferai faire un enterrement dont il sera parlé.

— Je ne le veux pas, mon père, dit la jeune fille

19.

en s'agitant sur son lit, je ne veux pas qu'on m'habille en toilette de bal, qu'on me mette du rouge, ni qu'on place des fleurs dans mes mains (1). Je veux descendre *sous* la terre, pâle et triste, comme j'ai vécu *sur* la terre ; telle enfin que la mort me laissera, les mains croisées et priant Dieu, comme je le fais avant de mourir, pour *eux*, pour vous et pour moi...

La moribonde était si agitée, que le médecin s'empressa de lui administrer une potion calmante.

— Octroyez lui ce qu'elle demande, murmura-t-il à l'oreille de D. Roque, qui ne savait où donner de la tête.

— Toutes tes dispositions dernières seront fidèlement accomplies, dit-il à sa fille.

— Approchez-vous, père, murmura celle-ci d'une voix éteinte et suppliante. Il est une dernière prière que j'ai à vous adresser, et vous ne la repousserez pas : pardonnez à mon cousin, et n'exigez pas de ses parents le remboursement de ce qu'il vous a emporté !

— Bien, bien, je le promets, répondit le père, avec la ferme intention de ne pas tenir sa promesse. Mais pour cet homme il n'y avait rien de sacré, pas même une promesse faite à un mourant, pas même la dernière volonté d'un mort !

La jeune fille tomba alors dans une espèce de sommeil léthargique. Un profond silence, précurseur du silence de la mort, régnait dans la chambre. D. Roque, les coudes appuyés sur ses genoux, ca-

(1) Usages adoptés en Espagne.

chait son visage entre ses mains, et ne remuait les lèvres que pour laisser échapper quelques imprécations. Tiburcia pleurait ; Perfecto était anéanti ; le curé priait et le médecin observait l'enfant assoupie.

Tout à coup une voix sourde et débile interrompit le silence, et, telle qu'une harpe éolienne agitée par le souffle de la mort, fit entendre cette suave mélodie :

« Je leur pardonne, il est si doux de pardonner ! »

Cette âme enfantine s'exhalait, par ce chant du cygne, de cette bouche qui allait rester muette à jamais.

— Ma fille ! s'écria D. Roque.

— Votre fille a le délire, répliqua le médecin. Approchez-vous, señor curé ?

Le curé s'approcha pour donner à la mourante ses dernières consolations.

— Ma fille ! répéta D. Roque en se précipitant vers le lit.

Il n'entendit que ces paroles, avec lesquelles cet ange martyr remit son âme à Dieu, comme l'avait fait sa mère ;

« Je baise les clous de ta croix et je m'y incline,
« pour que tu viennes à mon secours, ô Jésus, mon
« doux Rédempteur. »

Huit jours après, on célébrait à Séville les brillants mariages des deux cousines, la belle Reine de Alocaz et la joyeuse Flora de Osorio.

Huit jours après, D. Roque était rentré plus que jamais dans le tourbillon des affaires, en déplorant le tort que lui avaient causé ces quelques jours d'absence.

Le jour même de la mort de Lagrimas, sur la plage où venaient se briser ces flots qui avaient été l'effroi de sa vie, on pouvait voir un immense brasier, dans lequel la prudente Tiburcia avait jeté, avec l'expresse autorisation de D. Roque, le lit, les meubles, les vêtements, enfin tout ce qui avait servi à la pauvre enfant, morte d'une phthisie pulmonaire.

Rien ne resta d'elle, pas même un *souvenir !*

TABLE

———

LIBRAIRIE DE **E. MAILLET**, 15, RUE TROCHET
(près la Madeleine).

PUBLICATIONS NOUVELLES.

CHOIX DE BONS LIVRES
POUR LES FAMILLES PIEUSES.

LIVRES DE LECTURES.

OUVRAGES DE Mlle ZÉNAIDE FLEURIOT (ANNA EDIANEZ).

Souvenirs d'une Douairière, 2e édition revue et augmentée.
1 beau vol. in-18 anglais,   2 fr.

Le succès d'une première édition, épuisée en quelques mois, témoigne du
mérite de ce livre, où se révèlent de rares qualités d'âme et de style.

« ..., Il y a dans ce livre, dit M. H. Violeau, un talent d'observation, une
finesse d'aperçus, une vérité de sentiments, qu'on est trop heureux d'applau-
dir... Dans chacun de ces récits domine toujours une pensée morale, et d'autant plus salutaire qu'elle s'épanouit, pour ainsi dire, au milieu des fleurs de
la route. »

Marquise et Pêcheur. 1 beau vol. in-18 anglais.   2 fr.

Bienveillance et protection d'une famille noble et charitable, reconnaissance
et dévouement jusqu'à l'héroïsme de la part du fils d'un simple matelot, tel
est le principal sujet de cette nouvelle, qui rappelle les pages charmantes
des *Souvenirs d'une Douairière*, du même auteur. Dans *Marquise et Pé-
cheur*, comme dans la légende de *Matoche la Maudite*, ou dans les nouvelles intitulées : *Deux destinées* et *Une Heure d'entraînement*, qui composent ce volume, l'aimable auteur vous attache à la fois par la grâce du style,
la vérité des sentiments, la justesse des appréciations, l'intérêt toujours
croissant du récit, et la pensée morale qui domine chacune de ces compo-
sitions.

Famille bretonne (une), ouvrage dédié à l'adolescence. 1 beau
volume in-18 anglais, orné de quatre belles gravures sur
acier.   3 fr.

Ce nouvel ouvrage de l'auteur des *Souvenirs d'une Douairière*, de *Marquise et Pêcheur*, qui ont été l'objet de l'accueil le plus sympathique, fera
le charme des jeunes lecteurs. En effet, rien de plus gracieux que ce tableau
d'une famille où tous pratiquent les vertus chrétiennes qui, seules, font la
joie du foyer domestique.

L'auteur dépeint avec un goût exquis, à travers mille nuances habilement
saisies, quatre ou cinq figures enfantines, qui se développent sous l'aile maternelle. La fraîcheur, la gentillesse, la naïveté, l'espièglerie même de ces
beaux jours de la vie, s'épanouissent ici dans tout leur charme, et pré-
sentent un piquant contraste avec les soucis et les préoccupations d'un autre âge.

Florence Raymond, par Mlle Julie GOURAUD. 1 beau volume
in-18 anglais. 2 fr.

Des tableaux pleins de fraîcheur, des scènes touchantes, des détails qui
attestent une imagination riante, prêtent à ce livre un intérêt plein de
charme.

Notice sur la vie de M. Des Genettes, Fondateur de l'Archiconfrérie du S. et I. Cœur de Marie ; par M. DE VALETTE, ancien
sous-directeur de l'Archiconfrérie. 1 vol. in-12, avec portrait et
fac-simile. 2 fr.

Cette *Notice* contient des détails nombreux et pleins d'intérêt sur la jeunesse de M. Des Genettes et sur l'époque de sa vie qui a précédé la fondation
de l'Archiconfrérie.

Vie de N.-S. Jésus-Christ, écrite par C. BRENTANO, d'après les
visions de Catherine-Emmerich, traduite par M. l'abbé de CA-
ZALÈS. 6 beaux volumes in-18 anglais. Prix de chaque volume.
2 fr. 50

Les tomes I, II, III et IV sont en vente ; les tomes V et VI, sous presse.

« .... M. l'abbé de Cazalès, à qui la France doit d'avoir connu les touchants
« récits de la *Douloureuse Passion* et de la *Vie de la sainte Vierge*, vient
« de donner au public la traduction habile et fidèle, comme toujours, de ce
« nouvel ouvrage, plus étonnant encore que les deux premiers... »
R. P. DOM GUÉRANGER. (Extrait du *Monde*.)

Théâtre moral de la jeunesse (nouveau), par Pierre LÉVÊQUE.
3e édit. revue et augmentée. 2 vol. in-18 anglais, sur papier
collé. 4 fr.

Le *Théâtre moral* contient dix pièces plus ou moins longues (tragédies,
comédies, drames). Elles ont été représentées avec succès dans un grand
nombre de familles et de maisons d'éducation. Les sujets, traités avec esprit et verve, offrent une lecture piquante. Former le cœur de la jeunesse,
l'instruire en l'amusant, tel est le but que l'auteur s'est proposé d'atteindre.
La rapidité avec laquelle les premières éditions se sont écoulées est la preuve
qu'il a réussi.

NOUVEAUX OUVRAGES DE Mlle ULLIAC TRÉMADEURE.

Nouvelles Scènes du monde réel. 1 vol. in-18, jésus. 3 fr. 50

La Maîtresse de maison. 1 vol. in-18 jésus. 3 fr. 50

Secrets du foyer domestique. 1 vol. in-18 jésus, faisant partie
de la bibliothèque des bons livres, à 1 fr. le volume. 1 fr.

— Le même ouvrage imprimé sur beau papier, avec titre gravé
et 5 jolies lithographies, faisant partie de la bibliothèque de la
Jeune Fille. 3 fr.

Emma Faucon. Voyage d'une jeune fille autour de sa chambre.
1 vol. in-18 raisin. 75 c.

— Pour paraître prochainement 2e édition considérablement
augmentée par l'auteur. 1 vol. in-18 jésus. 1 fr.

Mme Bourdon (Mathilde Froment). La Vie réelle. 1 vol. in-18
jésus. 2 fr.

— Les Béatitudes. 1 vol. in-18, jésus. 2 fr.

— Souvenirs d'une Institutrice. 1 vol. in-18, jésus.   2 fr.

— La Charité, légendes. 1 vol. in-18, jésus.   2 fr.

— Pulchérie. 1 vol. in-18, jésus.   1 fr. 50

— Onze Nouvelles. 1 vol. in-18, jésus.   1 fr. 50

— Lettres à une jeune Fille. 1 vol. in-18, jésus.   1 fr. 50

— Le Droit d'ainesse. 1 vol. in-18, jésus.   2 fr.

Lecourtier. Retraite annuelle des Dames. 1 vol. in-18, jésus.   4 fr.

Témoignages et Souvenirs, par le comte A. DE SÉGUR, maître des requêtes au Conseil d'Etat. 2e édition. 1 vol. in-18 anglais.   2 fr. 50

« Rendre un *témoignage* sincère en faveur de la Religion, en faveur de l'Eglise catholique, tel est le mobile qui a fait rassembler ces *Souvenirs.* Ce livre se compose de six chapitres d'un intérêt varié, mais toujours pur et élevé. En voici les titres : *La grande Trappe de Mortagne. — Une visite à l'hôpital militaire. — Notre-Dame de Paris. — Hélion de Villeneuve-Trans. — Genève, Milan, le Tyrol. — La chambre des Martyrs.* L'élégant écrivain a su toujours conserver une heureuse harmonie entre la pensée et l'expression, et sa foi fervente et sincère lui a souvent dicté des pages éloquentes. (Extrait de la *Bibliographie catholique.*)

Mémoires d'un Troupier, par LE MÊME. 4e édition. 1 vol. in-18. Net.   60 c.

Remises exceptionnelles : 12₁10, 25₁20, 65₁50, 140₁100.

La vie de garnison, la vie des camps, les souvenirs des campagnes de Rome et de Crimée sont retracés sous une forme piquante et pleine d'attrait. Ce livre, propagé dans l'armée et dans les classes ouvrières, y produira le plus grand bien. 4,000 exemplaires ont été écoulés en six semaines.

Il existe une édition dans le format in-12. Prix : 1 fr. 50.

La Caserne et le Presbytère, par LE MÊME. 12e édition. 1 vol. in-18. Mêmes conditions de prix que pour les *Mémoires d'un Troupier.*

OUVRAGES DE M. HIPPOLYTE VIOLEAU.

Souvenirs et Nouvelles. 2 vol. in-12, 4 fr. — **Veillées bretonnes.** 1 vol. in-12, 2 fr. — **Pèlerinages de Bretagne.** 1 vol. in-12, 2 fr. — **La Maison du Cap.** 1 vol. in-12, 2 fr. — **Les Soirées de l'ouvrier.** 1 vol. in-12, 2 fr. — **Amice du Guermeur.** 1 vol. in-12, 2 fr. 50 c. — **Paraboles et Légendes,** poésies. 1 vol. in-12, 3 fr. — **Livre des Mères et de la Jeunesse.** 1 vol. in-12, 2 fr. — **Loisirs poétiques.** 2 vol. in-12, 3 fr. 50 c.

Les ouvrages de M. H. Violeau sont assez connus et aimés des lecteurs catholiques pour nous dispenser de les apprécier en particulier. La *Bibliographie catholique,* en rendant compte du dernier livre publié par lui, s'exprime ainsi : « Combien la tâche du critique est douce et facile lorsqu'il rencontre un de ces livres où tout révèle une âme pure et chrétienne, où le cœur plus que l'esprit parle un langage simple, vrai, que tout le monde aime et comprend ! Tels sont en général les ouvrages de M. Violeau, le poëte breton, et tel est aujourd'hui en particulier son livre intitulé : *Veillées bretonnes,* etc. »

Scènes de la Vie chrétienne, par M. Eugène DE MARGERIE. 2e édition. 1 beau vol. in-18 anglais. 2 fr. 50

« ... Les *Scènes de la vie chrétienne* forment une suite de huit nouvelles agréablement écrites, qui toutes donnent de fortes et consolantes leçons... Les lecteurs y trouveront un délassement aimable, une promenade de l'esprit dans un paysage salubre et doux, et quelques-uns peut-être, y apprenant à goûter des biens qu'ils possèdent, se sentiront plus de reconnaissance pour Dieu qui les leur a donnés... » L. VEUILLOT. (Extrait de l'*Univers*.)

A l'ombre du drapeau. *Épisodes de la vie militaire:* Empire, Algérie, Crimée, par M. B. BOUNIOL, auteur du *Soldat*. 1 vol. in-12. 2 fr.

« *A l'ombre du Drapeau* est un livre plein d'intérêt, écrit avec chaleur, un de ces livres qu'on ne quitte pas sans en avoir achevé la lecture. L'auteur a été sobre d'histoires prises dans nos anciennes annales : la période impériale, l'Algérie et la Crimée lui ont fourni la plupart de ses récits. Il serait hors de propos d'en indiquer ici les titres, nous signalerons seulement, pour donner une idée de leur variété : La Lionne de la Mitidja, — un Enfant de chœur qui devient général, — la Balle tachée de sang, — le Chapelet d'un Élève de l'École polytechnique, — Comment on ne gagne pas la croix, — le Soldat qui se confesse et celui qui n'en use pas, — le Mousse, — Gringalet, — à propos du duel, — les trois invalides. » *(Bibliographie catholique.)*

Les Combats de la vie (premiers récits), par LE MÊME. 1 vol. in-12. 2 fr.

« ... Ce volume renferme six histoires ou récits, qui forment autant de tableaux, où l'on voit l'homme, le chrétien aux prises avec le malheur, et où l'on apprend comment la souffrance peut être ici-bas vaincue ou dignement supportée. On y rencontre souvent des pages qui rappellent les charmants récits de M. H. Violeau. » *(Bibliographie catholique.)*

Le Soldat, chants et récits, par LE MÊME. 3e édition. 1 vol. in-18 60 c

---

Les Cœurs dévoués, par M. Alfred DES ESSARTS. 2e édition revue et considérablement augmentée. 1 beau vol. in-18 anglais, 2 fr. 50

« Le dévouement ne s'exerce pas seulement au grand jour : souvent, c'est dans le cercle de la famille, dans l'ombre qu'il agit; tantôt envers une mère ou une sœur infirme, tantôt envers de jeunes frères orphelins, tantôt même à l'égard d'un étranger. C'est ce dévouement surtout que M. des Essarts veut faire apprécier dans une suite de récits. Tout est intéressant dans ces simples narrations, qui font plus d'une fois venir les larmes aux yeux, car ce livre fait vibrer les cordes sensibles du cœur, et s'adresse aux plus généreux sentiments de la nature humaine... « *(Bibliographie catholique.)*

De Babylone à Jérusalem, par Mme la comtesse de HAHN-HAHN, histoire et motifs de sa conversion au catholicisme ; traduit de l'allemand par M. Léon BESSY. 1 beau vol. in-18 anglais. 3 fr.

Une Voix de Jérusalem, considérations d'une néophyte sur la vie catholique, MÊME AUTEUR et MÊME TRADUCTEUR. 1 beau vol. in-18 anglais, avec portrait. 2 fr. 50

Ces ouvrages de madame de Hahn-Hahn rappellent sans cesse les *Confessions* de saint Augustin ; c'est la même élévation de sentiments, la même humilité d'aveux, le même élan vers le ciel, le même charme de style... La traduction est aussi fidèle qu'élégante. (Extraits de la *Bibliographie catholique*, qui fait le plus grand éloge de ces deux ouvrages.)

Saint Thomas Becket, archevêque de Cantorbéry et martyr, *sa Vie et ses Lettres* d'après le Dr GILES; précédées d'une introducion sur les principes engagés dans la lutte entre les deux pouvoirs, par M. l'abbé G. DARBOY, vicaire général de Paris. 2 vol. in-8. 12 fr.

Rome chrétienne, ou Tableau historique des Souvenirs et des Monuments de Rome; par M. Eugène DE LA GOURNERIE. 2e édit. considérablement augmentée et revue avec le plus grand soin. 2 forts vol. in-8. 12 fr.

Mgr l'évêque de Nantes, dans son approbation de *Rome chrétienne*, s'exprime ainsi : « Nous y avons trouvé, avec une doctrine toujours saine et un grand amour de l'Eglise, une érudition sagement contenue, une appréciation exacte des faits, des personnes et des choses, un style pur et simple, qui rappelle les beaux temps de notre littérature française... »

Il est peu d'ouvrages qui offrent autant d'attrait et d'intérêt. Dans chaque siècle, on parcourt avec l'auteur la succession des papes, les principaux événements auxquels ils ont pris part, les révolutions qui ont agité Rome; ils nous fait connaître les saints, les principaux personnages qui ont vécu ou qui l'ont visitée; les monuments religieux qui y ont été élevés. Son livre est l'exposé rapide, fidèle, de tout ce que les faits, les arts, la littérature ont opéré à Rome et dans l'Italie, sous l'influence du christianisme, durant dix-huit siècles.

Histoire de saint François Xavier, apôtre des Indes et du Japon; accompagnée de Notes et suivie de nouveaux Documents et d'un Rapport du R. P. ARTOLA, S. J., sur l'état actuel du château de Xavier et du crucifix miraculeux de sa chapelle; par J.-M.-S. DAURIGNAC. 2 beaux vol. in-18 anglais, avec portrait. 6 fr.

Vie de saint François Xavier, par le MÊME AUTEUR. 1 fort vol. in-18 anglais. 2 fr. 50

Cette *Vie*, extraite de l'*histoire* complète, est offerte aux membres de la Propagation de la Foi et aux sociétés placées sous le patronage de saint François Xavier.

Mgr l'évêque de Beauvais, en approuvant et recommandant cet ouvrage, s'exprime ainsi : « Nous ne pouvons que féliciter l'auteur de l'intérêt qu'il a su répandre sur le récit des admirables vertus et des œuvres si grandes de saint François Xavier, et nous espérons que cet ouvrage contribuera à la gloire de Dieu et à l'édification des fidèles. »

« L'auteur a laissé le plus souvent qu'il a pu le récit pour le dialogue; il a mis en scène le plus grand apôtre des Indes. Par là, il l'a rendu encore plus aimable que ne l'ont fait tous ses précédents historiens. Ce livre saura séduire le lecteur, mais il le séduira pour lui faire aimer tout ce qu'il y a de plus aimable au monde, le courage, la foi, la charité, l'immolation de soi-même... » (Extrait du *Spectateur*.)

Sainte Jeanne-Françoise de Chantal, modèle de la jeune fille et de la jeune femme dans le monde, et fondatrice de la Visitation; par J.-M.-S. DAURIGNAC. 1 beau vol. in-18 anglais. 3 fr.

« ... L'auteur déjà si avantageusement connu par sa *Vie de saint François Xavier*, a rendu un véritable service en écrivant l'histoire de sainte Chantal. Tout en puisant dans la correspondance de cette sainte femme des renseignements précieux, il a su mettre encore à profit les travaux de ses devanciers. Son livre ne peut manquer de plaire à tous ceux qui aiment la

vie des saints embellie par le charme et l'élégante simplicité d'un style facile
et pur. Il est temps que le monde, léger et frivole, se réconcilie avec l'histoire si attachante des grands modèles de la vertu chrétienne. M. Daurignac
semble avoir compris ce besoin, en donnant à l'hagiographie une forme
nouvelle, plus vive, plus animée, plus dramatique.., »

(Extrait de la *Bibliographie catholique*.)

Histoire de saint Jean Chrysostome, sa vie, ses œuvres, son
siècle, influence de son génie ; par M. l'abbé J.-B. BERGIER.
1 vol. in-8.   6 fr.
— Ou 1 fort vol. in-18 anglais.   3 fr. 50

« Le principal mérite de cet ouvrage consiste dans l'idée heureuse qu'a
eue son auteur de nous présenter l'histoire de saint Jean Chrysostome au
moyen de saint Jean Chrysostome lui-même. Nul saint ne se prête si bien à
un pareil dessein ; tous les événements de sa vie apostolique et ceux de son
époque se reflètent dans ses discours et dans ses œuvres comme dans de
brillants miroirs : la *bouche d'or* a magnifiquement commenté la vie sainte,
et ce commentaire est pour l'histoire la plus précieuse des lumières. C'est
aussi la source du plus vif intérêt pour le lecteur. . Clément GOURJU. »

(Extrait de l'*Univers*.)

Vie de saint Vincent Ferrier, de l'ordre des Frères-Prêcheurs,
par M. l'abbé BAYLE, suivie du *Traité de la Vie spirituelle*, de
saint Vincent Ferrier ; avec l'approbation de Mgr l'évêque de
Tripoli. 1 vol. in-8.   6 fr.
— Le même ouvrage, sans le Traité. 1 vol. in-18 angl.   3 fr.

Vie de sainte Claire d'Assise, suivie de Notices sur les princi-
pales Saintes de son ordre ; 2e édition revue et augmentée du
Récit de l'invention du corps de sainte Claire en 1850, par
M l'abbé F. DÉMORE, chanoine honoraire de Marseille. 1 vol.
in-8.   6 fr.
— Le même ouvrage, sans les Notices. 1 vol. in-18 angl.   3 fr.
Cet ouvrage est approuvé par Mgr l'évêque de Marseille.

Vie de Victorine de Gallard Terraube, décédée à Paris, en
odeur de sainteté, le 8 février 1836. Ouvrage approuvé par six
archevêques et huit évêques. 4e édition, revue, corrigée et augmentée. 1 vol. in-12.   2 fr.
— Même ouvrage. 1 beau vol. in-8.   4 fr.

« Cette vie, est-il dit dans l'approbation dont l'a revêtue Mgr de Quélen,
présente aux jeunes personnes un modèle accompli de toutes les vertus
chrétiennes, et aux gens du monde l'exemple de la plus haute et de la plus
solide piété, parfaitement conciliable avec tous les devoirs de la vie so-
ciale. »

Albina, ou *la Pieuse modiste*, histoire contemporaine (1807-
1841), traduite de l'italien par le R. P. MELOT, de l'ordre de
Saint-Dominique. Ouvrage approuvé par Mgr l'évêque de Dijon.
1 vol. in-12 orné d'un portrait. 2e édition, suivie de *Armelle
Nicolas* et de *Jacqueline Bachelier,* dite l'illustre pénitente de
Béziers. 1 vol. in-12.   1 fr. 50

Conversion d'une famille protestante, par Mme Camille L...
1 vol. gr. in-32.   50 c.

« Jamais plus douce merveille de la grâce n'a été contée avec un talent
plus naïf. Il est impossible de produire plus d'effet en se préoccupant moins
d'en produire. On a écrit beaucoup de gros et savants volumes qui éclaire-
ront moins les esprits et toucheront moins les âmes que ces quelques pages

jetées au courant de la plume par une femme chrétienne, qui songeait beaucoup moins à faire un livre qu'à glorifier les miséricordes de Dieu. » (Extrait de l'*Univers*.)

Notice sur Madame la marquise Le Bouteiller, par Léon AUBINEAU. 1 vol. in-18. 75 c.

« La noble et délicate figure de madame la marquise Le Bouteiller, si fidèlement reproduite par M. Léon Aubineau, restera dans bien des pensées comme un nouveau témoignage de tout ce que peut une âme chrétienne au milieu du monde pour sa propre perfection et pour l'honneur de son Dieu...»

(*Univers*.)

OUVRAGES DU R. P. FABER.

La presse religieuse en France et à l'étranger est unanime pour mettre le R. P. Faber à la tête des auteurs de ce siècle qui ont écrit sur la vie spirituelle, et pour lui marquer sa place à la suite de saint François de Sales et de Fénelon. Sa science, aussi profonde qu'étendue, puisée dans l'étude des Pères, des théologiens et des auteurs ascétiques les plus autorisés, sa grande expérience dans la direction des consciences, les lumières dont le Seigneur a favorisé cette âme si droite, si pieuse, si zélée pour le salut de ses frères, son style piquant, original, plein de chaleur et de poésie, voilà le secret de l'accueil si bienveillant dont ses livres ont été l'objet.

Le Saint-Sacrement, ou les OEuvres et les Voies de Dieu, suite de *Tout pour Jésus*. 3e édit. 2 vol. in-18 angl. 6 fr.

— Abrégé du même ouvrage. 1 fort vol. in-18 angl. 3 fr. 50

Progrès de l'âme dans la vie spirituelle. 2e édition. 1 fort vol in-18 anglais. 3 fr. 50

— Ou en 2 beaux vol. in-18 anglais. 5 fr.

Tout pour Jésus, ou Voies faciles de l'Amour divin. 7e édition très-complète. 1 fort vol. in-18 anglais, orné du portrait du P. Faber. 3 fr.

— Le même ouvrage, à l'usage des maisons d'éducation et des familles chrétiennes. 1 vol. in-18 raisin. 1 fr. 60

Le Créateur et la Créature, ou Merveilles de l'Amour divin. 2 vol. in-18 anglais. 5 fr.

— Ou 1 fort vol. in-18 anglais. 3 fr. 50

Le pied de la Croix, ou les Douleurs de Marie, 2 vol. in-18 anglais. 5 fr.

— Le même ouvrage. 1 fort v. in-18 angl. compacte. 3 fr. 50

De la dévotion au sacré cœur de Jésus, précédé d'une Introduction sur le Jansénisme; par le R. P. DALGAIRNS, de l'Oratoire, traduit par l'abbé POULIDE; suivi d'un Discours sur la Dévotion au saint Cœur de Marie, par le R. P. DE MAC CARTHY. 1 vol. in-18 anglais. 3 fr.

Ce traité, complet au point de vue historique et théologique, est plein d'aperçus nouveaux, et renferme des chapitres admirables sur l'amour du cœur de Jésus-Christ pour les hommes, en particulier pour les pécheurs et les âmes pieuses.

L'Arbre de vie, ou les douze Vertus fruits de la Foi, suivi du *Conflit intérieur*; ou Vie militante du Chrétien; par saint LAURENT JUSTINIEN; traduits du latin pour la première fois

par M. Louis CAILLET, professeur de l'institution Notre-Dame
d'Auteuil. 1 fort volume in-18 anglais.　　　　　3 fr. 50

L'*Arbre de Vie* offre un traité complet, solide, pratique, des vertus chrétiennes ; il sera très-utile non-seulement aux personnes qui, prenant à
cœur leur titre de chrétien, désirent sincèrement en remplir tous les devoirs,
mais encore à tous ceux qui sont chargés de diriger les âmes dans les voies
du salut et de la perfection. Le *Conflit intérieur* nous fait connaître les ennemis de notre salut et les moyens de les vaincre.

Un Rayon de miel, ou Doctrine spirituelle du vénérable Louis
DE BLOIS, recueillie de ses œuvres ascétiques et distribuée en
quatre livres, par le P. STEYRER, de l'ordre de Saint-Benoît ; traduit du latin par M. l'abbé ROZE. 1 vol. in-18 anglais.　　3 fr.

Le Guide du chrétien dans les voies du salut, contenant : 1o les
Considérations sur les grandes vérités de la Religion, par Mgr.
CHALLONER ; 2o le chemin du ciel aplani, par le R. P. PINAMONTI,
S. J. ; 3o les Instructions et Prières pour sanctifier la journée,
bien entendre la Messe, et recevoir avec fruit les sacrements de
Pénitence et d'Eucharistie. du R. P. SANADON, S. J. ; suivi des
Vêpres du dimanche, des prières liturgiques le plus usitées, et
publié par M. l'abbé F. LAGRANGE, avec l'approbation de Mgr
l'évêque de Nancy. 1 fort vol. in-18 raisin.　　　　　3 fr.

Méditation sur l'Eucharistie, par Mgr. DE LA BOUILLERIE,
évêque de Carcassonne. 1 vol. in-32.　　　　　1 fr. 50
— Ou 1 vol. grand in-32, papier vélin-glacé.　　　　　2 fr.

Cette 17e édition, augmentée de *quatre nouvelles méditations* du même
auteur, de l'Office du Saint-Sacrement, d'Exercices pour la Messe et la Communion, de Prières, etc., forme un Manuel complet de la dévotion au Dieu
présent dans l'Eucharistie.

Le culte de Marie, Origines, Explications, Beautés, contenant
un Précis historique. des Notices sur toutes les Fêtes, les Offices
complets latin-français, de nombreuses Prières, toutes les Dévo-
tions à la sainte Vierge, Confréries, Pèlerinages, Neuvaines, In-
dulgences, etc. ; par M. J.-B. GERGERÈS. 2e édition, corrigée et
augmentée. 1 fort vol. gr. in-18.　　　　　3 fr.
— Le même ouvrage, sur papier vélin glacé.　　　　　4 fr.

Cet ouvrage est approuvé par S. Em. le cardinal Donnet.

Beautés du culte catholique, par M. l'abbé RAFFRAY. 3e édit.
2 vol. in-12.　　　　　3 fr.

Mgr l'évêque de Saint-Brieuc parle en ces termes de cet excellent livre :
« Non-seulement nous l'approuvons, mais nous en recommandons spéciale-
« ment la lecture à notre clergé et aux fidèles de notre diocèse, qui y trou-
« veront un tableau complet des harmonies du culte divin. »

SOMMAIRE : Nécessité, origine du culte ; mysticisme de ses rites ; symbo-
lisme de ses temples ; — beauté des rites sacramentaux, des chants, des cérémonies ; — du culte des Saints, des tombeaux ; — raison historique et
liturgique du sacrifice de la Messe ; — explication de l'Office du soir.

Le mystère de l'Eucharistie médité au pied des saints autels ;
par M. l'abbé A. JOIRON. 1 vol. in-18 angl.　　　　　3 fr.

(*Cet ouvrage est approuvé par neuf archevêques et évêques.*)

S. Em. le cardinal Morlot, archevêque de Paris, a daigné approuver ce
livre en ces termes :

« Nous avons lu avec un intérêt soutenu et une véritable édification le

Mystère de l'Eucharistie, par M. l'abbé Joiron, prêtre de notre diocèse. Nous pensons que ce livre est propre à éclairer de plus en plus les fidèles sur l'adorable mystère qui en est le sujet; à fortifier leur foi, à exciter leur piété et à leur rendre plus profitables de jour en jour les admirables inventions du divin Sauveur, toujours immolé et toujours présent sur nos autels par amour pour nous. Nous avons la confiance que Dieu bénira cette pieuse entreprise, et nous faisons des vœux pour qu'elle tourne à sa plus grande gloire. »

Mgr Pie recommande aux fidèles et au clergé de son diocèse « ce traité complet d'une doctrine très-solide et très-pieuse sur le plus excellent de nos mystères. »

L'Agonie triomphante, ou Jésus-Christ et l'Eglise glorifiés par la Croix, ouvrage de saint LAURENT JUSTINIEN, traduit par M. Louis CAILLET. 1 vol. in-18 anglais.   3 fr.

Notre-Seigneur Jésus-Christ, notre modèle, n'est entré dans sa gloire qu'après avoir souffert les ignominies et les douleurs de la Passion. C'est aussi par la souffrance et les humiliations que l'Eglise triomphera, que les fidèles obtiendront la récompense promise ; tel est le sujet que le saint patriarche de Venise a traité avec une force et une onction qui feront une vive et salutaire impression dans les âmes de ceux qui aiment à méditer le mystère de la Passion.

Amour (l') **de Jésus enseigné par Marie**, par le R. P. TEPPA, barnabite; ouvrage traduit de l'italien, par M. l'abbé DE VALETTE 1 beau vol. grand in-32.   1 fr. 50

Le R. P. Teppa est connu des personnes pieuses par un délicieux petit livre « dans lequel, a dit la *Bibliographie catholique*, on trouve l'inspiration de la piété et d'une véritable dévotion envers la sainte Vierge. » Ce nouvel ouvrage, plus riche encore en doctrine et en douce onction, a pour but de nous faire aimer Jésus. C'est Marie la *Mère du bel amour*, qui nous y convie, qui nous excite par les motifs les plus pressants, par des accents qui pénètreront jusqu'aux cœurs de ses enfants. Ce livre contient trente et une *Considérations* suivies d'*affections pieuses* et de *Résolutions pratiques*, accompagnées de quelques paroles ou de quelques actes des saints.

Derniers jours du chrétien (les), ou le saint viatique, l'extrême-onction, la recommandation de l'âme, les funérailles, le dogme du purgatoire, les prières pour les morts, etc., expliqués aux fidèles par M. l'abbé BAYLE, docteur en théologie, suivis de la messe et de l'office des morts. 1 beau vol. gr. in-32.   2 fr.

Exposer aux fidèles la bonté et la tendre sollicitude de N.-S. Jésus-Christ dans l'institution des sacrements qui aident les chrétiens à bien mourir, leur expliquer, en les leur mettant sous les yeux, le sens profond des prières et des cérémonies établies par l'Eglise pour fortifier et consoler les malades et pour soulager les âmes défuntes, tel est le but que l'auteur s'est proposé. Les termes par lesquels Mgr l'évêque de Marseille a approuvé cet ouvrage prouvent qu'il a réussi :

« Votre livre est excellent et éminemment propre par la doctrine, l'éru-
« dition et l'onction de piété dont il est rempli, à instruire, à intéresser, à
« édifier... Je vous félicite du secours que, par ce livre, vous apportez aux
« âmes du purgatoire, qui nous sont si intimement unies. Les soulager,
« c'est à la fois remplir notre devoir et servir notre intérêt. »

Maynard (abbé). **Saint Vincent de Paul**, sa vie, son temps, ses œuvres, son influence. 4 vol. in-8, br.   28 fr.

CATÉCHISME
PHILOSOPHIQUE

A L'USAGE

DES GENS DU MONDE ET DES CATÉCHISMES DE PERSÉVÉRANCE

PAR

M. MARTIN DE NOIRLIEU

Curé de Saint-Louis-d'Antin, à Paris.

Ouvrage approuvé par Monseigneur l'Archevêque de Paris.

1 beau vol. in-18 de 400 pages : 3 fr.

Le livre que nous annonçons ne peut manquer d'exciter vivement l'intérêt et l'attention des familles chrétiennes.

Ce Catéhisme expliqué, écrit par l'auteur pour être mis à la portée de toutes les intelligences, est appelé à rendre de grands services, non-seulement parmi les personnes du monde qui voudront affermir leur foi en s'éclairant des preuves de notre sainte religion, mais encore parmi les enfants qui suivent le catéchisme de persévérance, qui seront bien aises de trouver en cet ouvrage un guide pour faire leurs analyses.

Le nom de M. Martin de Noirlieu est la meilleure garantie que nous puissions donner et nous dispense de tout éloge.

OUVRAGES DU MÊME AUTEUR.

BIBLIOTHÈQUE

DES

BONS LIVRES

à 1 franc le volume.

Secrets du Foyer domestique, par Mlle Ulliac TRÉMADEURE.
1 vol. in-18.   1 fr.

— Le même ouvrage, imprimé sur beau papier avec frontispice
gravé, illustré de 5 jolies lithographies et faisant partie de la
bibliothèque de la jeune fille.   3 fr.

Ouvrage religieux et moral, destiné particulièrement aux jeunes femmes
et aux jeunes filles. C'est un tableau animé de la vie réelle, une peinture
vraie des joies et des douleurs de cette vie de famille sur laquelle, par sa
conduite comme épouse et comme mère, la femme exerce une si grande
influence.

Le nom dont cet ouvrage est signé est à la fois une garantie et un appât,
car on sait en France comme à l'étranger, que Mlle Ulliac Trémadeure,
auteur tant de fois couronné, a le talent de rendre la morale et la vertu
aussi attrayantes qu'aimables.

Fernan Caballero. — Un Ange sur la terre (Lagrimas),
traduit de l'espagnol par Alphonse MARCHAIS. 1 vol. in-18
jésus.   1 fr.

— Le même ouvrage, imprimé sur beau papier avec 4 jolies litho-
graphie (faisant partie de la bibliothèque de la jeune fille). 3 fr.

Ouvrage religieux, rempli d'intérêt, où se déroulent les scènes les plus
variées. L'auteur met en parallèle les caractères opposés pour faire ressortir
davantage celui du principal personnage, qui s'appelle *Lagrimas* (les Larmes), par allusion aux larmes et aux douleurs dont son existence a été rem-
plie.

Le parfait Chrétien, angélique parure de l'âme fidèle, petite
physiologie des vertus chrétiennes, par Hubert LEBON, auteur de
la sainte Communion, c'est ma vie, et divers ouvrages de piété.
1 vol. in-18 jésus (faisant partie de la bibliothèque des bons livres).   1 fr.

— Le même ouvrage, format de poche, in-18 broché.   1 fr.

POUR PARAITRE PROCHAINEMENT

Voyage d'une jeune Fille autour de sa chambre, par Emma FAUCON. 2e édition augmentée par l'auteur. 1 vol. in-18 jésus. 1 fr.

Fernan Caballero. — Scènes de la vie des campagnes. 1re série. 1 vol. in-18 jésus. 1 fr.

Scènes de la vie des campagnes. 2e série. 1 vol. in-18 jésus. 1 fr.

Scènes de la vie du monde. 1 vol. in-18 jésus. 1 fr.

Elia, ou l'Espagne il y a trente ans. 1 vol. in-18 jésus. 1 fr.

Un été à Bornos. 1 vol. in-18 jésus. 1 fr.

Desirencia. 2 vol. in-18 jésus. 2 fr.

Les bons livres à bon marché, tel est mon but en fondant cette bibliothèque. En effet, quel est le meilleur moyen de répandre les bons ouvrages, afin d'empêcher que les mauvais se propagent ? N'est-ce pas en offrant les bons livres à bon marché, comme ces derniers ; mis à la portée de toutes les bourses, on verra bientôt ceux-là se propager dans une proportion bien plus grande, et devenir en quelque sorte la lecture des familles pieuses.

Plusieurs personnes se plaignent avec raison du prix élevé auquel se vendent les ouvrages recommandables, et se privent de les lire pour cette seule cause, en s'étonnant qu'on vende à 1 franc le volume seulement les romans d'Alexandre Dumas, G. Sand, etc., et qu'on ne puisse livrer aux mêmes conditions les œuvres des ecclésiastiques et des auteurs religieux.

Je me propose donc, avec l'aide et le concours d'auteurs bien connus et recommandables, d'offrir au public une série d'ouvrages moraux et intéressants qu'on pourra laisser sur la table, sans crainte de froisser les opinions de personne, mais qui laisseront au contraire à son lecteur ou lectrice une bonne pensée à garder, un bon exemple à suivre ou un conseil salutaire à goûter.

BIBLIOTHÈQUE DES BONS LIVRES

A UN FRANC LE VOLUME

Une série de bons ouvrages, choisis parmi nos meilleurs auteurs
moraux, paraîtront successivement, à 1 franc le volume, et nous
fait espérer l'accueil favorable de nos lecteurs.

181. — Paris. Imp. de Ch. Bonnet, 42, rue Vavin.